海外汉学研究新视野丛书

张宏生 主编

田晓菲 著

影子与水文

秋水堂自选集

南京大学出版社

《海外汉学研究新视野丛书》序
自序

重造历史：三国文化地貌之吴蜀视角
楼上女：《古诗十九首》与隐／显诗学

芳帙青简，绿字柏熏：六朝与初唐物质文化的一个侧面

陶渊明的书架和萧纲的医学眼光：中古的阅读与阅读中古

诸子的黄昏：中国中古时代的子书

《玉台新咏》与中古文学的历史主义解读

庾信的"记忆宫殿"：中古宫廷诗歌中的创伤与暴力

错置：一位中古诗人别集的三个清抄本

影子与水文：关于前后《赤壁赋》与两幅赤壁图

有诗为证：十九世纪的诗与史

会说话的伤口：晚清抄本《微虫世界》中的创伤记忆

004
008

012
036
054
072
100
122
138
156
174
192
218

《海外汉学研究新视野丛书》序

张宏生

作为对中国文化的研究的一个重要组成部分，海外汉学已经有了数百年的历史。1949年以来，由于特殊的历史原因，海外汉学基本上真的孤悬海外，是一个非常邈远的存在。直到1978年以后，海外汉学才真正进入中国学术界的视野，而尤以近三十年来，关系更为密切。

在这一段时间里，海外汉学家的研究在中国已经得到一定程度的关注，先后有若干套丛书问世，如王元化主编《海外汉学丛书》、刘东主编《海外中国研究丛书》、郑培凯主编《近代海外汉学名著丛刊》等，促进了海内外学术界的交流。不过，这类出版物大多是以专著的形式展示出来的，而本丛书则收辑海外汉学家撰写的具有代表性的单篇论文，及相关的学术性文字，由其本人编纂成集，希望能够转换一个角度，展示海外汉学的特色。

专著当然是一个学者重要的学术代表作，往往能够体现出面对论题的宏观性、系统性思考，但大多只是其学术生涯中某一个特定时期的产物，而具有代表性的论文选集，则就可能体现出不同时期的风貌，为读者了解特定作者的整体学术发展，提供更为全面的信息。

一个学者，在其从事学术研究的不同历史时期，其思想的倾向、关注的重点、采取的方法等，可能是有所变化的。例如，西方的汉学家往往将一些新的理论或者新的思路，迅速引入中国学研究领域，因此，他们跨越不同历史时期写作的论文，不仅是作者学术历程的某种见证，其中也很可能体现了学术风会的某些变化。即以文学领域的研究而言，从注重文本的细读分析，到进入特定语境来研究文本，进而追求多学科的交叉来思考文本的价值，就带有不同历史时期的痕迹。因此，从一个学者不同时期的学术取向，也可以一定程度上看到时代的影子。

海外汉学的不断发展，说明了中国文化所具有的世界性意义。虽然海外汉学界和中国学术界，在研究对象的选择上，或许没有什么不同，但前者的研究，往往体现着特定的时代要求、文化背景、社会因素、学术脉络、观察立场、问题意识、理论建构等，因而使得其思路、角度和方法，以及与此相关的结论上，显示出一定的独特性。当然，在一个全球化的时代，所谓"海外"，无论是地理空间，还是人员构成，都会有新的特点。随着学者彼此的交流越来越多，了解越来越深，也难免出现你中有我、我中有你的现象，不一定必然有截然不同的边界。关键在于学术的含量如何，在这个问题上，应该"无问西东"。《周易》中说："天下同归而殊途，一致而百虑。"既承认殊途，又看到一致，并通过对话，开拓更为多元的视角，启发更为广泛的思考，对于学术的发展来说，是非常重要的，也是非常有意义的。

自序

这个集子里收的十一篇文章,是按照文章研究对象的时间前后排序的。如果从文章的写作时间来看,从最早的《诸子的黄昏》到最近的《庾信的"记忆宫殿"》,差不多刚好跨越十年。虽然只是这十年当中所发表文章的一部分,却可以多少代表近些年我在古典文学研究方面关注的两个问题:一是抄本文化和文本的物质性如何影响到微观上文本的解读与宏观上文学史的视域重建;一是文学的"言说性",经验与文学语言之间的张力。

从出版《尘几录:陶渊明与手抄本文化》到今天已经十几年过去了,"手抄本文化"或更通用的"写本文化"在国内学界已经不再是一个陌生的词语。这个词语的前半,因和传统的版本学、校勘学互为表里,得到的重视似较后半为多,但相比之下"抄本文化"之"文化"的内涵有时得力不够,究其原因,反而是它的覆盖面太宽广、它的影响力无所不在的关系。"抄本文化"一词本属"强名",是英文 manuscript culture 的翻译。所谓抄本文化者,是抄写行为在写本作为文本流通唯一媒介的时代对所有文本的流传和所有传世的文本造成之深度影响的综合称谓。不过,"抄本文化"常和"印本文化"对言,似乎被一种达尔文进化论式的时间观念左右着,先秦西汉的写本研究更是因为近年来的文献出土而显得特别闹热。但是,纸张的通行,为知识和文本的流传带来巨大改变;纸本时期的抄本文化,和竹木金石时期的写本文化特点有别;印刷的出现并没有代替抄写,抄写直到晚清仍在进行,抄写和印刷的共时性以及它们之间的互动特别值得注意。归根结底,是一个历史想象力的问题。作为文学研究者,我们必须专注于文字,但还要想到文字在竹简、木牍、丝帛和纸张上写下来的时候,如何与其社会条件和物质条件进行复杂的交涉。这对文学研究是否重要?又如何重要?这本书里的数篇文章都是为回答这些问题而作出的尝试。

历史想象力不等于小说家的虚构,必须立足于实证。我很不同意"大胆假设、小心求证"的说法,因为出发点最重要。很多假设,漫无边际,不是"推测"而是"猜测",求证越小心,越深入误区。我们必须小心假设,小心求证。最重要的是立足文本。我们需要更多的从文本细部生发与展开的研究,而不是在文本上空悬浮打转的直升机式研究。

我是中国人,在发表作品时候,对人不分青红皂白在我名字前面冠以一个"[美]"字很反感;但是,多年在海外用英文教书和写作,一切都要翻成英文,从治学的角度来说我很感谢这一点,我也常想这大概是"海外汉学"在中国古典文学研究方面最独特的地方:它迫人对面前的文本细读和慢读,在阅读当中进行思考。如果有错误,也是子贡所说的"日月之食焉"。当然不是每个人都可以从这样的阅读里看到有意思的东西、提出好的问题,但是,好的问题和新的视角离开这样的阅读就不可能产生。用汉语写文章不必对摘引的文本进行翻译和解说,任何错误和一知半解都可以掩而藏之,哂笑他人者自己的水平无从检测还在其次,一个更为严重和长期的后果,是对文本发展出一种"集体无意识"。然而,对我们文学研究者说来,除了文本,又有什么呢?如果我们不肯、不能阅读面前的文本,如何可以提出好的问题?离开文本阅读的文学史叙事,是一座脆弱的空中楼阁。如果失去阅读的能力,那么就是在缓慢而又坚定地、有条不紊地再次杀死我们的过去。

经验只存在于文本中,知音者当可看出,我所关注的对象,不是经验,而是"言说"本身。然而,和现当代文学与文化的研究不同,在面对历史时,我们远离作品所生发的社会和文化语境,"语言"虽然是目的,却又成为第一道隔阂。中古汉语不是任何学者的母语。在古代文本面前,我们都是外乡人。密密麻麻的冗长脚注,或者连篇累牍地列举二手资料甚至一手资料,不一定能够帮助我们复活历史。或许,以语文学家的执着和精力,进行宽广而深细的阅读,可以逐渐拨开挡在面前的雾霾,容我们如考古工作者一般修复已逝的图景,照亮沉沦于黑暗中的过去。希望与天下有志于此的同道共勉之。

很多文章曾在海内外各种学术场合宣读，曾以英文或中文形式发表。感谢讲评人、听众、编者还有译者，也感谢南京大学出版社，特别是李亭编辑的耐心与敬业。

是为序。

田晓菲，2019年11月，"感恩节"前夕

重造历史：
三国文化地貌之吴蜀视角 *

> * 本文英文版发表于《美国东方学会刊》(*Journal of American Oriental Society*)，2016年总136期第4号，题作 "Remaking History : The Shu and Wu Perspectives in the Three Kingdoms Period"。

引言：遗失的文学史

标准的中国文学史中存在着一个不容忽视的空缺。三国时期的魏、蜀、吴三强之中，魏在标准的文学史论述中向来得到最多的关注，而吴、蜀二国的文学创作则基本上不被提及。打开任何一本典型的中国文学史，我们会发现，公元三世纪的文学史基本上是三个政治时期的线性叙事：东汉建安（196—220）、魏正始（240—249）、西晋太康（280—289）。其中，三曹七子、竹林七贤，尤其是阮籍（210—263）、嵇康（223—262）两位著名作者，构成叙事的中心。

很显然，这个故事对任何一个中国古典文学的研究者来说都不陌生，甚至可以说太熟悉，以至于被认为是理所当然的。三国时代一直是后世文学喜爱的主题，其中蜀、吴二国又是故事的中心；但蜀、吴二国自身的文学作品却反而被遗忘，大都不为人所知。一部近年出版的中国文学通史对三国时期的文学做了具有代表性的概括："在三国时期，文学最兴盛的是魏国。其他两国保存下来的文学作品都很少，也没有特色。"[1]曹魏朝廷的文学确实很繁荣，但三国中最弱小的蜀国，却也并不是没有自己的学术活动与一定程度的文学活动。吴国的情况就完全不同了：据《隋书·经籍志》与早期史料的记载，吴国朝廷有众多的学者与作家。所谓"没有特色"是一个值得商榷的问题，因为吴国的文学具有强烈的地域特色，是不容忽视的。

"其他两国"的文本少有传世，尤其是文学创作相当繁盛的吴国，这个现象值得我们认真反思。实际上，文本遗失本身就应该成为文学史叙述的一部分。这其中有两个互相关联的重要因素：其一，五、六世纪的文人大都忽视吴、蜀二国，认为中原的魏国代表了正宗的文学传统。南朝（420—589）是西晋的继承者，统一了中国的西晋又代替了魏。因而，南朝文人的文学观也受到了他们关于合法性与正统的政治观的影响。虽然吴国作家的很多别集在六世纪时都还存在，但具有影响力的《文选》却没有收录吴、蜀作家的诗赋；[2]这

---

[1] 见章培恒、骆玉明，《中国文学史新著》（上海：复旦大学出版社，2011），页282。

[2] 《文选》的其他部分收录了很多魏的作品，却只收录了两篇蜀、吴的作品，诸葛亮的《出师表》和韦昭（204—273，为避晋讳改为韦曜）的《博弈论》，见［梁］萧统，《文选》（上海：上海古籍出版社，1986），卷三七，页1671—1674。《文选》还收录了很多贬斥吴、蜀之作，例如陈琳（？—217）《檄吴将校部曲文》，锺会（225—264）《檄蜀文》，阮瑀（？—212）《为曹公作书与孙权》等，见《文选》卷四四，页1976—1985，1987—1990；卷四二，页1887—1893。相比之下，我们看不到来自蜀、吴的类似之作，虽然蜀、吴并不缺乏政治宣传的能力。

种牺牲蜀、吴，尤其是吴，而对曹魏格外青睐的做法，代表了长期以来建安、曹魏作家的经典化过程的顶点，而这种经典化至少能回溯到五世纪初叶。[3] 其二，建安曹魏的经典化，反过来导致了蜀、吴大多数文学遗产的流失，这种流失进一步阻碍了当代学者对三世纪文学创作真相的了解。现存吴国的文学作品只是当时的一小部分。吴国作家众多，撰写了大量注疏、子书、吴国史，还有属于真正意义的"美文"的诗与赋。

现代学者对曹魏文化与思想的重视，正如美国学者法墨（J. Michael Farmer）所言，"不但反映出而且也延续了我们对南方文化的传统偏见，造成了对中国中古早期思想史的扭曲与不完整的展现。"[4] 在很多方面，我们不能抛开吴、蜀来讨论魏的文化与文学创作。魏文帝曹丕（187—226）努力把自己表现成一个有文学和文化品味的人，这与压倒政敌的政治目的不无关系。[5]

三国在政治合法性与文化优越性这两方面，竞争都相当激烈，最明显的斗智层面就是外交出使时的言谈。关于富有口才的使者以言辩维护国家尊严，曾有过很多记载。以口才闻名的赵咨（活跃于三世纪早期）很得体地回应了曹丕的种种尖锐的问题，如"吴王何等主也？吴王颇知学乎？吴可征不？"[6] 蜀、吴大臣如费祎（？—253）、诸葛恪（203—253）和薛综（？—243）曾用四言韵语进行敏捷的对答。[7] 蜀国学者秦宓（？—226）曾针对吴国使者提出的一系列"难题"，例如"天有姓乎？"做出了机智的答复。[8] 当然，这些故事的记载大都根据记载者的政治立场而定，也许不能准确反映当时的实况，但它们毫无疑问地展示了这些话语对构建国家形象的重要性。

在更微妙的层面，魏、蜀、吴都希望被看作汉代的合法继承人。任何对地域身份的炫耀都仅仅是为了证明自己更适合做汉的继承者，例如后文将要详细讨论的吴国作家的赋作。对于蜀、吴来说，与汉朝的名门望族有联系是

[3] 关于"建安"作为文学时代的构建的初步探讨，可参看拙文《宴饮与回忆：重新思考建安》，载《中国文学学报》，2010，页22—34。关于南朝文士选择、编选、经典化"汉"诗，参看宇文所安，《中国早期古典诗歌的生成》（哈佛大学亚洲中心出版社，2006；三联书店，2012中文版），第一章《"汉"诗与南朝》，页23—72。

[4] J. Michael Farmer, *The Talent of Shu: Qiao Zhou and the Intellectual World of Early Medieval Sichuan*（《蜀才：谯周与早期中古时代四川的思想界》, Albany: State University of New York Press, 2007）, pp. 2–3.

[5] 关于曹丕的自我形象构建，可参看拙作《物质与象征的交易：中国中世纪早期的书信与礼物》，见 Antje Richter（李赫特）ed., *A History of Chinese Letters and Epistolary Culture*（《中国书信与书信文化史》, Leiden; Boston: Brill, 2015）, pp. 162–171.

[6] [晋] 陈寿（233—297），《三国志》（北京：中华书局，1959），卷四七，页1123。

[7] 《三国志》，卷六四，页1430；卷五三，页1250。

[8] 《三国志》，卷三八，页976。

一个重要的文化财富,这点在蜀、吴臣僚的史书列传中常被特意提及。[9]北方名门望族的认可,常常被看作文化才能与价值的重要凭证。[10]正如本文所要论证的,吴国在文化建设方面完全可以与魏国抗衡,尤其是吴国的仪礼音乐与历史书写。

重新考虑三国时期的文化张力,还有一个更为重要的原因:那就是吴国文本可以提供关于魏、蜀二国的另一种局外的独特视角。很多吴国作家都写过社会政治方面的论述,对时事与各国人物,都做出了敏锐的观察与评价。吴国大鸿胪张俨(?—266)的任务之一是负责外交,他曾撰写过蜀、吴官员的比较分析,并恰当地称之为《默记》,此作收录了诸葛亮别集中遗漏的一篇奏文。最值得关注的是吴国佚名作者撰写的《曹瞒传》,因曹操儿时小名据说为"瞒"故得名。《曹瞒传》文笔出色,塑造了一个生动、复杂的曹操形象:奸诈、无情,但又极富个人魅力。裴松之(372—451)的《三国志》注大量引用了《曹瞒传》,其中记载了很多不见于其他史料的故事。这些故事中的曹操聪明机智、率性而为而又亲切随和,与客人吃饭时开怀大笑,以至于把脸埋进了食物中;可与此同时他又阴险、狠毒,让人不寒而栗。很显然,严肃的魏朝正史不可能像《曹瞒传》那样描述他们的开国君主,但《曹瞒传》记载的这些故事却逐渐经典化,对后世文学作品中的曹操的形象塑造,起到了不可忽视的作用。

对于魏政权的外在的"他者"视角,在陆机(261—303)、陆云(262—303)兄弟身上得到了完美的体现。陆机、陆云兄弟是南方名门望族的后裔、孙权兄长与孙吴建立者之一孙策(175—200)的曾外孙。晋朝280年灭吴,他们在家中隐居十年之后才前往首都洛阳。在北方,尽管他们的文学才华得到大家的赞赏和仰慕,但他们敏感地意识到自己的外来者身份。兄弟二人对自己的南方根源有很强的认同感,但又对北方文化尤其是曹魏的文化遗产深感迷恋。陆机无疑是二人中更为创新的一位,他对南朝诗歌产生了深远的影响,在早期中古时代被视

[9] 许靖(约150—222)是以善于识才闻名的东汉名士许劭(150—195)的堂兄。他在蜀国地位甚高,诸葛亮见到他都要敬拜。他的列传在《三国志·蜀书》中名列前茅,虽然他除了"爱乐人物,诱纳后进,清谈不倦"之外,似乎并没有在蜀地做过什么实事(《三国志》,卷三八,页967)。又如吴国经学家程秉曾师从著名经学家郑玄(127—200),深得吴主孙权尊重,官拜太子太傅(《三国志》,卷五三,页1248)。

[10] 例如南方经学家虞翻(164—233)曾把自己的《易注》寄给孔融(153—208),收到了孔融赞美的回信,此信收录在《三国志·虞翻传》中。

为建安诗人之后最重要的作家。但与公元三世纪诗坛上同样重要的人物傅玄（217—278）和张华（232—300）相比，陆机的独特之处在于他把自己的南方身份带入了北方诗歌，对北方文学传统起到了只有外来者才能起到的影响。

本文先对蜀、吴文学创作做一个简要的概述，再具体讨论吴国的文化建设，主要是历史的撰写与仪礼音乐的创作。我认为这两者都是针对魏、蜀声称的政治与文化正统而为，其目的是彰显吴国的政治正统与文化力量。蜀、吴二国的视角在中国文学史中是重要的一环，它使我们对三国时期错综复杂的文化冲击角力得到一个更完整的图像。

本文使用了三个不同的概念：文化生产、文学生产、文本生产。与三国时期经常发生的军事行动相对，这三个概念强调一个政权不同方面的文化使命。所谓的文学生产是指狭义的或现代意义上的"美文"创作。文化生产包括文学创作，但也包括历史的撰写与仪礼音乐的创作：这些属于广义的"文"，但不属于狭义的"文学"。文本生产泛指文本写作，无论是经典注疏、史传还是诗赋；但很显然，除了歌辞之外，音乐创作不能被文本生产所涵盖。

蜀国的文学生产

我们对蜀国文化生态的了解大多来自《三国志·蜀志》。史学家陈寿是蜀人，他尽其所能展示蜀国最佳的一面。在十位学士的合传中，陈寿列入了许慈和胡潜。许、胡二人经常因为仪礼问题争吵甚至互殴，这在当时就已成为笑柄。西晋史学家孙盛（约302—373）评论道："蜀少人士，故慈、潜等并见载述。"[11]

"蜀少人士"之叹在其他地方也能看到。东晋史学家习凿齿（？—384）批评诸葛亮杀马谡（190—228）："今蜀僻陋一方，才少上国，而杀其俊杰……将以成业，不亦难乎？"[12] 诸葛亮听说他素来敬仰的徐庶（？—约230）和石涛在魏担任不甚重要的职位，曾感叹道："魏殊多士邪！何彼二人不见用乎？"[13]

当时蜀国之地盘大致相当于今天的四川，人民各族杂居，如果作为一个州省来说它做得相当

[11] 裴松之《三国志》注有引用，见《三国志》，卷四二，页1023。
[12]《三国志》，卷三九，页984。
[13]《三国志》，卷三五，页914。

不错，但与魏、吴相比，蜀毋庸置疑地被地域的狭小与各方面资源的缺乏所限制，面对强大敌人的进攻而自保不暇，这不能说没有影响到蜀国对各种文化事业的注重。蜀地文学曾经有过繁荣：汉朝两位出色的辞赋家司马相如与扬雄都是蜀人。文学兴盛的局面到了东汉似乎有所减弱，但正如法墨所言，当时也绝不是没有学术与思想活动。[14] 很多蜀地学者为儒家经典撰写注疏、创作哲学论著，学问渊博的学者谯周（约200—270）还曾写过有关上古史的论述。但如果我们将注意力转移到蜀国的文学创作即诗赋，情况就没有学术方面那么乐观了。

查看《隋书·经籍志》集部，我们只看到诸葛亮、郤正（？—278）、许靖、夏侯霸（约180—约250）四位蜀国作家，他们的别集现在都已佚失。[15] 值得注意的是，这四位作家都是北方人，而不是蜀国本地人。

诸葛亮是琅琊（今山东）宦族的后裔。郤正的祖父郤俭曾任益州刺史，在东汉末年的动乱中为叛军所杀，郤正的父亲留在蜀地，因此郤正在蜀出生。许靖是汝南（今河南）显赫家族之后代。夏侯霸则是一个与曹氏有姻亲关系的魏国将军，在249年司马氏政变杀害辅政将军曹爽之后，归降于蜀。

我们不知道许靖、夏侯二人的别集内容，但诸葛亮的文章似乎主要是政治或军事等方面实用性很强的公文。诸葛亮文集为陈寿亲自编纂，274年呈给皇帝。陈寿上呈文集的奏疏今天还在，奏疏后附有文集各卷目录。各卷题目体例不一，有些是根据文类与内容而编，如《兵要》《与孙权书》等，有些则以重要事件为题，如《南征》《北出》等。值得一提的是，时人认为诸葛亮的文章缺少文采，陈寿在奏章中为之辩护：

> 论者或怪亮文彩不艳，而过于丁宁周至。臣愚以为咎繇大贤也，周公圣人也。考之《尚书》，咎繇之谟略而雅，周公之诰烦而悉。何则？咎繇与舜、禹共谈，周公与群下矢誓故也。亮所与言，尽众人凡士，故其文指不得及远也。[16]

[14] 法墨，《蜀才》，页15—30。
[15] [唐] 魏徵、令狐德棻，《隋书》（北京：中华书局，1973），卷三五，页1060。
[16] 本文附《三国志·诸葛亮传》之后，见《三国志》，卷三五，页931。

陈寿认为诸葛亮的文章因其"公诚之心"而应得到珍惜与重视。诸葛亮的一篇奏表后来被选入《文选》，也就是著名的《出师表》。但陈寿的辩护词却提醒我们，诸葛亮在当时并不以文采著称。文学品味与评判的标准会随着时代变化而变迁。

同为北人的郤正，是上述四人中唯一一位对"文章"（或者说美文意义上的文学作品）感到强烈兴趣的人。蜀国书籍难得：学士许慈、胡潜不肯通借书籍；李权曾试图向秦宓借《战国策》，秦宓却以《战国策》不是李权应该读的书为由而拒绝。[17] 据史传记载，郤正热衷于搜寻"司马［相如］、王［褒］、扬［雄］、班［固］、傅［毅］、张［衡］、蔡［邕］之俦遗文篇赋"。他自己据说著有"诗赋论约百篇"，其《三国志》本传收入了一篇设主客问答的《释讥》文，除此之外并无其他作品传世。[18]

我们现在只看得到一首诗相传是蜀地本土人士秦宓所作，那就是一千多年后才首次出现在传世文献里的五言诗《远游》，文本来源很不可靠。[19] 在这种情况下，我们很容易得出结论说：蜀国文学罕有流传，在一定程度上确实是蜀地美文创作贫乏的结果。但如果检视一下吴的情况，这种想法就不能成立了。

吴国的文学生产

《隋书·经籍志》集部著录了二十余位吴人的别集。[20] 除此之外，经部著录了很多吴人撰写的经典注疏，子部著录了吴人有关社会、政治与哲学问题的专著，更重要的是，史部著录了不少吴人的史学著作，这一点将在后文讨论。这时期最值得一提的作家是张纮（153—212）、胡综（183—243）、薛综及其子薛莹（？—282）、华覈（219—278）、闵鸿（活跃于三世纪四十年代—八十年代）、杨泉（活跃于三世纪中晚期），他们基本上代表了三代吴国作家。另一位重要吴国文化人士韦昭（204—273），他的一生几乎贯穿整个吴国历史，将在本文下一节详细讨论。

张纮和建安七子中的陈琳一样同为广陵（今

[17]《三国志》，卷三八，页973。
[18]《三国志》，卷四二，页1034—1038。
[19] 此诗见蒋一葵（1594年举人）的《尧山堂外纪》，蒋氏未注诗之来源。《四库全书存目丛书·子部》（济南：齐鲁书社，1995），册147—148，卷一四七，页471—472。据蒋氏序，此书内容来自众书，尤其是"散见于稗官野史不经人见也者"（卷一四七，页384）。《四库全书》编者称此书"雅俗并陈，真伪并列，殊乏简汰之功"（卷一四八，页494）。此诗未收入逯钦立《先秦汉魏晋南北朝诗》（北京：中华书局，1983）。

[20] 其中有几位作家被列入东汉或晋朝，不过他们都曾主要在吴国任职。最重要的是他们都是吴人。

江苏扬州）人，著有诗、赋、铭、诔十余篇，和陈琳有书信来往。陈琳在写给张纮的一封信中，以一种既谦逊又高傲的口气，抱怨北方文学人才的缺乏，以此来解释自己在北方的突出地位：

> 自仆在河北，与天下隔，此间率少于文章，易为雄伯，故使仆受此过差之谭，非其实也。今景兴在此，足下与子布在彼，所谓小巫见大巫，神气尽矣。[21]

张纮也是一位著名的书法家。《三国志》卷五十三记载："与孔融书，自书。融遗纮书曰：'……每举篇见字，欣然独笑，如复睹其人也。'"[22]孔融有崇高的文化地位，他的认可总是被作为重要的社会评价而记录在史传里。张纮的《瑰材枕赋》（也许就是陈琳公开赞赏的那一篇）有相当一部分录入《艺文类聚》。[23]此外，张纮还为孙吴创业者孙坚（155—191）、孙策写了两篇纪颂。据记载，孙权读后甚为感动，赞美张纮曰："君真识孤家门阀阅也。"[24]

与蜀国情况大为不同的是，《吴书》记载了很多吴国作家的诗赋创作。

胡综早年曾与孙权一起读书，孙权在位时，他负责起草诏书及其他朝廷文件。229年，黄龙现夏口，孙权应此瑞相登基，"又作黄龙大牙……命综作赋"，《吴书·胡综传》收录了此赋。[25]公元229年，吴、蜀联盟之时，胡综也曾写过盟文。[26]

最值得一提的是，胡综曾冒吴质（177—230）之名伪造过三封书信。吴质是曹丕的挚友，因文学才华而受到青睐，也善于在曹丕、曹植（192—232）兄弟之间周旋。[27]《文选》收录了吴质三封分别写给曹丕和曹植的书信，可见他在书信写作方面的才能颇受重视，而书信写作不但需要文学修养，还要求作者对微妙的人情有精准的了解。曹丕登基后，任命吴质为幽、并二州的都督。曹丕死后，一个叛魏归吴的降人报告说吴质受到魏

---

[21] 景兴即北方名士王朗（？—228），著名经学家王肃（195—256）之父。子布即孙权最尊敬的谋士张昭（156—236）。张昭谥文伯，因其文学与学术成就而富有盛名。吴主孙权年轻时，张昭与张纮同为孙权起草文件、书信等。

[22]《三国志》，卷五三，页1246。

[23][唐]欧阳询等撰，汪绍楹校，《艺文类聚》（上海：上海古籍出版社，1999），卷七〇，页1217。又见[清]严可均，《全上古三代秦汉三国六朝文·全后汉文》（北京：中华书局，1996），卷八六，页939。裴松之《三国志》注引书即《吴书》："纮见柟榴枕，爱其文，为作赋。陈琳在北见之，以示人曰：'此吾乡里张子纲所作也。'"《三国志》，卷五三，页1247。

[24]《三国志》，卷五三，页1244。

[25]《三国志》，卷六二，页1414。

[26] 此盟见《三国志·吴书·吴主传第二》，卷四七，页1134—1135。

[27]《三国志》，卷二一，页607。

明帝（226—239 在位）的猜忌。胡综因借此机会造书诽谤吴质。他的"吴质书"文笔自然优美，其中还有不少心理描写与物质细节的点缀。书信抒写了吴质降吴的愿望，详细叙述了具体原因与行动计划。[28]

胡综的伪"吴质书"，是中国文学史上现知首次由一个有名有姓的作家出于政治和军事原因，诽谤他国敌人而伪造的书信。这是书信中的"代作"，值得学者关注；而且与三世纪常见的"代作"诗歌不同，它们旨在对"被代作者"造成严重的现实后果。[29] 对吴质来说幸运的是，胡综伪造的"吴质书"开始广为流传的时候，他已经离开了边界上的军事重地，被调回都城转任侍中。

与胡综同名的薛综，也是一位重要官员与作家。据《三国志》本传，他曾"著诗、赋、难、论数万言，名曰'私载'。"[30]"私载"的出处见《礼记》孔子语："天无私覆，地无私载，日月无私明。"[31] 薛综反其意而用之，说自己的作品是"私载"，这是意味着他对自己的写作特别偏爱，还是说他的作品装"载"了自己格外青睐的想法，我们无从得知。有人认为"私载"是薛综别集的标题。如果真是如此，那薛综就是现知第一位给自己的文集起名字的作家，而作为文集之名而言，"私载"可能只不过是一个巧妙幽默的说法，表明自己的文章与"无私载"的大地不同，是个人的文字和思想的载体。

薛综另一项值得注意的成就是为东汉张衡的《二京赋》作注，李善（630—689）的《文选注》多有引用。薛综文集在唐朝时还有三卷，但后来就遗失了。[32] 他的现存作品主要是奏疏，以及一些赞美各种瑞兽的四言颂。这些颂大都保留在类书中。[33]

薛综的次子薛莹继承了薛综的文学才华。公元 271 年，吴后主孙皓（242—284，264—280 年在位）看到了薛综的作品，甚为赞赏，命薛莹"继作"。薛莹写了一首很长的四言诗，详细叙述了父亲与兄长仕吴的经历，以及对吴国知遇之恩的感激，此诗录入薛莹本传。[34] 但孙皓性情反复无常，薛莹因实际

[28]《三国志》，卷六二，页 1414—1417。
[29] 如曹丕为魏国某将军的弃妻所作的五言诗（《艺文类聚》卷二九，页 514），或陆机为其友顾荣之妻所作的五言诗（逯钦立，《先秦汉魏晋南北朝诗》卷五，页 682）。当然，这个时期也可能有为历史人物代言的代作书信，但与胡综的"吴质书"不同，书信的作者都是无名氏。
[30]《三国志》，卷五三，页 1254。
[31]《礼记注疏》，卷五一，页 861，见［清］阮元编《十三经注疏》（台北：艺文印书馆，1955）。
[32]［宋］欧阳修、宋祁《新唐书》（北京：中华书局，1975），卷六〇，页 1581。
[33] 见《全三国文》，卷六六。
[34]《三国志》，卷五三，页 1254—1255。

或想象的罪名而数次受罚。他对吴国的最后贡献是在晋军兵临城下时所写的降书。薛莹入晋后颇受尊重，不久后去世，留下文集三卷、史书一部（待后文详细讨论），以及《新议》八卷。其子薛兼（？—323）在晋朝仕宦显赫，与闵鸿以及其他三人被称为"吴中五俊"。[35] 晋朝史家王隐（活跃于三世纪初期）曾以典型的北人的傲慢口气称赞薛兼："资望故如上国，不似吴人。"[36]

当薛莹被吴后主流放到广州的时候，华覈曾上书请求赦免薛莹："莹涉学既博，文章尤妙，同僚之中，莹为冠首。今者见吏虽多经学，记述之才如莹者少。"[37] 可见吴国作家对不同才华与不同文体之间的对应关系有强烈的自觉意识。就像曹丕评价"七子"那样，胡综之子、《吴历》的作者胡冲（活跃于243—280年之后）论华覈与韦昭（即韦曜）曰："华覈诗赋之才有过于曜，典诰不及也。"[38]

与张纮一样，华覈也是吴人。孙权曾任命五位大臣撰写吴史，华覈为其中之一。孙皓在位时，华覈任右国史。"皓以覈年老，敕令草表，覈不敢。又敕作草文，停立待之。"此"文"实与四言诗无别，见华覈本传。[39] 值得注意的是，华覈留下一首题为《与薛莹》的五言诗残篇，这是一个知名吴国作家以五言创作的私人性诗作，极为少见，李善《文选注》只保存了其中两句：

存者今唯三，飞步有匹特。[40]

很巧的是，薛莹有一首《答华永先诗》（华覈字永先），这是现存唯一另外一首吴国作家的私人五言诗作。《太平御览》"从军"部保留了其中两联：

枹鼓常在侧，笔研永欲捐。卷帙不复开，干戈以为权。[41]

这两首诗是否原本构成一对"赠答诗"，我们无法确定。不过，华覈有一封关于请求赦免薛莹的奏表，或许能让我们对诗歌原作的内容有所了解：

---

[35]［唐］房玄龄等，《晋书》（北京：中华书局，1974），卷六八，页1832。
[36] 见裴松之，《三国志》注，卷五三，页1257。
[37]《三国志》，卷六五，1469页。
[38]［宋］李昉等，《太平御览》（台北：台湾商务印书馆，1975），卷四四五，页2177。《三国志》卷六五页1470的"评语"也有收录，与《太平御览》稍有异文。
[39]《三国志》，卷六五，页1469。
[40]《文选》，卷三一，页1448。
[41]《太平御览》，卷三二八，页1636。

至少帝时，更差韦曜、周昭、薛莹、梁
广及臣五人，访求往事，所共撰立，备有本末。
昭、广先亡，曜负恩蹈罪，莹出为将，复以过徙。
其书遂委滞，迄今未撰奏。[42]

据此看来，薛莹的诗有可能是写他离京前往
武昌"为将"的不快遭遇，而华覈的诗句则很可
能是写五位史家在周昭、梁广去世后剩下的三位。

最后要提到的两位吴人作家，是侍中闵鸿与
隐士杨泉。两人都经历了280年吴国的覆灭，也
都曾受到晋朝征召，但都不愿出仕。杨泉著《物理论》十六卷，很多片段保
留在类书中。两位作家都留下了可观的赋作，赋的题目既有强烈的地域色彩，
也有重要的现实意义。

闵鸿的《亲蚕赋》，写每年春天皇后亲蚕或曰亲桑的仪式，这个仪式与皇
帝每年春天亲耕也即籍田仪式相对应。亲耕仪式可上溯至周朝，在整个汉代
都与亲蚕仪式一起继续举行。[43] 碰巧的是，杨泉也写过一篇《蚕赋》。在序言中，
杨泉提到前代赋作者从来没写过蚕，但很显然，这篇赋并不只是写蚕，而是
写亲蚕仪式。值得注意的是，曹丕于226年在魏朝开始实行亲蚕仪式，这是
在他去世几个月前、孙权称帝四年之后开始举行的。[44] 为了表演并确认其政
治合法性，吴国似乎也开始举行同样的仪式。通过闵鸿和杨泉的赋可以看出，
这两位吴国子民强烈地意识到，亲蚕仪式对王朝的构建有着重要的意义。

杨泉还写过一篇《五湖赋》，这个题目具有强烈的南方地域色彩，无疑
是有意与北方王朝着意宣传的中原统治的政治与地域重要性相抗衡。[45] 序言
明确表明了作者支持南方的态度：

余观夫主五湖而察其云物，皇哉大矣。以为名山大泽必有记颂之章，
故梁山有奕奕之诗，云梦有子虚之赋。[46] 夫具区者，扬州之泽薮也。有
大禹之遗迹，疏川导滞之功，而独阙然未有翰墨之美，余窃愤焉。敢
妄不才，述而赋之。

[42]《三国志》，卷五三，页1256。
[43] 西晋作家潘岳（247—300）后来也写过一篇关于籍田的赋，此赋收入《文选》。
[44]《晋书》，卷一九，页590。
[45] 类书收录了几段赋作遗文。最长的一段出自《艺文类聚》卷九，页169，序见［唐］徐坚等，《初学记》（北京：中华书局，1962），卷七，页141。据张勃（活跃于三世纪晚期）的《吴录》，五湖是太湖的别名，见《文选》郭璞（276—324）《江赋》之李善注。
[46]《诗经·大雅·荡之什·韩奕》的第一句为"奕奕梁山"，《毛诗注疏》，卷一八，页679。

作赋时在序言里自称发前人所未发,这种现象是从东汉开始出现的。杨泉在《蚕赋》与《五湖赋》的序言中,都提到了自己是写作此种题材的第一人,他对创新有着特别的关注。一般来说,这种创新意识总是与同样强烈的文学史意识与自我定位意识紧密地联系在一起,但杨泉的自我定位既是文学史的(就他对赋作传统的意识而言),也是地域性的(就他光大吴国的愿望而言)。

对吴人身份的自豪在闵鸿的《羽扇赋》中也得到体现。当时北方的扇子通常是竹纨所制,一般是方形或圆形的。而吴地的扇子往往由鸟羽做成,例如鹤羽之类,形制也与北地不同。晋灭吴之后,羽扇这种吴国的"地方特产"在北方成为时髦的装饰品,很多北方作家都为它写过赋,把它当作来自新征服地域的具有异地风味的物产来描写。[47] 闵鸿的赋把羽扇和羽毛的来源——高贵的鹤——紧密地结合起来。在残留下来的赋作中我们不断听到作者对经典尤其是《诗经》的回声。闵鸿对中原传统经典文本的引用,为江南地方特产赋予了一种典雅和尊严。

> 惟羽扇之攸兴,乃鸣鸿之嘉容。产九皋之中泽,迈雍喈之天聪。[48] 表高义于大易,[49] 著诗人之雅章。赖兹翮以内飞,曜羽仪于外扬。于时祝融持运,朱明发挥。奔阳冲布,飞炎赫曦。同煴隆于云汉,[50] 咸惨毒于中怀。尔乃登爽垲,临甘泉,漱清流,荫玄云。运轻融以容与,激清风于自然。披绡衻而入怀,飞罗缨之缤纷。众坐侃以怡怿,咸拊节以齐欢。感蕙风之荡怀,咏棘心之所叹。[51] 于是暑气云消,献酬乃设,停神静思,且以永日。妍羽详回,清风盈室。动静扬晖,嘉好越逸。翩翩奕奕,飞景曜日。同皦素于凝霜,岂振鹭之能匹。[52]

[47] 这些作者包括傅咸(239—294)、嵇含(262—306)、潘尼(约250—311)。傅咸《羽扇赋》序与嵇含的赋序明确表明是晋灭吴之后所作:"吴人截鸟翼而摇风,既胜于方圆二扇,而中国莫有生意。灭吴之后,翕然贵之。"(傅咸)"昔秦之兼赵,写其冕服以□侍臣;大晋附吴,亦迁其羽扇,御于上国。"(嵇含)见《全晋文》,卷五一,页1752;卷六五,页1830。潘尼赋曰:"始显用于荒蛮,终表奇于上国。"见《全晋文》,卷九四,页2000。张载(约250—310)也写过一篇同题赋作,但从残文中很难看出与晋灭吴是否有特别的关联。见《全晋文》,卷八五,页1949。

[48]《诗经·小雅·鹤鸣》:"鹤鸣于九皋,声闻于天。"这两句在传统阐释中常被视为在野之贤人的象征。《毛诗注疏》,卷一一,页376。

[49]《周易注疏》"中孚":"鸣鹤在阴,其子和之。"《周易注疏》,卷六,页133。此处鸣鹤为德信之象。

[50]《诗经·大雅·云汉》描写大旱。《毛诗注疏》,卷一八,页659。

[51]《诗经·国风·凯风》:"凯风自南,吹彼棘心。"《毛诗注疏》,卷二,页85。

[52] 见《诗经·周颂·振鹭》,《毛诗注疏》,卷一九,页730。

通过对中原经典的大量运用，闵鸿把来自南方炎热朱明之乡的羽扇，书写得比北方还要"北方"：可以说它体现了经典的精髓，无论其"用"（带来清凉）或"色"（白色）都代表了北方的阴寒之德。在最后八句中，鹤与扇逐渐融为一体：羽扇的摇动模拟鹤翅的飞动，带来一阵清风；光与影在皎洁凝霜的意象中交相辉映，诗人称其甚至远远超过了《诗经》里代表朝中高洁君子的振鹭。闵鸿笔下的羽扇可以说是兼具了南方和北方两个世界之优点。

闵鸿此赋是否在晋灭吴之后为了回应北方作者而作，现在已不得而知。如果是写于晋灭吴之前，这篇赋就不免带有一点"预知"的色彩，虽然为扇子作赋本来就有着悠久的传统。[53] 但如果此赋作于晋灭吴之后，情况就大为不同了。我们在一位终身不愿北上洛阳侍奉新朝的吴国作家身上，看到了南北战争结束之后依然在持续的文化较量。这种文化较量在陆机、陆云身上得到了更明显的体现——陆机北上洛阳后，也写过一篇《羽扇赋》；[54] 陆云年轻时见过闵鸿，闵鸿赞美他"此儿若非龙驹，当是凤雏。"[55] 这一文化较量有新的表现，很多学者都曾对此进行过讨论。[56]

吴国有很多学者、史学家、诗赋作者。如果说蜀国文学主要以北方移民作家为代表，那么吴国很多作家都是本土人士。闵鸿和杨泉的作品意欲光大、宣扬吴国，特意表现吴与北方中原经典传统之间的紧密联系。吴国作家似乎对四言诗情有独钟，也掌握得相当娴熟，而四言是《诗经》的主要句式，被视为高雅庄重的典范形式。这与兴盛于北方洛阳地区、深受曹魏王族喜爱、但在当时属于低俗体裁的五言诗形成了鲜明的对比。[57] 然而，到了吴国的第三代作家如华覈、薛莹等，我们开始看到吴人创作五言诗。我们知道曹丕曾把自己的文集与《典论》分别送给了孙权与张昭，[58] 我们也知道陆机去洛阳

[53] 曹植写过《九华扇赋》，序中提到汉桓帝赐给曹腾的竹扇。曹腾（100—159）是宦官，曹植的养曾祖父。见《全三国文》，卷一四，页1128。曹植的作品在吴国似乎广为人知，闵鸿也许受到了他的启发。为扇子作赋能追溯到更早的作家，曹植的赋本身也是传统中的一部分。

[54] 关于陆机赋的翻译与分析，见康达维（David Knechtges）《南金与羽翰：陆机的"南方意识"》，王平、Nicholas Morrow Williams合编，《中国中古诗歌中的南方身份与南方疏离》（香港：香港大学出版社，2015），页36—41。康氏认为，陆机的赋是"魏晋时期玄学家风格的作品"（页40），也许是为了表现他对洛阳上层社会所喜好的老庄清谈的熟悉。诚如是，那么相比之下闵鸿的赋无疑是更深地植根于经学，而经学才最代表吴地的传统。

[55] 《晋书》，卷五四，页1481。

[56] 参见拙文《羽扇写作：陆机、陆云与南北之间的文化交易》，《中国中古诗歌中的南方身份与南方疏离》，页43—78。

[57] "建安七子"中最负盛名的王粲（177—217）在荆州时，与朋友的唱酬之作总是出以四言；去北方参加曹氏集团之后，大多数诗作则采取五言形式。

[58] 据胡冲的《吴历》记载（见裴松之《三国志》注），曹丕给孙权寄去的文集等是用绢素抄写的，寄给张昭的文集则是用纸抄写的（《三国志》，卷二，页88）。

以前已经读过曹植的文集，想必到了三世纪中叶，北方诗赋已逐渐渗透到吴国的精英阶层。

在三国之中，蜀国以诸葛亮的理念为指导思想，也就是说蜀国必须首先把所有的精力与资源用于军事，否则就会被两个强敌轻易地征服。[59]但吴和魏则在文化领域中有意识地互相竞争。本文下面就要详细讨论这种竞争的两个重要方面。

撰写历史

魏国与吴国首先通过撰写历史进行政治正统与文化强力的竞争。东晋南渡之后，东晋皇帝的一个首要举措就是应宰相王导（267—339）的请求设立史官。在奏章中，王导把撰写朝代历史形容为"上敷祖宗之烈，下纪佐命之勋……厌率土之望，悦人神之心，斯诚雍熙之至美，王者之弘基也。"[60]从王导的话中可知，撰写王朝历史，尤其是本朝开国的历史，是具有强烈的政治意义的。

在三国之中，似乎只有魏、吴二国设置了史官。《隋书·经籍志·史部》曰："及三国鼎峙，魏氏及吴并有史官。"[61]华覈云：

> 大吴受命，建国南土。大皇帝末年，命太史令丁孚、郎中项峻始撰《吴书》。[62]

虽然据华覈的形容，丁孚与项峻似乎缺乏史才，但他们起草的吴史对后来的作者显然很有帮助，甚至有可能独立保存到了四世纪。[63]"末年"究竟是指孙权统治的最后一年即公元252年，还是泛指其晚年，这个不得而知；但少帝孙亮252年继位之后不久，诸葛恪就上奏请求委任韦昭为太史。于是，诸葛恪、华覈、薛莹、周昭、梁广五人被任命撰写《吴书》。[64]273年，孙皓监禁韦昭

---

[59] 诸葛亮在228年一封给朝廷的奏表中讨论了这一理念。该奏表见张俨《默记》，裴松之《三国志》注中有引用。张俨在《默记》里对诸葛亮的这些想法表示认同。见《三国志》，卷三五，页935—936。

[60] 《晋书》，卷八二，页2149。
[61] 《隋书》，卷三三，页957。
[62] 《三国志》，卷五三，页1256。
[63] 吴国经学家虞翻的后代虞喜（281—356）在《志林》中，讨论了第一任吴国宰相孙邵为何在《吴书》中没有传记。他引用时人"博物君子"刘声叔之言，认为项峻、丁孚的史书里对孙邵确有注记，但因韦昭是孙邵政敌的同党，故不见书。这似乎暗示刘声叔曾经亲眼看到过项峻与丁孚的史录。见《三国志》，卷四七，页1132。
[64] "孙亮即位，诸葛恪辅政，表曜为太史令，撰《吴书》，华覈、薛莹等皆与同journal。"《三国志》，卷六五，页1461—1462。

之后，华覈曾试图用这项任务为借口来营救韦昭，使他免于杀身之祸：

> 又《吴书》虽已有头角，叙赞未述。昔班固作《汉书》，文辞典雅，后刘珍、刘毅等作《汉记》，远不及固，叙传尤劣。今《吴书》当垂千载，编次诸史，后之才士论次善恶，非得良才如曜者，实不可使阙不朽之书。[65]

华覈尽力帮助朋友逃脱灾祸，但此时《吴书》似乎已经差不多完成了。虽然现在无法看到其全貌，但裴松之《三国志》注对之大量引用，在很多情况下，这些引文都体现了《三国志》原文中所缺乏的吴人视角。[66]

公元 255 年，在吴国君主下诏著国史之后不久，魏任命王沈（？—266）、荀顗以及著名诗人阮籍撰写《魏书》。此举完全可以被理解为魏对吴国创举的回应。此书据说"多为时讳，未若陈寿之实录也"。[67] 但是，它依然被作为魏国历史的重要材料而在裴松之《三国志》注中多有引用，也许更多的是因为它给历史事件提供的独特视角而不是因为所谓的"客观事实"。

值得一提的是，吴国作家远比魏国大臣更热衷于撰写东汉史。吴国以继承汉朝正统自命，因而撰写东汉史这一举措既具有学术意义，也具有政治意义。孙权的内弟谢承（182—254）著有《后汉书》。韦昭的《洞纪》则是一部颇有雄心的通史，从中国历史伊始一直写到 222 年吴国建国。[68] 吴国作家还写过很多地方先贤传，如谢承的《会稽先贤传》。此外，他们还撰写过有关极南地域的风俗物产、地理环境等，也记录了吴国的殖民探索。其中最引人注目的是朱应与康泰记录他们出使东南亚的著作。[69] 由于篇幅所限，本文不再详细评述吴国诸多的修史活动，这里的简要介绍只是为了体现吴国作家在历史撰写方面的活跃。他们对王朝历史的兴趣，特别是他们对南方地理、风俗、物产的特殊兴趣，和建立南方帝国的努力紧密相关。[70]

---

[65]《三国志》，卷六五，页 1464。
[66] 举例来说，《吴书》第一次在裴松之注中出现，是为了补充有关曹操的父亲曹嵩（？—193）之死的叙述。《三国志·曹操传》说曹嵩为徐州牧陶谦（132—194）所杀，《吴书》却说是陶谦的手下谋财害命，后来又逃亡了，曹操于是不公平地归罪于陶谦。《三国志》，卷一，页 11。
[67]《晋书》，卷三九，页 1143。
[68] 韦昭在上奏孙皓的奏疏中描述了这部著作。见《三国志》，卷六五，页 1462—1463。
[69]［唐］姚思廉，《梁书》（北京：中华书局，1973），卷五四，页 783。《隋书》还著录了朱应的《扶南异物志》（卷三三，页 984）。
[70] 吴人对地理与地方风物的兴趣，构成了陆机《洛阳记》的撰写背景，这是现存最早关于名都洛阳的记述之一。参见拙作《羽扇写作》，页 47—48。

创作乐歌

对于魏与吴来说，历史书写是一个多媒体的活动。政治正统与文化力量的第二个主要竞争方面是音乐的制作，更确切地说，是用音乐形式造作王朝的历史。魏国朝廷对礼乐极其重视，对汉代遗留下来的宫廷庙堂音乐进行了重新改写，以致新朝之用。其中，最值得注意的是缪袭（186—245）所作的一组《魏鼓吹曲》十二首。

缪袭《魏鼓吹曲》的每一首按说都是基于汉"鼓吹铙歌"创作的。每一首标题下都有可能出自沈约（443—513）之手的小注，给出与之对应的汉曲名并解释乐歌描写的历史事件。[71] 比如说第三首题下注云："汉第三曲《艾如张》，今第三曲《获吕布》，言曹公东围临淮、生擒吕布也。"[72] 缪袭《魏鼓吹曲》作于魏明帝时，其最后一首题为《太和》，起句云"惟太和元年，皇帝践祚"，[73] 因而很有可能是太和年间（227—233）的作品。

《宋书》里收录的"汉"鼓吹铙歌从表面看来与朝廷事件没有太大关系。相比之下，缪袭的《魏鼓吹曲》则是引人注目的魏史叙事诗。第一首《初之平》用三十句急促有力的三言诗，描述了东汉的崩溃、国家的混乱，以及西北边、韩之乱不久后曹操的崛起。[74] 第二首《战荥阳》，记述了曹操与董卓手下将领徐荣作战失利的过程。当时讨伐董卓的各路诸侯都不敢前进，只有曹操带军进攻，因而遭遇了挫折。曹操的战马受伤，曹操自己也被流矢射伤。在他的杰出军事生涯中，曹操打赢过无数或大或小的战役，但缪袭偏偏选择了一次曹操遭到惨败的战斗进行详细刻画，而这反过来凸显了曹操的勇气、毅力与忠于王事的正义感。《战荥阳》包含了一些极为令人难忘的句子，它让人联想到《九歌·国殇》的英雄悲剧气概，也成为唐朝诗人李贺（约790—816）具有强烈浪漫气息的历史歌谣的先奏。

---

[71] 这十八首鼓吹铙歌也收录在沈约《宋书·乐志》里，但有些歌辞不知所云，就连沈约都没有为之标点。这些歌辞一般来说被视为汉代作品，但无法确定。

[72] [梁] 沈约，《宋书》（北京：中华书局，1974），卷二二，页644。

[73] 《宋书》，卷二二，页647。

[74] 边、韩之乱爆发时，曹操在家乡隐居，被征为典军校尉。后来董卓废汉帝、毒太后，曹操离开京城，回到家乡"合义兵，将以诛卓"。《三国志》，卷一，页5—6。

战荥阳，汴水陂。戎士愤怒，贯甲驰。陈未成，退徐荣。二万骑，暂垒平。戎马伤，六军惊。势不集，众几倾。白日没，时晦冥。顾中牟，心屏营。[75]同盟疑，计无成。赖我武皇，万国宁。

[75] 此前，曹操离开京城经过中牟时曾为亭长所疑，见拘于县，赖功曹为请得解。《三国志》，卷一，页5—6。
[76]《三国志》，卷一，页22—23。

歌中所述之事，如战马受伤、徐荣的二万骑兵等等，固然能印证或补充正史中曹操的传记，然而此诗真正动人之处，是对日落战场与主将在黑暗降临之际中心屏营的戏剧化描述。后来，李贺正是以这样的对心理与物质细节的想象，为他的历史歌行创造出鲜明的戏剧感和感情力量。

接下来的七首乐歌是《获吕布》、《克官渡》、《旧邦》、《定武功》、《屠柳城》、《平南荆》、《平关中》，它们叙写的是曹操逐渐平定北方的过程。第五首《旧邦》很突出，因为它在组诗中是唯一一首从头到尾采取四/三节拍的作品。这首歌没有继续讲述曹操的战绩，而是描写他对百姓的关怀，而这正是一个贤君明主的最重要特征。

公元202年，曹操大破袁绍后回到故乡谯县（今安徽境内），为那些在战争中牺牲的无后将士立嗣，并为死者建庙设祭，其教令曰：

> 吾起义兵，为天下除暴乱。旧土人民，死丧略尽，国中终日行，不见所识，使吾凄怆伤怀。其举义兵已来，将士绝无后者，求其亲戚以后之，授土田，官给耕牛，置学师以教之。为存者立庙，使祀其先人，魂而有灵，吾百年之后何恨哉！[76]

以下是缪袭为纪念其事而作的乐歌：

> 旧邦萧条，心伤悲。孤魂翩翩，当何依。游士恋故，涕如摧。兵起事大，令愿违。博求亲戚，在者谁？立庙置后，魂来归。

在曹操的教令里，对死去将士的关念和对自己死亡的预期纠结在一起，甚为感人。立庙本是为了生者（教令说"为存者立庙"），"魂而有灵"云云更是显示了他对死后有知的不确定。然而，曹操依然想象自己的灵魂会因此举而感到欣慰。我们很容易把缪袭乐歌中的声音想象为曹操直接向听众倾诉，并在祭祀仪式中被无限重复、永远存在。这首诗纪念的，是已经去世的曹操对死者的纪念。乐歌的最后一句既是在招阵亡将士之魂，也是在招曹操之魂。在这组乐歌里，描述武帝曹操征讨战伐的乐歌一共九首，此歌居于正中，对于缪袭的整组乐歌来说，具有特殊的意义。

第十首《应帝期》歌颂曹丕建魏，组歌感情节奏从此发生转变。前面的乐歌主要描述武帝曹操的各种军事征讨活动，而《应帝期》则描述了新帝国的太平盛世，充满各种祥瑞，重点特别放在曹丕的文明教化上，乐歌伊始即以"文皇"（曹丕谥号）的称呼奠定基调。

第十一首《邕熙》继续歌颂魏王朝的统治，侧重于君臣相得之乐，咏唱了音乐本身的和谐力。下文选录了此歌换韵之后的段落，令人想到建安时期曹操、曹丕集团成员所写的公宴诗，音乐和饮酒总是同时出现。[77]

> 吉日临高堂，置酒列名倡。歌声一何纤余，杂笙簧。八音谐，有纪纲。子孙永建万国，寿考乐无央。

音乐既充满节庆欢乐（"八音谐"），但同时又带来秩序（"有纪纲"），遥遥呼应也有力抵制了第一首乐歌中的"无纪经"。对魏王朝的赞美最后在第十二首乐歌《太和》中达到高潮，此首乐歌是对当代君主魏明帝的歌颂。

仪式的作用是增强参与者之间的合作与凝聚力，让不同的个体一起参与共同身份的建构，这对于所有族群的生存来说都是不可或缺的。音乐在这样的仪式中具有重要地位，它能够激发和维持个体之间的团结感与认同感。配乐的歌辞通过对经过选择的历史事件的演唱、重复与固化，构建历史并塑造社会记忆，使音乐的效果尤为强烈。《魏鼓吹曲》正是如此：它们是以诗歌的形式写成的建国史诗，在朝廷祭祀活动的语境中演奏，也许还带有舞蹈与角色扮演。这些乐歌按照时间顺序排列，彼此之间紧密相连，次第言

---

[77] 关于"酒食—音乐"的公式，参见宇文所安，《中国早期古典诗歌的生成》，页208—210。

说了魏王朝的历史。《诗经》里也有很多诗篇歌颂了周朝的建立与各位先祖,但并没有像《魏鼓吹曲》这样系统地编排,它们不构成组歌,也恐怕不像《魏鼓吹曲》那样作为组歌表演。《魏鼓吹曲》是极具特色的歌诗,受到历代王朝的模仿。

[78]《宋书》,卷十九,页541。
[79]《宋书》,卷十九,页541。

模仿也发生于当代:吴国史官韦昭留下了类似的组歌。东晋学者何承天(370—447)曾说:"世咸传吴朝无雅乐。"[78]《宋书·乐志》的作者沈约不同意他的看法,引韦昭献《吴鼓吹曲》奏表"当付乐官善哥者习哥"语,评论道:"然则吴朝非无乐官,善哥者乃能以哥辞被丝管。"[79] 沈约认为组歌是献给吴景帝孙休(258—264年在位)的。如果沈约所言正确,那韦昭是在缪袭的组歌写完很久之后才完成了这套《吴鼓吹曲》。

的确,在很多层面上,这些乐歌都必须与《魏鼓吹曲》放在一起听读:一方面,它们的创作是为了与魏朝宣称的合法性相抗衡,提供了不同的历史角度;另一方面,这些歌辞在形象与修辞上都有意或无意地呼应了《魏鼓吹曲》。乐歌的句式节拍是确认两者之间复杂关系的另一重要元素。据沈约《乐志》,韦昭的歌辞完全采用缪袭歌辞的顺序对汉鼓吹铙歌进行重写。不过,虽然有些乐歌采取同样句式,比如说韦昭的第一首歌辞与缪袭的第一首一样用三十句三言写成,但又并非所有的乐歌都如此。譬如沈约认为第六首吴曲《克皖城》相当于汉曲第六首之《战城南》,但《克皖城》在句式上却与第五首魏曲《旧邦》一致,而《旧邦》又与汉曲第五首之《翁离》相当,也就是说,吴曲第六与汉曲第五都是六句,并采用了四 / 三节拍的句式。歌辞的句式与音乐之间想必有着紧密的联系。那么,吴国演奏这些鼓吹曲时所用的音乐与魏国的音乐是一样的吗?还是说吴国创造了自己的音乐,但与此同时还是在某种程度上试图保留"汉乐渊源"的幻觉?也许后一种情况更加可能。

沈约在第一首吴曲之后注曰:

《炎精缺》者,言汉室衰,武烈皇帝奋迅猛志,念在匡救,然而王迹始乎此也。汉曲有《朱鹭》,此篇当之。第一。

称孙坚为"武烈皇帝",后来又称孙权为"大皇帝",这表明上文有可能是沈约直接从吴国原始文献中抄录下来的，甚至也许就来自于韦昭的奏疏。

与《初之平》一样，韦昭第一首歌辞的历史叙述也是从公元一世纪八十年代初期开始。那是汉王朝陷入动乱的时代，标志着三国领袖的崛起。歌辞中叙述了以"炎精缺"为象征的汉朝之没落，但叙述中心是孙坚：他相当于魏国的曹操，开创了吴国之王业。然而，魏曲的前九首重点都放在曹操身上，吴曲却只有第一首《炎精缺》与第二首《汉之季》是写孙坚的；此外值得注意的是，此后的第三首到第九首跳过孙权的兄长、在开国过程中起了关键作用的孙策，而直接描述孙权的成就。

正如第十首魏曲一样，第十首吴曲《从历数》是歌颂王朝正式建立的作品。首二句"从历数,于穆我皇帝"完全是魏曲首二句"应帝期,于昭我文皇"的模拟重写。[80] 第十一首《承天命》与第十二首《玄化》似乎是歌颂当代君王孙休的，题下小注称皇帝为"上"（按指今上）而不是像此前题注那样称"大皇帝"等等。当然，就像最后几首魏曲一样，也有可能是对吴国统治的总体歌颂。

但最后一首吴曲则包含了最后几首魏曲里所缺席的一层意思：

> 玄化象以天，陛下圣真。张皇纲，率道以安民，惠泽宣流而云布，上下睦亲。君臣酣宴乐，激发弦歌扬妙新。修文筹庙胜，须时备驾巡洛津。康哉泰，四海欢忻，越与三五邻。

"君臣酣宴乐，激发弦歌扬妙新"表现了君臣同宴共赏音乐的和谐场面，与魏《太和》曲没什么不同。但是，"修文筹庙胜，须时备驾巡洛津"，表示要攻克魏都洛阳，则带有明显的军事性和攻击性。

吴曲不仅在结构上与魏曲一一对应，其个别歌曲的内容也往往与魏曲呈现颇有意味的相似之处。如第三首《摅武师》：

> 摅武师，斩黄祖。[81] 肃夷凶族，革平西夏。[82] 炎炎大烈，震天下。

---

[80] 魏曲与吴曲的开头都用了《诗经》歌颂文王的诗。吴曲的开头来自《清庙》："维天之命,于穆不已。"《毛诗注疏》，卷一九，页708。魏曲的开头则用了《文王》："文王在上,于昭乎天。"《毛诗注疏》，卷一六，页533。

[81] 孙权于208年击败杀父仇人黄祖。

[82] 这里的"西夏"是指荆州与襄阳地带。

我们可以比较一下魏曲第三首《获吕布》:

获吕布,戮陈宫。芟夷鲸鲵,驱骋群雄。
囊括天下,运掌中。

[83] 荆州刺史刘表不喜前妻所生之长子,立继室所生之次子为继承人,是为"刘氏不睦"。荆州有八郡。

这两首歌的句数与句式节拍是一致的。第一、二句宣布了重要敌人被斩首,第三句都用"夷"字表示消灭与诛杀,最后一联中也都用到"天下"一词。

当魏曲和吴曲描写相同的历史事件时,吴曲为我们提供了一个南方视角。第四首吴曲《伐乌林》中描述的事件,大致与第八首魏曲《平南荆》相当。《平南荆》写曹操于 208 年攻克荆州,重点描述荆州的投降与曹军的强大:"陶陶江汉间,普为大魏臣。"但对曹操在乌林的失败以及此后荆州的失守只字不提。相比之下,吴曲描写了同一年发生的事件,却选择了孙刘联合大败曹军的赤壁之战:

曹操北伐,拔柳城。乘胜席卷,遂南征。刘氏不睦,八郡震惊。[83]众既降,操屠荆。舟车十万,扬风声。议者狐疑,虑无成。赖我大皇,发圣明。虎臣雄烈,周与程。破操乌林,显章功名。

这首歌的开头几句简要地概括了曹操破柳城、征荆州的经过,与魏曲第七、八首的基调很不一样。魏曲说曹操"抚其民",吴曲却说他"屠荆"。歌辞中完全没有提到孙吴的盟友刘备(161—223),把胜利全都归功于孙权的决断与吴将周瑜、程普的英勇。然而,"议者狐疑,虑无成。赖我大皇,发圣明"这几句却与魏曲第二首惊人地相似:

同盟疑,计无成。赖我武皇,万国宁。

这样的相似之处特别能够显示韦昭对魏曲有意无意之间的借鉴。

从句式节拍的角度来看,第五首吴歌《秋风》值得一提,全诗除一句外皆为五言，从一个普通士兵的角度叙写戍守边疆：

> 秋风扬沙尘，寒露沾衣裳。角弓持弦急，鸠鸟化为鹰。[84]边垂飞羽檄，寇贼侵界疆。跨马披介胄，慷慨怀悲伤。辞亲向长路，安知存与亡。穷达固有分，志士思立功，邀之战场。身逸获高赏，身没有遗封。

此篇题注："秋风者，言大皇帝说以使民，民忘其死。"[85]这首歌既与曹植一些雄壮慷慨的诗歌如《白马篇》有相似之处，也可以被视为"边塞诗"始祖鲍照（约414—466）诗作的先驱。无论如何，在王朝祭祀乐歌中，从一个缺乏具体阶级标志的将士的视角出发来抒情叙事是很巧妙的作法，它使所有的普通士兵都获得了一种尊严与使命感。

第七首吴曲《关背德》是对蜀汉将军关羽（？—220）的谴责。在三国英雄中，关羽在后世最享盛名，终被神化，在东亚、东南亚各个国家地区都广受崇拜。但《关背德》中所描述的关羽，并不是正面的形象。

> 关背德，作鸱张。割我邑城，图不祥。称兵北伐，围樊襄阳。嗟臂大于股，将受其殃。巍巍吴圣主，睿德与玄通。与玄通，亲任吕蒙。泛舟洪汜池，溯涉长江。神武一何桓桓，声烈正与风翔。历抚江安城，[86]大据郢邦。虏羽授首，百蛮咸来同，盛哉无比隆。

---

[84] 据郑玄注，八月立秋，鸠化为鹰。《周礼注疏》，卷七，页107。
[85] 《宋书》，卷二二，页657。
[86] 《宋书》校注认为"江安城"应改为"公安城"，因"建安时不得有江安"。《宋书》，卷二二，页670。我认为由于乐句字数所限，"江安"应该是"江陵与公安"的缩写。"历抚"的"历"有依次或多次的意思，《三国志》也能数次提到过孙权的军队"引兵西袭公安、江陵"。《三国志》，卷一四，页451。
[87] ［清］王士禛，《古夫于亭杂录》（北京：中华书局，1988），卷三，页61。

这首乐歌使清代王士禛（1634—1711）的道德情感大受刺激，勃然称之为"猰㺄狂吠，读之发指"。[87]他又批评缪袭、韦昭与后来傅玄所作的鼓吹曲全部"浅俗无复古意"，"其词尤多狂悖"。王氏的愤怒指责最好地体现了历史中意识形态的演变。

有意思的是，《关背德》与魏曲中次序相当的第七首《屠柳城》在语言上有很多相似之处。《屠柳城》赞美了曹操于公元207年克乌桓之役：

　　　　屠柳城，功诚难。越度陇塞，[88] 路漫漫。
　　　　北踰冈平，但闻悲风正酸。蹋顿授首，遂登
　　　　白狼山。神武恁海外，永无北顾患。

[88] 陇塞一般指今陕西、甘肃境内的西北边疆，此处似应作"龙塞"，即卢龙塞（今河北境内）。据曹操传，"引军出卢龙塞……经白檀，历平冈，涉鲜卑庭，东指柳城……八月，登白狼山……斩蹋顿。"《三国志》，卷一，页29。

我们注意到，"神武"、"授首"的字样也出现在吴曲之中。魏曲的"悲风正酸"，在吴曲中变成了"声烈正与风翔"。

最后，吴曲第八首《通荆门》与第九首《章洪德》，则有意与魏曲系列中相应的乐歌唱反调。第八首魏曲描述了荆州降曹，而《通荆门》却描述了公元 222 年吴蜀重新建立的联盟，"荆门"即指吴、蜀之间的荆州要塞。第九首魏曲叙写曹操征服西北，第九首吴曲《章洪德》则针锋相对地描述了吴国向南方发展的殖民统治。

结束语：重造历史

　　如上所述，魏与吴分别通过多媒体渠道进行王朝建设与意识形态的较量。他们试图通过撰写历史以及反复公开演奏音乐化的诗史，来塑造公共记忆和确立王朝的合法性。这些关于建国功业的仪式性乐歌，后来历代皆有效仿，甚至到了二十世纪，中华人民共和国都有自己的大型歌舞史诗《东方红》。

　　但本文标题中的"重造历史"，不仅仅是指魏、吴两国积极开展的修史事业，也指我们今天对中国文学史中以北方/魏晋政治正统作为基础的传统叙事模式提出的修正。三国时期的武力冲突是众所周知的，对蜀、吴二国的文学生产和对吴、魏二国的文化争霸进行反思，却可以让我们对三国时期的文化生态有更全面深入的了解。吴以及魏的仪礼音乐尤其应该得到文学史家更多的重视。一方面，这些乐歌为后世诗歌传统中的历史歌行提供了很好的样板；另一方面，作为王朝政体的文化工作之一，它们发挥了重要的政治功用。正如吴国贵族将军陆景在其《典语》中所说：

所谓文者,非徒执卷于儒生之门,摅笔于翰墨之糅,乃贵其造化之渊、礼乐之盛也。[89]

> [89]《太平御览》,卷五八五,页2766。严可均在《全三国文》中引用了这段话,但"糅"作"采",最后一句的词语顺序也有所变动。《全三国文》,卷七〇,页1433。

通过上文的论述可以得知,韦昭很有可能是在有意识地把缪袭的乐歌系列作为范本。吴国乐歌时时处在修辞和意象层面回应魏曲,但同时又与魏国的北方视角形成了鲜明的对比。在这样的语境中,吴乐对魏乐的呼应似乎是有意为之的书写手段,以求更为有力地凸显二国的不同。陆景之弟陆机显然认可陆景对"文"的看法:晋灭吴十年之后,他前往洛阳,在那里秉"造化之渊",对北方洛阳音乐传统予以特别的关注,并像韦昭那样,重写了这一传统。

最后,本文间接地提出了这样一个问题:当一个时代的文本保存多有残缺的时候,应该如何撰写文学史?是置之不顾,还是通过文本考古,尽可能地利用手头材料来还原当时的历史,尽管与此同时我们深知这只能是非常片面的重构?在我看来,正确的答案应该是后者。更重要的是意识到中国中古时代是一个手抄本文化时代,是文本大量佚失的时代,因此写作中国中古文学史的时候,应该把资料的不完整与不完美本身也考虑与书写在内,不仅讨论文本佚失与变形的现象,也对其内在原因进行反思。

(张元昕译)

楼上女：
《古诗十九首》与隐/显诗学*

> * 本文英文版发表于《中国中古研究》（*Early Medieval China*），2009 年第 15 卷，题作 "Woman in the Tower: 'Nineteen Old Poems' and the Poetics of Un/concealment"。中文版原题作《高楼女子：〈古诗十九首〉与隐/显诗学》，由卞东波教授翻译并发表于《文学研究》，2016 年第 2 卷第 2 期，页 1—12。

我在本文中将讨论一组通常系年于公元二世纪的佚名诗作《古诗十九首》，其因六世纪梁代文学总集《文选》对它们的区划而得名。[1] 尽管《诗经》和《楚辞》被认为是中国文学的肇始，但《古诗十九首》则常常被视为中国古典诗歌的真正源头。[2]《古诗十九首》虽然表面上文字直白透彻，但是其角色多变的特质却考验着读者的想象，因为我们很难断定谁是抒情主人公，又对谁倾诉了什么款曲。明清时期的评论家们对这组看似简单的诗歌有着多歧且常常抵牾的解读，更是加深了这一印象。许多迹象似乎指向了潜藏于言语表象之下的叙事完整性，然而正当我们认为已经破译了其隐含的信息时，其他阐释的可能性，有时甚至是正好相反的阐释，却又浮现了。我们最终会发现，《古诗十九首》这种省略性的姿态（gesture）指向的不是别的，正是其自身的隐性诗学属性。那么，这些诗歌是如何做到这一点的？其原因又何在？对中国古典诗歌的后续发展带来哪些可能的结果？我将在本文中论及这些问题，同时考察这些诗歌文本本身以及它们在中国古代文学批评史上的接受。

《古诗十九首》的隐晦性

如前所述，《古诗十九首》这组诗在中国诗歌发展史上占有独特而重要的地位，这从古代诗论家的评论和现代学者的研究中都可以清晰见到。若一言以蔽之，明代陆时雍（活跃于十七世纪）有一句令人深思的评论，他说这组诗"谓之风余，谓之诗母"。[3]

似乎没有其他论断比这一双重比喻更能贴切地把握住《古诗十九首》的特质与地位了。"谓之风余"，将《古诗十九首》比作《诗经》的后裔（这当然符合时间上的顺序，因为《诗经》早于《古诗十九首》很多个世纪）；而"谓之诗母"，修辞上却似有乱伦之嫌，因为又将《古诗十九首》提升到了《国风》之"配偶"的高度，而后者不言而喻必是"诗父"。这样一种提升又因为被评为

---

[1] [梁] 萧统（501—531）编，《文选》（上海：上海古籍出版社，1994），卷二十九，页1343—1350。
[2] 不管合理与否，从古至今诸多学者和评论家都持有这个观点。譬如，王世贞（1526—1590）称这些诗歌为"千古五言之祖"，见《艺苑卮言》，丁福保辑，《历代诗话续编》（北京：中华书局，1983），页978。当代学者吕正惠称这组诗为中国抒情诗的"真正源头"，见《抒情传统与政治现实》（台北：大安出版社，1989），页21。
[3] 出自《古诗镜》，隋树森编著，《古诗十九首集释》（下简称《集释》）引，《古诗集释等四种》（台北：世界书局，1969），卷四，页5。"风"指《诗经》的第一部分《国风》。

"余"而有所消减——"余"可以表示"多余"、"残余"。这褒贬共存的评价正是"女／阴性"(the feminine)在父权社会文化中地位的准确写照。值得注意的是,《古诗十九首》的阴性气质(femininity)被具体化为了"母"性。确实没有任何形象比母亲形象能更好地表示这组诗的位置了:具有权威性,因而令人感到威胁;同时却深度边缘化,所以又令人安心。

反讽的是,《古诗十九首》的起源本身就混沌不清。我们唯一可以确定的是,六世纪初有很多无名氏五言古诗流传于世,而这十九首诗就是从那些诗里面选出来的,梁昭明太子萧统将其称为"古诗十九首",并将其编入影响深远的《文选》中。关于《古诗十九首》某些单篇诗歌的系年在学界仍有颇多争议,但一般都定在东汉时期(虽然这并不意味着这些诗歌在东汉时就已经被作为固定文本书写下来),而且很有可能并非成于一手。

中国文学传统一向重视"知人论世",并努力发掘作者的生平资料,令人颇感意外的是,自古至今大部分诗论家和学者都基本上满足于这组诗处于作者佚名的状态。[4] 实际上,在《诗经》之后的无名氏诗歌里,《古诗十九首》可以说是唯一在中国传统文学话语中享有如此显赫地位的。《诗经》至少还存在着一个所谓的编／作者,也即孔子本人;而且实际上早在汉代,《诗经》中的诗作就已经有了介绍大致的作者身份或写作背景的小序了,这些小序为后世读者提供了一个阐释的基础,让读者可以或是同意或是反对它。与之相反,《古诗十九首》的作者为谁不但基本上从来无人过问,而且它的佚名性(anonymity)被中国古代诗论家当成一种积极的正面价值。其原因何在?宇文所安认为,只有在"起源"叙事中佚名性才具有正面价值,也就是说,佚名性被视为"古"的标志(早于有确定作者的作品),而这使《古诗十九首》得以成为中国文学史上的奠基性文本。[5] 事实的确如此。但是,在本文中,我想探讨的是这个问题的另一方面,即《古诗十九首》通常被认为具有一般

[4] "知人论世"这个说法来自孟子的论断,见《孟子注疏》,[清]阮元编《十三经注疏》本(台北:艺文印书馆,1955),10b.188。虽然早在五、六世纪时就有一些人被认为是"古诗"作者,譬如说西汉的枚乘,但学者并不认同这些署名,考证派学者也没有拿来大做文章。旧题枚乘的署名出现在南朝陈代由徐陵编撰的诗歌总集《玉台新咏》中,见[陈]徐陵[编],[清]吴兆宜注、程琰删补,《玉台新咏笺注》(北京:中华书局,1985),页 17—21。刘勰(约 460s—520s)也在《文心雕龙》中提到这种近世之"论",见[梁]刘勰著,詹锳义证,《文心雕龙义证》(上海:上海古籍出版社,1989),页 189。
[5] 宇文所安(Stephen Owen),《中国早期古典诗歌的生成》(北京:生活·读书·新知三联书店,2014),页 40—41。

[6]《文心雕龙义证》，页193。
[7] 见《四溟诗话》，隋树森编著，《集释》，卷四，页3。
[8] 见《诗式》，隋树森编著，《集释》，卷四，页1。
[9] 见《诗谱》，隋树森编著，《集释》，卷四，页2。
[10] 见《诗薮》，隋树森编著，《集释》，卷四，页4。

性和普遍性，"佚名性"作为构成了《古诗十九首》之普遍性的决定因素，究竟是如何运作的。这种普遍性对于欣赏《古诗十九首》以及理解中国传统诗学和诗歌在古代中国社会中的功用同等重要。

佚名性只是《古诗十九首》多种隐晦特质（dark qualities）中的一项。与佚名性紧密联系的是笼罩在这组诗歌上的另一层神秘面纱，即对诗意确定性的抵制。这是另一个令人颇感意外的地方，因为《古诗十九首》以其语言简单明了著称。早在南北朝时期，刘勰就已将其语言描述为"直"。[6]一千多年之后，明人谢榛（1495—1575）称这些诗歌"不尚难字"，听起来如"秀才对朋友说家常话"。[7]还有两个譬喻性说法特别值得一提，它们都强调了《古诗十九首》意义上的透明性：一是唐代诗僧皎然（生活于八世纪）称其"义炳"（意义明白昭著）；[8]二是陈绎曾（生活于十四世纪）说这些诗"澄至清，发至情"。[9]"澄至清"字面义为水清澈见底（这里"至清"显然还谐音"至情"）。

如火之"炳"与如水之"清"，这两种表现《古诗十九首》透明性的比喻，似乎表面上消解了任何阐释上的不明晰。这些评论针对的是《古诗十九首》文字上的清晰透彻，然而与之形成有趣对比的是，古代和现代批评家们对于单篇诗歌、诗联以及诗句的解释却又极为分歧，往往相互对立。胡应麟（1551—1602）用一段很有悖论精神的话极好地表达了这些诗歌的双重属性："意愈浅愈深，词愈近愈远。"[10]实际上，虽然这些诗在文字上直白明晰，但如果加以细读的话，则让我们好奇是谁在叙述，又向谁倾诉了什么。省略性的文字似乎是隐秘故事的线索；而正当我们认为自己把握了半隐秘的叙事含义时，另一种阐释的可能性出现了，打破了其意义的连贯性。

赠礼，阻隔，分离

《古诗十九首》其六为我们提供了一个这些抒情诗意义含混的极好例证。

涉江采芙蓉，兰泽多芳草。

> 采之欲遗谁，所思在远道。
> 还顾望旧乡，长路漫浩浩。
> 同心而离居，忧伤以终老。

毋庸置疑，《古诗十九首》是描绘"流离分散的诗歌"（a poetry of dislocation）[11]，或者用清代批评家沈德潜（1673—1769）的话来说："十九首大率逐臣弃妻、朋友阔绝、死生新故之感。"[12] 不过，分离的主题也表现在建立跨越时空距离的联系上。这些沟通和交流的尝试包括了赠礼与致信；虽有时奏效，但更多时候以失败告终。一旦不成功，就会像上引诗歌那样产生断裂，作为诗歌主题的断裂奇妙地反映在诗歌意义本身的晦涩难通之中，因为尽管所有人都认同这是一首关于思念的诗，但对于诗歌准确的含义，甚至叙述者是谁，都存在着众多不同的见解。

中国古典诗歌中极少使用代词，即使使用，也无法区别代词是单数还是复数。我在上文的英译中，出于英语语言的需要而使用了第一人称代词"我"（I），但是这并不能帮助我们确定这里的"我"究竟是谁。叙述者究竟是女性，还是男性？虽然"采莲"这一意象在后世传统中经常与女性联系在一起，但是在上古时期，并不存在明显的性别指向。事实上，因为这首诗充满了《楚辞》的回响（"涉江"即《楚辞》中的篇名），所以很容易令人联想到《离骚》中佩戴着香草的叙述者。如果这首诗的叙述者是男性，那么是这名男子自己背井离乡，还是他的挚友离他远游了呢？

元代评论家刘履（1317—1379）认为是前者："客居远方，思亲友而不得见，虽欲采芳以为赠，而路长莫致，徒为忧伤终老而已。"[13] 清代朱筠（1729—1780）看法相同："行者欲寄居者。"[14] 姜任修（1721年进士）对这种解读持有异议："采芳遗远，以彼在远道者，亦正还顾旧乡，与我有同心耳。"[15] 张玉穀（1721—1780）同意此看法："此怀人之诗。前四先就采花欲遗，点出己之所思在远。'还顾'二句，则从对面曲揣彼意，言亦必望乡而叹长途。"[16] 争论一直持续到二十世纪。比如，马茂元认为这首诗完全出自一位男性旅人，[17]

[11] Stephen Owen（宇文所安）ed.& trans., *An Anthology of Chinese Literature: Beginnings to 1911*（《中国文学选集：从先秦到1911年》），(New York: W.W. Norton, 1996), p. 250.
[12] [清] 沈德潜撰，王莼父笺注，《古诗源笺注》[台北：华正书局，1986]，页117。又见隋树森编著，《集释》，卷四，页7。
[13] 见《选诗补注》,隋树森编著，《集释》，卷三，页3。
[14] 隋树森编著，《集释》，卷三，页50。
[15] 见《古诗十九首绎》,隋树森编著，《集释》，卷三，页40。
[16] 见《古诗赏析》,隋树森编著，《集释》，卷三，页60。
[17] 马茂元，《古诗十九首探索》（香港：文翰出版社，1969），页85。

而潘啸龙则认为叙述者是位采芙蓉的女子，这是后世诗歌传统中常见的形象。[18]

在叙述者的性别身份并不明晰的情况下，赠礼者与接受者之间的确切关系也蒙上了一层迷雾。有人认为受礼者是叙述者的亲友，也有人更具体地认为受礼者是其配偶或密友。饶学斌（卒于1841年）试图将《古诗十九首》解读为一组相互关联的政治叙事诗，将这组诗的叙述者解释为遭谤的大臣，并将第六首中可能的受礼者描述为"同患"，换言之，即叙述者的同党，他同样受到诬谤并被贬黜到南方（而叙述者自己则被贬黜到北方）。[19] 吴淇（活动于十七世纪）则认为诗中描述的是受诬的臣子和被离间的君王（即"所思"）之间的关系。[20] 张庚（1685—1760）发展并改进了吴淇的观点，将叙述者塑造成一个臣子在绝望地思念着君主（即"在远道"者），并发现掉头归乡乃是奢望（"长路漫浩浩"）。[21]

最大的谜团终究还在于诗歌文本自身，诗歌结尾两句云："同心而离居，忧伤以终老。"吴淇是位具有敏锐洞察力的批评家，他让我们注意第一句诗中的奇怪之处："既曰'同心'矣，岂有'离居'者？"他总结道，从建构一首政治讽寓诗的脉络来看，"其中必有小人间之矣"。[22] 然而，最后一句的震撼并不亚于前一句，因为我们突然意识到，这并不只是暂时的别离，叙述者预见到这将是终身的离居。分别时间的长短有着重要意义：即便是长达十年或是二十年的分别，将来都只会成为悲喜交加的回忆，而重聚的希望，虽然遥远渺茫，也能照亮内心绝望的阴霾；终身的分离则完全不同，这种状态永远不会成为过去，既构成叙述者的现在，也构成其未来，这种时间上的空阔巧妙而隐秘地契合于把叙述者与其思念对象阻隔开来的空间距离。

我们自然会产生和吴淇一样的疑问：究竟什么原因导致了"同心"的两人分离？连接"同心"和"离居"的"而"字既表示并列关系（"同时又"），又暗示转折关系（"可是又"），使人们不由自主地会产生以上这个问题，同时明确暗示，分离是由不受这两个主人公控制的外力因素强加在他们身

[18]《汉魏六朝诗鉴赏辞典》（上海：上海辞书出版社，1992），页140—142。对潘氏的观点，近年来又有两位作者提出不同意见，参见王健、王泽群，《情谁涉江采芙蓉》，载《现代语文》，2006年第3期，页30。
[19] 见《月下楼古诗十九首详解》，隋树森编著，《集释》，卷三，页82—83。
[20] 见《六朝选诗定论》，隋树森编著，《集释》，卷三，页14—15。
[21] 见《古诗十九首解》，隋树森编著，《集释》，卷三，页28—29。
[22] 见《六朝选诗定论》，隋树森编著，《集释》，卷三，页15。

上的。不同于变心和背叛这样的内在原因，外力因素好像是用很响的耳语讲了一个故事，但故事细节被压抑了。呈现在我们眼前的仅仅是冰山一角，而浸在水下的巨大基底则很难被看到。这首诗的重点就在这里，因为每个读者都可以从这个未被叙述的故事中，找到自己的身影。换言之，诗歌只给了我们一个故事的梗概，所以我们可以自由地将自己的经历或者想象代入这个故事。故事本身仅以暗示出之，其具体内容仍然模糊，从充满特殊性与具体性的个体生活的框架中被解放出来，于是变成了每个男人或女人的故事。我们无法得到丰富的叙事，而这正是我们可以充分参与进这首诗歌的唯一方法。

藤蔓的隐喻、异文与受压制的表达

《古诗十九首》提出了一种特殊的叙事模式：以压抑进行表达。压抑被用作一种表达和言说的方式，而并非保持沉默的方式，同时在诗歌叙述内容与诗歌向读者呈现的未叙述内容之间，持续存在着一种张力。第十一首的开头两句就是一个很好的例子："回车驾言迈，悠悠涉长道。"开头两个字就令人晕头转向：从哪里"回车"？是什么促使诗人改变了心意和方向？诗人在这十个字中使用了四个字——"迈"、"悠悠"、"长"——来强调其返途之远（当然，也告诉了我们其跋涉至此有多远）：这种不吝笔墨的描写与其过于精简的叙事形成了鲜明的对比，因为我们对于旅者现在究竟归向何方、原来又是去往何处一无所知。诗歌剩余部分都在哀叹人生短暂，结尾却笔锋一转，称赞追求"荣名"是唯一获得不朽的方法。不过，诗歌前半部分表达出的人生无常的感伤观点，给表面对追求现世荣名的认可蒙上了阴影。

与上文所引的《文选》版本相比，初唐类书《艺文类聚》（成书于624年）所载的第一句存在着有趣的异文："驱车远行役，悠悠涉长道。"[23] 同样的诗句"驱车远行役"也出现在阮籍（210—263）《咏怀诗》第三十九首中，其中"役"具体指兵役。[24] 宋初类书《太平御览》采用"驱车"而非"回车"，剩余的句子则与《文选》版本相同。[25] 当然，在手抄本文化中，几乎每一个文本都会存

[23] [唐]欧阳询,《艺文类聚》(台北：文光出版社, 1974), 页484。
[24] 逯钦立辑校,《先秦汉魏晋南北朝诗》(北京：中华书局, 1983), 页504。
[25] [宋]李昉等,《太平御览》(台北：台湾商务印书馆, 1975), 页1071。

在大量异文；然而，这里值得一提的是，如果某个字有异文的话，一般来说出现异文的地方总是充满了语义上的模糊性；而如果诗里有一个晦涩难懂的句子，那么往往会出现一个简单或明晰的文本异文，来解决所有阐释中的疑问。

如何理解"回车"一词确实可为整首诗的解读定下基调。张庚将其与孔子在陈国三年不得志而产生"归欤"之叹联系在一起，他又进一步将叙事者在仕途上可能遇到的不顺与他建立荣名的决心区分开来。[26] 朱筠认为，"这首诗从悟后着笔"，并将"回车"解读为"看破世事"的表达；他因此将最后一句"荣名以为宝"解读为叙述者在面对人生的无常时不情不愿、半心半意的妥协。[27] 马茂元引用《离骚》中"回朕车以复路兮，及行迷之未远"两句强化了这种解释。[28] 但朱筠有点牵强地将幻灭的意象与最后对"荣名以为宝"的强调尽力弥缝绾合起来，这正显示了"回"的姿态具有深刻的模糊性。不过，对这个姿态做出确定的解读既不可能又无必要：它旨在连接起过去与现在，成为沟通文本背后隐秘的故事和文本中可见的时刻之间的桥梁。它指向一个诗人让我们意识到却又禁止我们仔细观察的故事，且从没有将这一故事清楚地揭示出来。

第八首则给我们提供了一个更为清晰的故事纲要，好像路边有很多指示牌，但从很多方面来看，这个故事的内容比上面引用的第十一首更加隐晦：

> 冉冉孤生竹，结根泰山阿。与君为新婚，兔丝附女萝。
> 兔丝生有时，夫妇会有宜。千里远结婚，悠悠隔山陂。
> 思君令人老，轩车来何迟。伤彼蕙兰花，含英扬光辉。
> 过时而不采，将随秋草萎。君亮执高节，贱妾亦何为？

这首诗对于英译者而言是极大的挑战，因为汉语中没有时态标识。比如第三句"与君为新婚"，可以理解成过去的行为："我最近和你成婚了"（I have recently married you）。或是对未来的预期："我将成为你的新妇"（I shall become your new wife）。

---

[26] 见《古诗十九首解》，隋树森编著，《集释》，卷三，页32—33。
[27] 见《古诗十九首说》，隋树森编著，《集释》，卷三，页57。
[28] 马茂元，《古诗十九首探索》，页100。[宋]洪兴祖，《楚辞补注》（台北：天工书局，1989），页16。

或是对一种事实的陈述："与你最近的成婚（就像菟丝附在女萝上一样）"（Being recently married to you [is like the dodder plant attaching to the creeping vine]）。或是一种假设："如果我们是新婚夫妻，那么我们将会……"（If you and I become newly-weds, then we shall be like...）。选择哪一个版本，意义很重要，注家对于这首诗的含义也的确有着激烈的争论：究竟这首诗表达的是对迟婚的不满，还是对新婚即别离的幽怨。第八句中的"山陂"既可能是女子的娘家与夫家之间的障碍，也可能是女子与新婚未久即踏上旅途的丈夫之间无法逾越的阻碍；同样，第十句中的"轩车"，既有可能是迎娶她的婚车，也有可能是她丈夫久别归家的车驾。

诗中出现的植物隐喻，也像诗歌本身一样充满了不确定性。"结根"于"泰山阿"的"孤竹"是一个引人注目的意象，因为竹往往是丛生的，而非独生。这个意象可以解读为女性叙述者与丈夫（或者和娘家）之间的关系，不过接下来的植物比喻实际上颠覆了开头的诗句，因为竹子虽然易弯，本质却是非常坚韧的，而菟丝和女萝则不像竹子，都是柔软脆弱的，而且必须依附于其他植物才能生长。"泰山"确实可以为"孤竹"提供保护，但是"女萝"却无法成为"菟丝"坚实的依靠。

从坚韧独生的竹到柔弱蔓延的藤萝，这个意象的嬗变在诗歌后半部分中更进了一步，诗中的女性叙述者从馨香的"蕙兰花"中看到了自己的命运：如果不趁她年轻貌美及时"采"摘，她的青春美貌也会随同其他所有植物一起凋谢。下面描写兰花的这一句诗具体表达了她身份的模糊性："含英扬光辉。"（Holding its blossoming within, ready to shine forth.）"含英"指花朵含苞待放，"扬"则表示开放、发扬、舒散。在英译句中，我把这两个动作区分为两个时间阶段——现在和将来（加入"ready to"表示将要如何）——以使得译文读起来合理与顺口，但在汉语原文中，"含英"和"扬光辉"这两个矛盾的词组出现在同一行，紧接在一起，并且似乎出现在同一时间段。这种组合制造出来的张力在语言的层次上极好地反映了女子本身的不确定性。她是等待未婚夫从娘家将她迎娶走的未婚女子呢，抑或是新婚过后不久丈夫就离别而去的新娘呢？这两种解释从古至今都有人鼎力支持。诗无达诂，也许并不需要一个正解。

可以确知的是，女子是希望能够及时被"采"的，她预见到自己也会像秋天的植物那样枯萎、凋谢。甚至在这里我们也还是遇到了阐释学上的难题。兰、蕙是《离骚》中经典的植物意象，因此这两个意象的背后，还隐藏着另外一种比单纯的枯萎凋零更加具有威胁性的解读可能。《离骚》中关于兰蕙有这样的诗句："兰芷变而不芳兮，荃蕙化而为茅。何昔日之芳草兮，今直为此萧艾也。"[29] 失去芳泽（即青春和美貌）只是外部变化，并不影响植物的本质，但是变成"茅"和"萧艾"则是一种令人不安的变化，表现出与过去的自我本质完全不同的根本性差异。我们在《古诗十九首》其八中已经看到隐喻的递变，从"竹"到"菟丝"和"女萝"，再到"兰蕙"，一种比一种更脆弱（兰蕙比藤蔓更加脆弱，因为它们有芬芳的花朵，可以损失的东西更多）。这种消极变化趋势，使人们并不难更进一步联想到《离骚》中香草化为萧艾这样的本质转化。

探索第八首中的"亚文本"（subtext）并不是异想天开的解读，完全可以在文本自身中找到证据。最后两句诗集中表现了贯穿全诗的模糊性："君亮执高节，贱妾亦何为？"一些注家认为"高节"是指男子（"君"）对女子保持忠诚，但这并不明确。这个表述也可以意谓着他在仕途上或者效力社会时一直保持着高尚节操。这里再次存在着多种的叙事可能性。至于最后一句诗，几乎所有注家都理解为女子对现状心甘情愿地接受，也是表达忠贞的誓言。但需要指出的是，这些注家都是男性，将最后一句以疑问口气出之的诗解读为女子的忠诚宣言很有一厢情愿之嫌。《古诗十九首》并不是拘谨守礼之诗，著名的第二首《青青河畔草》已经证明了这一点（诗中描绘了一位丽人，在丈夫远行之时施粉黛而登楼远望，并从窗户中伸出纤纤玉手，感叹"空床难独守"）。关键在于，如果不囿于一厢情愿和自我满足的传统评论，人们可以很容易在最后一联诗中听到非常不同的暗示。

在李善（约630—689）《文选注》中，"贱妾亦何为"一作"贱妾拟何为"[30]。第三个字作"拟"而非"亦"，虽然表面看来意义相差不大，但"亦"字实际上是一个没有实质意义的虚词，加强了"何为"表现出的无助和无奈语气，而"拟"则似乎使这句话成为一个真正的疑问句，而不仅仅是一个表

---

[29]［宋］洪兴祖，《楚辞补注》，页40。
[30]［梁］萧统编，《文选》卷二十六，页1220。

示强调语气的反问句。这种被压抑下去的解读是可能令人不安的解读，通过一个文本异文（"拟"）表达出来，但这一异文并没有被《古诗十九首》大多数版本采纳。

一床锦被遮盖

本文探讨的最后一个例子是第十六首诗，在这首诗里梦境与现实相互交融。相思梦是诗歌叙事的焦点，而如梦般的朦胧笼罩了全诗。我们再一次难以判定说话人的性别。我们再一次只有一个故事梗概，而其细节不断困惑着我们。我们也难以破解"锦衾"那句诗的谜团，而这个意象成了这首诗意义被"遮盖"起来的极好比喻。

> 凛凛岁云暮，蝼蛄夕鸣悲。凉风率已厉，游子寒无衣。
> 锦衾遗洛浦，同袍与我违。独宿累长夜，梦想见容辉。
> 良人惟古欢，枉驾惠前绥。愿得常巧笑，携手同车归。
> 既来不须臾，又不处重闱。亮无晨风翼，焉能凌风飞。
> 眄睐以适意，引领遥相睎。徙倚怀感伤，垂涕沾双扉。

时值秋日，寒风凛冽，如同《古诗十九首》中诸多爱侣一样，这对恋人也离别分居。这就是我们可以从这首诗中清楚获知的现实，余下的都难以捉摸。困惑从第四句诗开始产生："游子寒无衣。"叙述者是男子，在说他自己吗？还是叙述者是女子，此时正思念离家远行的恋人呢？

寒冷和御寒的话题延续到下一联诗句，其含义是如此模糊，以至于完全阻碍了理解的可能性："锦衾遗洛浦，同袍与我违。"从纯粹的文字角度来看，"同袍"似乎受到前面诗句中"无衣"的直接兴发。这两个词语同时出现在《诗经·秦风·无衣》中："岂曰无衣？与子同袍。王于兴师，修我戈矛，与子同仇。"[31]需要强调的是，《古诗十九首》提到"无衣"和"同袍"并不能算是用典，只能算是"文本的回响"（textual echo），《古诗十九首》同时代的读者肯定会听到这个回响，

[31]《毛诗正义》,《十三经注疏》本,页244。

因为学《诗》构成了古代中国的基本教育。在研究东汉时期出现的《费凤别碑诗》时,宇文所安观察到诗里"充满了对《诗经》的指称",他并没有将其视为某种"典故",而是建议将其看成是"一个'习语'(tag),即一个脱离了原始语境、自由浮动的句子,可以被应用于任何适当的情境"。[32]第十六首诗中"无衣"后紧接着就使用"同袍",当然被视为对"习语"的应用;但与宇文所安所举《诗经》中的诗句"道阻且长"不同的是,《无衣》一诗具有非常明确的性别指向,这首诗写的是军人之间的友谊,抒情主人公明显是男性,男性的兄弟情谊(male bonding)通过同衣、同仇得到明证。衣袍的柔软,表征着友谊的舒心与温暖,而与象征着暴力与死亡的武器——尖锐冰冷的枪矛形成鲜明的对比。

很多批评家都认为《古诗十九首》第十六首诗的叙述者为女性,"同袍"者为其丈夫,如《文选》"五臣注"解释"同袍"为"夫妇"。[33]不过,"同袍"自古至今大多用来指男性之间的关系,这样的例子不胜枚举,以至于《汉语大词典》中给出的唯一指"夫妇"关系的例句就是这第十六首"古诗"。当然妻子借用"同袍"指称丈夫也不是完全没有可能,但在此语境中,对《无衣》的文本回响增加了这首"古诗"性别上的模糊性,而且这也可以部分地解释为什么有些诗论家将这首诗解释为男性友谊而非男女情爱。[34]

即使采用叙述者为女性的主流解读,也并不能完全解决围绕这两句诗出现的阐释难题。上联次句中的动词"违"也是有疑义的焦点,因其存在多种隐含的意蕴:是仅仅指分离,还是暗指背叛(与"违背、违反"语意相关)?这在某种程度上来说取决于我们对前一句诗"锦衾遗洛浦"的理解。"遗"字指留下,也可读如"未",指馈赠。"洛浦"呼应有关洛水女神宓妃的传说,宓妃貌美却又轻浮,《离骚》中的主人公因此不愿与其发生瓜葛。这句诗似乎暗示了一段浪漫情事,但这段情事的真正内涵依旧不为人知。难道是女主人公怀疑她的丈夫在旅途中背叛了自己?难道哪位"神女"是他迟迟不归的原因?还是就简简单单并没有什么深意地在说"可怜的丈夫将锦被落在家里了,行李中没有足够的冬衣和御寒的衾被"呢?或者是怨怼之

[32] 宇文所安,《中国早期古典诗歌的生成》,页74。
[33] [梁]萧统编,[唐]李善等注,《六臣注文选》,《四库全书》本,页12a。
[34] 张庚曰:"客游无赖而思故人拯之。"见隋树森编著,《集释》,卷三,页36。张琦(1764—1833)曰:"此思友之辞。"见隋树森编著,《集释》,卷二,页25。

词:"他当然会受到寒冷煎熬,因为他将锦被遗留在了洛水之滨!"再或者,如果我们考虑到中国古诗语法的含混以及动词的多义性,也可以将这句话理解为"在洛浦有人把一床锦衾送给了他";换言之,她的猜忌可能打断了她对于丈夫没有御寒衣物的担忧。

[35] 马茂元,《古诗十九首探索》,页 167。另外值得注意的解读出自吴淇和方东树(1772—1851)。吴淇认为"锦衾"是一种修辞手法,而非确有其事。见隋树森编著,《集释》,卷三,页 22。方东树认为宓妃是诗中女性叙述者的自比,"言其初与游子相结也"。见《集释》,卷三,页 71。
[36]《卫风·硕人》,《毛诗正义》,页 129。

如果将叙述者视为男子,那么我们可以将这两句诗理解为他把锦衾留在了家中,而现在身边既无冬衣,也无衾被,又与"同袍"者分离。也可以理解为男子对于洛神的不贞感到惋惜(就像《离骚》主人公那样)。总之,我们面对着多种解读可能。正如现代学者马茂元不无烦恼地所说的那样:"这两句,过去的解释极为混乱。"[35]

让我们暂时将这两句诗搁置一边,考察这首诗剩下的部分,主要集中在梦境上:"独宿累长夜,梦想见容辉。良人惟古欢,枉驾惠前绥。愿得常巧笑,携手同车归。"诗中出现"良人",似乎明确指一位女性主人公,她梦见了她的丈夫。但《国风》中的名篇《硕人》是用"巧笑"一词来形容女性的,[36] 无论女子是用这个词来形容丈夫还是形容自身,都显得有点奇怪。将"绥"递交给新娘应该是新郎做的事,不过当然也可以仅仅表示男人帮助妻子进入马车,然后两人同乘。"古欢"和"前绥"在梦境中把过去和现在连接在一起,但就在做梦者希望梦境延长下去时,梦境就破灭了。时间,更确切地说是对时间的意识,打破了魔咒:

既来不须臾,又不处重闱。亮无晨风翼,焉能凌风飞。
眄睐以适意,引领遥相睎。徙倚怀感伤,垂涕沾双扉。

"晨风"是"诗歌之鸟",它频繁出现于《国风》中,而此处在语义的层次上尤为合适,因为"晨"代表了夜晚、梦境以及幻想的终结(句首"亮"字,在这里做"确实"讲,但本身又有"照亮"之意,此处一语双关)。下一联诗句("眄睐"云云),不见于李善本《文选》,可能是因为不好解释:这两句诗同时表现了两种观看的模式,一种是近距离的察看("眄睐"),另一种是远观("引领遥相睎")。但事实上这恰恰描绘了主人公醒来的过程:先侧目顾盼身旁,寻找心上人的身影,却只见空空如也的床铺,她/他于是起床引领远眺,好像试图远远地看到梦中爱人离别而去的背影。最后一句中出现的涕泪,是梦境的孑余和被置换的潮湿。

就像现代学者吴小如所言,这首诗是后世文学传统中无数梦境文本的原型。[37] 尤其适合梦境主题的是,诗歌聚焦于锦衾的遮盖与掩藏。这把我们带回到本文开篇提出的前提:当文本仅仅勾勒出一个叙事纲要,并且指向多重情节及子情节(sub-plot)时,文本就成了一份开放式的邀请,召唤读者来完成叙事。

[37]《汉魏六朝诗鉴赏辞典》,页161。

表演性和抒情的意蕴

十七世纪诗评家陈祚明曾对《古诗十九首》的重要性做出过令人信服的阐释,这一阐释介于诗学和阐释学二者之间:

> 《十九首》所以为千古至文者,以能言人同有之情也。人情莫不思得志,而得志者有几?……志不可得而年命如流,谁不感慨?人情于所爱莫不欲终身相守,然谁不有别离?……故《十九首》唯此二意,而低回反复,人人读之,皆若伤我心者,此诗所以为性情之物。而同有之情,人人各具,则人人本自有诗也。但人有情而不能言,即能言而言不能尽,故特推《十九首》以为至极。

以上这段评论尽管特指《古诗十九首》,但也强调了中国传统诗学的一个重要原则:诗歌是个体也是集体的一种表达模式;在理想上,和在理论上,诗歌应属于每一个人。当然,陈祚明也必须立即努力克服与这个理论并生的负面因素(evil twin),因为归根结底,并非每一个人都是诗人,而他却必须对诗人所具有的特殊能力做出解释,也就是说,诗人如何把人类共通的感情用诗歌的形式艺术地、成功地表达出来。陈祚明对这个问题解答得不是很好,只是说"人情本曲",所以诗歌的宛曲之处也不过是跟随人情的大致状况而变化。但他承认,《古诗十九首》"惟是不使情为径直之物,而必取其宛曲者以写之",表达了迥异于很多其他批评家坚持《十九首》是"自然率真"的观点。他总结道:"后人不知,但谓《十九首》以自然为贵,乃其经营惨淡,则莫能寻之矣。"[38] 如此一来,陈祚明宣称《古诗十九首》的"宛曲"既是用心"惨淡经营"的结果,也是人类共通情感忠实而自然的呈现,借此来协调"诗是自然"的理念和"诗是人工"的理念。

陈祚明的同时代人、才华横溢的批评家金圣叹(1608—1661)也给诗下过一个相似的定义。他和友人在探讨唐代律诗时说:"诗非异物,只是一句真话。"[39] 他在另一封信中写道:"诗者,人之心头忽然之一声耳。不问妇人孺子,晨朝夜半,莫不有之。"金圣叹认为诗歌是"人人口中之一声",对《古诗十九首》来说尤其贴切。在《古诗十九首》创作的年代,五言诗被看作"低端"的文类(时人看重的是四言诗、赋以及其他散体文类)。[40] 而且,当时在"古诗"(包括《古诗十九首》)和"乐府"之间没有清晰的界线,很多"古诗"中的句子也经常出现在乐府诗中,或被后世文献当作乐府的逸句来引用,相反的情况也同样存在。许多学者讨论过《古诗十九首》,或至少其中几首,是乐府传统的一部分。[41] 如果一些"古诗"曾被作为歌曲演唱,那么它们可能会被不同的歌手为不同的听众演唱过多次,诗歌的含混性会加大其普适性,并且最大程度地增大男女歌手演唱以及听众参与的可能。如果所谓的古诗、乐府,以及有名有姓的建安诗人所创作的诗歌都属于"同一种诗歌",具有共同的题材、主题、诗句和诗段,那么含混性很可能是根据具体的场合对诗句与诗段进行拼接创作的结果。[42]

"表演性"(performativity)是理解《古诗十九首》的关键词。关于"表演性",我指的并不仅仅是男女两性歌手在观众面前对"古诗"或其片段的

[38] 隋树森编著,《集释》,卷四,页5—6。
[39] [清]金圣叹,《金圣叹全集》(南京:江苏古籍出版社,1985),册4,页39。
[40] 尽管关于《古诗十九首》的系年有诸多不同意见,但我们至少可以确定的是,在三世纪末陆机(261—303)创作"拟古诗"之前,这些诗歌就已经在流传了。
[41] 例如,见[清]朱嘉徵,《诗集广序》,《续修四库全书》(上海:上海古籍出版社,2002),册1590,页3.3a—3.10b.;朱谦之,《中国音乐文学史》(北京:北京大学出版社,1989),页152;Daniel Hsieh(谢立义),The Origin and Nature of the "Nineteen Old Poems"(《〈古诗十九首〉的起源与特征》), Sino-Platonic Papers, 77(1998);刘旭青,《〈古诗十九首〉为"歌诗"辨》,载《中国韵文学刊》,2005年第4期,页10—13。
[42] 参见宇文所安,《中国早期古典诗歌的生成》,页73。

表演，而且也指听众以及后来的文本传统中的读者参与其中的"意义创造"（meaning-production）活动。换言之，歌手、听众和读者共同实现了诗歌的叙事之圆满。"叙事"（narrative）一词在这里很重要，《古诗十九首》虽然被视作中国"抒情诗"的起源，[43]但它们几乎总是呈现出一个戏剧化的场景，暗示着一个隐藏的但更完整的叙事，歌者/听众/读者完全参与到虚拟叙事之中并发挥主导的作用，而这正是这些诗的能量之所在。[44]

在此我们需要花点时间重新审视一番"抒情"这个术语。这个词语在传统话语中经常出现，但只是作为动宾结构，指的是抒发情感，直到二十世纪才成为一个固定词语和概念范畴。将现代的价值观与意义附加到"抒情"这个词上，源于将"lyric"这个词译入汉语语境的需求和意愿。英文"lyric"一词源于古希腊语，最初指竖琴（lyre）伴奏的歌曲。"抒情诗"（lyric poetry）被用于与"史诗"（epic poetry）对立的二元结构中，而史诗是印欧叙事文学的主要形式之一。和"抒情"一样，"叙事"（"叙述一个事件"）这个词语也是从传统写作中的一个单纯的动宾结构短语被提升为中国文学话语中重要概念范畴的。现代中国知识分子——作家、学者、批评家——已经完全接受了"抒情诗"/"史诗"这一对概念在印欧文学传统中的划分，好像它们是天生自然的二元对立结构，因此长久以来为中国文学传统中"缺乏"史诗而感到焦虑，这导致他们试图从"中国抒情诗"中发掘出更多的东西，以此来填补他们所痛感的史诗的"缺席"。

然而，在汉语语境中，创造出"抒情"和"叙事"这一对具有内在对立性/互补性的模式和相互依赖的范畴，并用它们来反观中国的古典文学传统，具有很大的误导性。中国古典诗歌中表达的情感往往根植于叙事的情境中，而诗人作为历史人物的生平身世是一首诗的大叙事语境；这一叙事语境常被诗歌文本所表现出来的情形所坐实（从五世纪开始，常由标明创作场合的诗歌标题表现出来）。陶渊明（365？—427）就是很好的一个例子：

[43] 比如高友工认为，从"乐府"到"古诗"的转变，标志着"表演艺术"（performance art）向"抒情艺术"（lyrical art）的嬗变。高友工，《中国语言文字对诗歌的影响》，载《中国美典与文学研究论集》（台北：台湾大学出版中心，2004），页183—184。

[44] 应当指出的是《古诗十九首》不应该和西方诗歌传统中的"戏剧性独白"（dramatic monologues）相混淆，这种诗歌形式假定有一位明确规定出来的叙述者，他和诗中的听众对话与互动，而听众在诗中的行为以及反应也只能通过诗歌主人公的叙述才能让读者感知。参见萧驰，《"书写声音"中的群与我、情与感：〈古诗十九首〉诗学质性与诗史地位的再检讨》，载《中国文哲研究集刊》，2007年第30期，页45—52。

他常常在自传性诗歌的叙事性诗题中标明日期，要求读者把他的诗歌放在他生平身世的叙事语境中来阅读。尽管我们认为热衷给陶渊明诗提供一个更具体的语境是有问题的做法，但同时我们必须意识到，这种将诗歌语境化的欲望是与中国传统文学批评话语交织在一起的。简言之，抒情／叙事这种二元对立的结构，代表了二十世纪的读者和学者对理解与表述中国文学传统的现代努力，然而这种截然的划分对中国古典文学语境来说，显得水土不服，也不适当。

在《古诗十九首》的个案中，"抒情"与一种特别的叙事模式紧密交织在一起。虽然《古诗十九首》的佚名属性使我们不能通过重构作者的背景来作为理解诗歌的历史语境，但诗歌中总隐含着一个个故事，这些故事构成了诗歌的叙述语境。因此，《古诗十九首》中的"抒情"离不开文本本身呈现的叙事场景，例如与爱人离别、寄赠礼物、到大城市中追名逐利的异乡人等等。这些叙事语境的完整实现，则取决于诗歌的"表演者们"——歌者、听众和读者——的参与。《古诗十九首》有别于其他类能导向多重阐释的、"晦涩"的诗歌名作，如杜甫（712—770）的《秋兴八首》、李商隐（约813—858）的《燕台四首》，主要在两方面：首先，《秋兴八首》和《燕台四首》都有明确的作者；其次，《古诗十九首》的模糊性在于内在叙事"情节"的暧昧不明，邀请歌者／听众／读者去填充、阐发和丰富诗中的意蕴。

下面这几行来自《古诗十九首》的诗句再一次为我们提供了这组诗歌的完美寓言。在第五首中，叙述者站在楼下全神贯注地倾听，沉醉于楼上女子动人的歌声："上有弦歌声，音响一何悲。谁能为此曲，无乃杞梁妻？"杞梁妻因丈夫去世而伤心恸哭，甚至哭倒了城墙。值得注意的是，在听到女子的悲歌时，听者试图赋予女子一个身份和一个故事，以此来构建歌者的歌唱背景。换言之，他通过将歌者置于一个戏剧化情境中来为她的歌曲建构语境：她不仅仅是独居的女子，而且是因战争而丧夫的寡妇，有着悲惨的身世，而不是少女、未婚妻或老姑娘。这是听者从她的歌曲中拼接出来的故事，而这个故事又使他能够理解这首歌，进而理解那位深藏于高楼之中和歌声背后的女子。他是"知音"者，他使得隐抑在歌曲中的被割裂的叙事得以发展为完整的故事。歌声是女子的自我表达，同时也是男子的自我表达，通过她的和他的表演而鲜活起来。出自女子之口的歌与出自男性叙述者之口的诗是平行的,而且成为诗的镜像,因为歌曲表达的情感是听者通过故事来理解的,就像诗的情感也只能通过一个故事去理解感悟一样。这些诗句中发生的一切因此成为《古诗十九首》之表演与接受的象征,这又反过来为我们提供了一个理解中国古典诗歌如何运作的基本模式。

这位女性歌者,无名无姓,始终未曾现身,孀居在高楼上,不但是《古诗十九首》创作者而且也是这些诗歌本身的绝好隐喻。她是"诗母"——生命的给予者,同时作为一位寡母,拥有对孩子的可怖权威,但相对于父亲而言永远处于次要地位;她的名字不得而知,而她的后代也对她的无名状态感到满意。在男权文化中,只有父亲才是说一不二、绝对权威的真正家长,因为如果我们回顾一下十七世纪批评家的声称(claim),他也是母亲的创造者。

(卞东波 译)

芳帙青简,绿字柏熏:
六朝与初唐物质文化的一个侧面[*]

[*] 原文是 2010 年 12 月在台北举行的"唐代文史研究的新视野:以物质文化为主——纪念杜希德国际研讨会"上的英文主题发言。

在文本电子化和数字化的今天，我们很容易忽略和忘记一个简单的事实：文本是物质文化的一部分。这个事实，对我们理解与诠释产生于手抄本文化时代的文本，具有格外重要的意义。在一切文本的流传依靠手抄的时代，每一个抄本都是独一无二的，每一个文本异文都值得我们的考究与追寻，因为除了正常出现的抄写错误之外，抄写者往往集读者与编辑于一身，对抄写的文本进行编选、删削、校正、修改。手抄本时代的作品，没有作者原稿，没有经过作者亲自审核校订而印刷出版的文集，在这种情况下，任何追寻"原本"或者"真本"的努力，都是徒劳无益也是毫无意义的。

我将从文本的角度，对六朝与初唐物质文化的一个重要的侧面做出探究。一方面，通过对比南北朝的物质遗产，强调南朝乃文本的帝国；另一方面，通过考察书籍传播和藏书文化的变迁，指出文本在南北朝时期的高度物质化。最后，以公元六世纪萧梁时代的两部文学选集《文选》、《玉台新咏》和公元七世纪初唐时期的类书《艺文类聚》对建安文学的不同呈现作为范例，探讨南朝和唐代文本文化的互动。我们会清楚地看到，一个时代的形象经由文本的载体传到后世，文本来源的不同决定了文本的不同，并最终决定了这个时代的形象的不同。

一、南北朝文学与物质遗产的奇特反差：作为文本帝国的南朝

在中国传统文化想象中，南朝常被视为耽于声色享受，北朝则被描述为质朴、刚健、清新。然而，这样的二分法在物质文化的领域并不能得到证实。相反，从近年来的考古发现和出土文物来看，我们发现这样一种有趣的倾向：南朝器物的风格往往倾向于素朴简洁，北朝器物则倾向于华丽奢侈，其精美的程度至少可以说与南朝不相上下。

试举一些例子进行说明。瓷器是南北朝社会日常生活中越来越重要的一部分。南朝的青瓷制造非常发达，无论从工艺还是数量来看，都达到一个新的高峰；然而，南朝的青瓷制作工艺一方面日趋精美，另一方面在装饰方面又往往以素面为主，纹饰常常被描绘概括为"简朴"、"清新"。南北朝

的陶瓷往往被简化为"南青北白"的对立,然而在实际情况里,北方的瓷器制造发展史要复杂得多。和南方千篇一律的青瓷相比,北方的瓷器品种更为多样,除了青瓷之外,还有黑瓷以及北方所特有的白瓷。在北方的青瓷生产中,每一类别的青瓷器物中的型式都较南方为多;相比南方青瓷以刻划花纹为主,北方青瓷则兼用堆塑、模印贴塑和刻划工艺;北方瓷器系"形制多样,有方形、圆形、双附系等多种形式,而且经常交叉使用,颇具特色,南朝则一般为单一的桥形系"。[1] 所有这些,都显示了北朝瓷器工艺在风格和技术方面非常勇于试验和创新的特点。

举一个具体的例子。青釉莲花尊,被一致公认为六朝青瓷登峰造极之作,南北墓葬中皆有发现。除了淄博出土的莲花尊被定为淄博寨里窑烧制之外,其他十几件莲花尊的具体产地还没有确定。从河北景县北齐时代封氏墓中出土的四件莲花尊,因其胎釉化学成分与南方青瓷有明显差别,已被断定为北方窑烧制;而1972年从南京灵山南朝墓中出土的一对莲花尊,在所有莲花尊中形制最大,"在纹饰、风格、胎土成分等方面和南方的瓷器都有所不同,却和河北景县出土的四件极相似。它们之间虽有体型大小、纹饰繁简的差别,但都集中运用了贴塑、刻划、模印等工艺手法,通体装饰的莲花纹及器型堂皇庄重方面也非常相像,应该不是属于南方瓷系"。[2] 很多艺术史家推测这种类型的莲花尊原产地是北方。[3] "河北景县封氏墓群出土的四件仰覆莲花尊与南方出土的两者之间的关系究竟怎样,仍然值得研究。"[4]

同样,南朝的漆器,从东晋以降,在装饰上也呈现从繁复到简洁的特点;而北朝墓葬中出土的漆器,虽然数量稀少,却至为华美,比如北魏司马金龙墓中出土的漆画屏风。虽然有学者推测这具屏风可能来自南方,但宁夏固原北魏墓漆棺画的北方身份则不容置疑。再看墓葬中的金银器皿:根据美国历史学家丁爱博(Albert E. Dien)对近年来发掘的1800座南北朝墓所做的统计调查,北朝墓葬中的金器在比例上超过南朝,鎏金青铜器则主要发现于北朝墓葬中。南朝墓葬中的银器比例高于北朝,但北朝银器的种类却又超过南朝。[5]

[1] 郭学雷、张小兰,《北朝纪年墓出土瓷器研究》,载《文物季刊》,1(1997):94。
[2] 魏杨菁,《六朝青瓷之王:莲花尊》,《南京史志》,5(1998):52。
[3] James C.Y. Watt et al., *China: Dawn of a Golden Age: 200–750 AD* (New Haven: Yale University Press, 2004), p. 248.
[4] 李辉柄,《中国瓷器的时代特征:三国两晋南北朝的瓷器》,《紫禁城》,6(2004):113。
[5] Albert E.Dien, *Six Dynasties Civilization* (Yale University Press, 2007), pp. 269, 271.

最后，北朝墓葬中的外来珍奇物品十分丰富，这些舶来品风格异常华美，尤其是金银首饰，从制作工艺的精致到式样的华丽繁复都远远超过了华夏本土。无论是否因为民族身份导致北朝鲜卑贵族对这些舶来品的喜爱和接受，还是因为丝绸之路贸易往来的便利，从北朝墓葬中出土的奢侈舶来品，从数量到种类都较南朝为多，给人带来北朝物质生活五光十色的印象。

出土文物反映的当然很有可能是葬礼习俗厚薄的不同，何况文物考古发掘也带有强烈的偶然性因素，因此墓葬物品不能完全视为一个社会的物质文化的简单再现。不过，南朝虽有提倡薄葬之风，北朝历史上也有不少王公大臣要求"薄葬"的记录；而且，提倡薄葬并不意味着厚葬风气的消失，因此《六朝文化》一书的编者，虽然竭力强调"薄葬成为当时普遍采纳的丧葬形式"，但在综考南朝墓葬情形之后，还是得出了"六朝薄葬与厚葬并存"这样的结论。[6] 我们甚至可以说，某人遗令薄葬被史书作者写入传记，更是凸显了世人以厚葬为常、以薄葬为不常的事实。

虽然我们应该意识到墓葬物品反映现实生活的局限，墓葬出土文物还是可以让我们窥测到社会风气、物质文化和审美趣味的一些端倪。而且，北朝上层社会物质生活的豪华丰富，也可以从传世文字资料中得到证实。比如《南齐书·魏虏传》在描写北魏风俗时提到北魏宫廷"正殿施流苏帐，金博山，龙凤朱漆画屏风，织成幌。坐施氍毹褥。前施金香炉，琉璃钵，金碗，盛杂食器。设客长盘一尺，御馔圆盘广一丈。"[7] 据《魏书·食货志》记载："自太祖定中原，世祖平方难，收获珍宝，府藏盈积。和平二年（461）秋，诏中尚方作黄金合盘十二具，径二尺二寸，镂以白银，钿以玫瑰。其铭曰：'九州致贡，殊域来宾，乃作兹器，错用具珍。锻以紫金，镂以白银，范围拟载，吐耀含真。纤文丽质，若化若神，皇王御之，百福惟新。'"[8] 从物质到铭文，都华美之至。

北朝出土文物精工富艳，南朝出土文物清新简约，这和北朝、南朝的文学和文化在人们心目中的传统印象形成了鲜明的对比。《隋书·文学传》的序言可以说代表了一般人对南北文学的看法："江左宫商发越，贵于清绮；河朔词义贞刚，重乎

[6] 许辉、邱敏、胡阿祥，《六朝文化》（南京：江苏古籍出版社，2001），页593，598。
[7] ［梁］萧子显，《南齐书》（北京：中华书局，1972），卷五七，页986。
[8] ［北齐］魏收，《魏书》（北京：中华书局，1974），卷一一〇，页2851。

气质。气质则理胜其词,清绮则文过其意。理深者便于时用,文华者宜于咏歌。此其南北词人得失之大较也。"[9]《隋书·经籍志》如是描述南朝诗歌:"谢玄晖之藻丽,沈休文之富溢,辉焕斌蔚,辞义可观。梁简文之在东宫,亦好篇什,清辞巧制,止乎衽席之间,雕琢蔓藻,思极闺闱之内。"[10]"华"、"绮"、"新巧"、"藻丽"、"富溢"、"雕琢蔓藻",相对于北朝文学的"质"、"理"、"贞刚",分别概括了古往今来对南北朝文学的主流评价。把这一评价和南北朝的物质遗产进行比较,不难看出其中的反差。

[9] [唐] 魏徵、令狐德棻,《隋书》(北京:中华书局,1973),卷七六,页 1730。
[10]《隋书》,卷三五,页 1090。
[11]《隋书》,卷三二,页 907。
[12]《隋书》,卷三二,页 907。
[13]《南齐书》,卷四七,页 818–820。
[14]《隋书》,卷三二,页 908。

  与北朝相比,南朝在物质层面所富有的是书籍。据《隋书》记载,东晋南渡,书籍流落,著作郎李充整理皇家藏书,以荀勖书簿校之,其见存者唯有三千一十四卷。东晋末年,公元五世纪初期,刘裕伐秦入长安,收得姚秦图籍四千卷,"赤轴青纸,文字古拙"。[11]自此以后,南朝皇家藏书数量逐年递增。宋文帝元嘉八年(431),谢灵运所整理的图书目录有书一万四千五百八十二卷(《隋书》作六万四千云云,误);宋后废帝元徽元年(473),秘书丞王俭造图书目录,凡一万五千七百零四卷;齐永明中,秘书丞王亮、秘书监谢朏造四部书目,大凡一万八千一十卷;梁初,虽然易代之际兵火延烧秘阁,经秘书监任昉整理部集,文德殿藏书达二万三千一百六卷,而这尚不包括佛教图书在内。相比之下,北朝图书在四世纪时以长安为盛,然而刘裕入关,囊括后秦府藏所有书籍四千卷带回南方。北魏建都平城,"粗收经史,未能全具",直到魏孝文帝徙都洛阳,借书于南齐,"秘府之中,稍以充实"。[12]然而据《南齐书·王融传》记载,魏孝文帝遣使向南齐求书,朝议欲不与,王融上疏劝谏,齐武帝虽然答说"吾意不异卿",但最后"事竟不行"。[13]则北魏向南齐求书恐怕不止一次,北魏藏书究竟多少也不得而知,但想必远远不如江南。之后北方战乱,北魏瓦解,书籍流散,周武帝即位之初,藏书才得八千卷,后来逐渐增至万卷,直到 577 年平北齐后,先封书府,但所获与其原有藏书不同者也不过五千卷而已。[14]南方梁朝的公私藏书,则在六世纪上半叶达到极盛,侯景之乱以后,梁元帝萧绎从建康把劫余的七万卷皇家藏书运到江陵,和自己的八万卷私人藏书合并。这其中一定有许多重本,但即使如此,南朝书籍种类和数量之丰盛,也是同期江北公私藏书难以望其项背的。

藏书的极大丰富,文字再现的繁华清丽:这两点是南朝文化的特色。如果说北朝社会具有物质的华美,南朝则是文本的帝国。

二、"一个真正的收藏家":文本的物化

> 对于一个收藏家来说——我是说,一个真正的收藏家,一个像样子的收藏家——"占有"是人与物之间所能达到的最亲密的关系。不是物通过收藏家获得生命,而是收藏家就活在他的收藏品中。
>
> ——本雅明《打开书箱:一场关于藏书的讲座》[15]

然而,文本也属于物质文化,因为文本不是抽象的概念,而是以纸张笔墨生产出来的物质存在。文本的生产和流传以物质作为基础,对文本的接受也受制于物质的因素。这在理论上的意义有以下两点:第一点,意识到文本的物质性,促使我们不再把文本作为脱离于实物的抽象存在进行对待,而是注意到它作为物质实体在流传中发生的变化。第二点,书籍传播史在南北朝时期发生了重大的改变:藏书不再仅仅出于纯粹的阅读需要,而是个人财产的一部分,是社会身份和地位的标志,是文化资本;而当藏书不再仅仅出于阅读需要的时候,书的性质发生了根本的变化,书籍在真正意义上成为"物",而不再只是知识和信息的载体。我们在下一节中再回到第一点,在这一节里,我们先谈第二点。

书籍作为物质的存在,进而被视为"物"或者发生"物化",其中一个重要因素是纸的发明、改善与普及,以及随之相应的书法的发展。纸出现于西汉,至迟到东汉时期,纸已经成为书写的工具。在现存文字资料中,马融(79—166)致窦章(约110—144)书最早直接提到以纸作为书信的载体:"孟陵奴来赐书,见手迹,欢喜何量,次于面也。书虽两纸,纸八行,行七字,七八五十六字,百十二言耳。"[16]强调"手迹"之仅"次于面",细细计数友人来信的纸张数量、行数、字数,凸显了书信的物质性,而友人的"手迹"更是带有

---

[15] Walter Benjamin, *Illuminations* (New York: Schocken Books, 1969), p. 67.
[16] [清]严可均,《全上古三代秦汉三国六朝文·全后汉文》(北京:中华书局,1991),卷一八,页569。

强烈的个人和私人性质,直接把文字和身体联系在一起。与笨重、坚硬的简牍相比,轻便、柔软的纸书容易携带,容易把玩,也更具有感性。绢素虽然也有此特点,但纸比起绢素来较为廉价,因此崔瑗(78—143)以纸书《许子》一部馈赠友人葛龚(约89—125)时道歉说:"贫不及素,但以纸耳。"[17]将近一个世纪之后,曹丕(187—226)把自己的《典论》及诗赋用绢素抄写一部送给孙权(182—252),又以纸抄写一通送给孙权的大臣张昭(156—236),说明了素、纸的贵贱和等级关系。[18]

在六朝之前,书籍不作为知识和信息的载体而作为"物"被使用,发生在东汉末年的战乱岁月。据应劭(?—196)《风俗通义》记载,汉光武帝徙都,以二千辆车装载写在素、简、纸上的书籍,从长安运到洛阳;后来董卓移都长安,载书七十车,"于道遇雨,分半投弃"。董卓又焚烧洛阳观阁,"经籍尽作灰烬",其火中劫余者"或作囊帐"。[19]这里用作囊、帐的,当是写在绢素上的书籍。在兵荒马乱之时,人们把书还原为物,这和"作为物的书"具有根本的区别。

"作为物的书"只能产生于造纸技术进步和书法艺术发达的时代,也就是魏晋南北朝时期。三世纪中叶已经出现用黄檗汁把纸染成黄色的"染潢"之法,黄檗汁防蛀虫,因此黄纸被用于书写重要文件;但到了四世纪,已经出现各种不同颜色的纸张。如果说黄纸有防蛀的实用功能,这些各种颜色的纸张则似乎只是为了美观。据《晋东宫旧事》:"皇太子初拜,给赤纸、缥红纸、麻纸、敕纸、法纸各一百。"东晋陆翙《邺中记》称石虎诏书用"五色纸"。东晋末年的桓玄在中国造纸史上因下令以黄纸代替竹简而知名("古无纸,故用简,非主于敬也,今诸用简者皆以黄纸代之"),记录这一诏令的《桓玄伪事》还称他令人"作青、赤、缥、绿桃花纸,使极精,令速作之"。[20]

桓玄爱好书画。刘宋时期的虞龢在《上明帝论书表》中说桓玄对二王法书"耽玩不能释手,乃撰二王纸迹,杂有缣素,正行之尤美者,各为一秩,常置左右。及南奔,虽甚狼狈,犹以自随,擒获之后,莫知所在。"[21]故桓

[17]《全上古三代秦汉三国六朝文》,卷四五,页717。
[18][晋]陈寿,《三国志》(北京:中华书局,1959),卷二,页89。
[19]《全上古三代秦汉三国六朝文》,卷三七,页680。
[20][宋]李昉等,《太平御览》(台北:台湾商务印书馆,1975),卷六〇五,页2854。
[21]《全上古三代秦汉三国六朝文·全宋文》,卷五五,页2730。

玄对纸特别重视,自有其原因。魏晋之际,凡以书法名家者无不对纸的选择格外留意。三世纪,号称"草圣"的韦诞称蔡邕自矜能书,"非流纨体素,不妄下笔"。又说:"夫工欲善其事,必先利其器。用张芝笔、左伯纸及臣墨,兼此三具,又得臣手,然后可逞径丈之势,方寸千言。"[22] 东吴书法家皇象谈草书:"宜得精毫氄笔委曲宛转不叛散者,纸当得滑密不粘污者,墨又须多胶绀黝者。"[23] 相传为东晋书法家卫铄(或云王羲之)所作的《书论》强调笔一定要用"崇山绝仞中兔毛",墨用庐山松烟和代郡鹿角胶,纸则取"东阳鱼卵虚柔滑净者"。[24] 鱼卵即鱼卵纸,唐代又名鱼子笺,以蜀地产者为有名。当然也不是只有书法家才留意纸的质量。范宁曾经告诫属下不可以用"土纸"作文书,"皆令用藤角纸"。[25]

善书者对高质量纸、笔、墨的要求,也很快进入到书籍的领域。这是手抄本文化的时代,一切书籍无不来自手写,对文本的珍视,体现于精美的用纸和精工的书法。现在所知最早把纸张、书法和文本联系在一起的是著名的西晋作家陆云(262—303)。在写给兄长陆机的一封信中,陆云谈到自己打算集陆机文为二十卷,已经完成十卷,准备进行染潢("当黄之"),最后抱歉地说:"书不工,纸又恶,恨不精。"[26] 南朝后期,梁武帝使张率"撰妇人事二千余条,勒成百卷,使工书人琅邪王琛、吴郡范怀约、褚洵等缮写,以给后宫"。[27] 徐陵(507—583)《玉台新咏》序中,对这部诗选的精致装潢极尽赞美夸饰之能事:"于是丽以金箱,装之宝轴。三台妙迹,龙伸蠖屈之书;五色华笺,河北胶东之纸。高楼红粉,仍定鲁鱼之文;辟恶生香,聊防羽陵之蠹。"[28] 无论是从内容到形式哪一种意义上来说,这都不是我们现在所能看到的《玉台新咏》。

公元五世纪也即宋齐时代是文学、图书目录学、书法鉴赏、造纸技术都产生巨大发展的时代。公元417年,刘裕西征,从长安带回大量文化宝物,这包括四千卷"赤轴青纸、文字古拙"的图书,一百二十名宫廷乐人,还有张昶、毛弘、索靖、锺会等人的法书,素、纸兼有,以赐永嘉公主。

[22]《全上古三代秦汉三国六朝文·全三国文·魏》,卷三二,页1235。
[23]《全上古三代秦汉三国六朝文·全三国文·吴》,卷七四,页1451。
[24]《全上古三代秦汉三国六朝文·全晋文》,卷二六,页1610。
[25]《全上古三代秦汉三国六朝文》,卷一二五,页2177。
[26]《全上古三代秦汉三国六朝文》,卷一〇二,页2045。
[27][唐]姚思廉《梁书》(北京:中华书局,1973),卷三三,页475。
[28]《全上古三代秦汉三国六朝文·全陈文》,卷一〇,页3457。

"俄为第中所盗,流播始兴。"直至宋明帝泰始年间(465—471)遣人求索,始失而复得。这些书籍、音乐(包括乐人师徒相传的乐府歌词)和墨迹,对南朝文学和艺术形成了巨大的、积极的冲击。虞龢在泰始六年(470)《上明帝论书表》中,提到用珊瑚轴、金轴、玳瑁轴、旃檀轴、漆轴以及金题(泥金书写的题签)、玉躞、织成带装治二王和羊欣等人的墨迹,还提到张永(410—475)自造的"紧洁光丽、辉日夺目"的纸,"色如点漆"的墨,等等。[29] 虽然虞龢是在谈论法书,但是完全可以联系到当时书籍的抄写生产。正是在这种语境里,我们才能理解梁元帝萧绎在《金楼子·聚书》篇中谈到从姚凯、江录等人处获得一批书籍时的沉溺语气:"并是元嘉书,纸墨极精奇"(元嘉乃宋文帝年号,公元 424—453 年)。[30]

[29]《全上古三代秦汉三国六朝文·全宋文》,卷五五,页 2730—2731。
[30] [梁] 萧绎著,许德平校注,《金楼子校注》(台北:嘉新水泥公司文化基金会,1969),页 100。
[31]《隋书》,卷三二,页 907。
[32]《金楼子校注》,页 100。

公元五、六世纪,官方与私人藏书的数量都达到历史上前所未有的高峰。萧绎,因为他个人的狂热爱好,因为他的王子身份,因为历史创造的机遇,成为当时中国中古时代最大的藏书家,在《聚书》篇中,他提到自己拥有八万卷藏书。又据《隋书》记载,"元帝克平侯景,收文德之书及公私经籍,归于江陵,大凡七万余卷。"[31] 如果这七万卷书并未包括在萧绎本人的八万卷藏书之内,我们就可以解释公元七世纪丘悦的《三国典略》一书中提到元帝在江陵陷落前焚烧"古今图书十四万卷"这一数字。

萧绎在《聚书》篇中提到,当他 519 年在会稽郡时,"写得《史》、《汉》、《三国志》《晋书》"。然而嗣后又"聚得元嘉《后汉》并《史记》、《续汉春秋》、《周官》、《尚书》及诸子集等可一千余卷。又聚得细书《周易》、《尚书》、《周官》、《仪礼》、《礼记》、《毛诗》、《春秋》各一部。又使孔昂写得《前汉》、《后汉》、《史记》、《三国志》、《晋阳秋》、《庄子》、《老子》、《肘后方》、《离骚》等,合六百三十四卷,悉在一巾箱中,书极精细"。[32]

这里有两点值得注意之处。第一,是萧绎藏书的重复性。《诗》、《书》、《易》、《礼》、《春秋》,也就是所谓的"五经",是最具有普遍性的书籍。萧绎平生所得到的第一批书,就是他的父亲梁武帝在他六岁时送给他的一套"五经正副本"。此外,诸如《史记》、前后《汉书》、《三国志》、《庄子》、《老子》、《离骚》等等,也都应该是建康书市上即可买到的常见书。然而这些书萧绎却几次三番"聚得"或命专人"写得",这是为什么?其中部分原因,我们可以从他的措辞中看出端倪。萧绎提到"聚得元嘉《后汉》并《史记》"云云,又提到"细书《周易》"等等,又专门点出"使孔昂写得《前汉》、《后汉》"等等。元嘉年间写就的书籍应该是纸墨精良的"善本",而"细书"则恐怕是指所谓的"巾箱本"。齐高帝第十一子萧钧(472—493)曾以蝇头细字亲手抄写"五经"置于巾箱中,引得诸王子纷纷效仿,开创了所谓"巾箱五经"的风尚。[33]至于孔昂,则想必是当代工书人之一。凡此种种,向我们显示了萧绎的数万卷藏书中很多都是副本。

《聚书》篇第二个值得注意之处,是萧绎藏书的非实用性。我们需要特别注意所谓的"细书"。熟悉萧梁历史的人都知道,萧绎自幼患眼疾,梁武帝曾亲自给他医治,结果反而越治越糟,以至萧绎自少年时代起已一目失明,而且似乎另外一只眼睛的视力也很成问题,据他的《金楼子》自叙传:"自余年十四,苦眼疾沉痼,比来转暗,不复能自读书。三十六年来,恒令左右唱之。"[34]又据《南史》记载,"既患目,多不自执卷,置读书左右,番次上直,昼夜为常,略无休已,虽睡,卷犹不释。五人各伺一更,恒致达晓。常眠熟大鼾,左右有睡,读失次第,或偷卷度纸。帝必惊觉,更令追读,加以榎楚。"[35]对于这样一个眼疾患者来说,命人抄写"大字本"还比较合乎逻辑,一切"细书"的经籍岂不都只是摆设而已吗?

上述两点只能说明,对萧绎来说,书并不都是看的,而是值得收而藏之的"物",因此,书的物质层面——精奇的纸墨与书法——才会比书的内容更引起重视,而藏书(collected books)作为收藏(collection),卷帙的数量,而非书籍种类的数量,也才成为重要的因素。

庾肩吾(487?—551)曾写过一首诗,题为《和刘明府观湘东王书》:

> 陈王擅书府,河间富典坟。
> 五车方累箧,七阁自连云。
> 松蘗芳帙气,柏熏起橱文。
> 羽陵青简出,妫泉绿字分。

---

[33] [唐]李延寿,《南史》(北京:中华书局,1975),卷四一,页1038。
[34] 《金楼子校注》,页263。
[35] 《南史》,卷八,页243。

方因接游圣，暂得奉朝闻。

峰楼霞早发，林殿日先曛。

洛城复接眼，归轩畏后群。[36]

[36] 逯钦立，《先秦汉魏晋南北朝诗·梁诗》（北京：中华书局，1983），卷二三，页1991。
[37]《金楼子校注》，页262—263。
[38]［北齐］颜之推撰，王利器集解，《颜氏家训集解》（上海：上海古籍出版社，1980），卷三，页188。

诗的后半表示因为和圣明的王子接游，因而得到这个宝贵的机会观书。一天时间转瞬即逝，他们必须回返京城，但诗人仍然流连忘返，恐怕将要落在同侪之后了。诗的前半则用汉代河间献王、惠子富于藏书，周天子在羽陵晾晒书籍等典故，用"五车累篋"、"七阁连云"的形象，盛赞萧绎藏书之丰富，并用诉诸感官的词语，描述书籍的香与色：松桼指松木削成的书牒；柏熏指书橱所用材料，或者防蠹虫的柏子香之类；绿字是说河图上的绿色文字。这些描述突出的不是书籍的内容，而是书籍的卷帙数量与物质属性。

在江陵陷落之前，萧绎命人焚烧十四万卷图书，甚至准备亲自赴火，虽然当时被宫人劝阻，但不久之后也就被俘遇害。萧绎是一个本雅明所说的"真正的收藏家"：他的《聚书》篇缕述了他从六岁至四十六岁长达四十年的聚书经历，聚书可以说是唯一一项贯串了他的整个生命的活动。萧绎活在他的收藏里，当收藏毁灭，他的生命也就随之结束了。

在《金楼子》的《自序》篇里，萧绎回忆童子时在会稽郡读书的经历："吾小时，夏日夕中下绛纱蚊幮，中有银瓯一枚，贮山阴甜酒。卧读有时至晓，率以为常。又经病疥，肘膝烂尽。"[37] 这一经历给他留下了深刻的印象，除了写入自传，他还曾和属下谈起。颜之推在《颜氏家训》中写道："梁元帝尝为吾说：'昔在会稽，年始十二，便已好学。时又患疥，手不得拳，膝不得屈。闭斋，张葛帏，避蝇独坐，银瓯贮山阴甜酒，时复进之，以自宽痛。率意自读史书，一日二十卷，既未师受，或不识一字，或不解一语，要自重之，不知厌倦。'"[38] 对萧绎来说，读书，是和童年往事，和疥疮带来的疼痛、四肢不能弯曲的不适，和暑热、蚊蝇、绛纱帐、银瓯、甜酒混合在一起的感性体验。萧绎的经历，可以说最集中地表现了这一节开始时申明的观点：在南北朝时期，书籍在真正意义上成为"物"，而不再只是知识和信息的载体。

初唐史官编写的《隋书·经籍志》明确地反映出这种态度。隋文帝开皇

[39]《隋书》,卷三二,页908。
[40][宋]欧阳修、宋祁,《新唐书》(北京:中华书局,1975),卷五七,页1422。
[41][后晋]刘昫,《旧唐书》(北京:中华书局,1975),卷四七,页2082。
[42][隋]阳玠撰,黄大宏校笺,《八代谈薮校笺》(北京:中华书局,2010),页277。
[43]关于六朝后期逐渐形成的所谓"文化贵族",参见拙著《烽火与流星:萧梁王朝的文学与文化》(新竹:台湾清华大学出版社,2009),页87—97。

三年（583）下诏搜求书籍,"民间异书往往间出",但真正充实皇家图书馆的还是589年平陈之后来自南方的藏书,所谓"平陈已后,经籍渐备"。隋人对陈朝藏书的挑剔表现在对书籍物质载体的不满:"检其所得,多太建时书,纸墨不精,书亦拙恶。"于是"召天下工书之士,京兆韦霈、南阳杜颙等"抄写正、副二本,藏于宫中。隋炀帝即位,"秘阁之书,限写五十副本,分为三品:上品红琉璃轴,中品绀琉璃轴,下品漆轴。"[39]

唐代皇家藏书也十分重视书籍的物质性,对抄写书籍所用的纸、笔、墨都有严格的要求。据《新唐书》记载,唐代两京长安、洛阳分别收藏四部书籍各一套,"太府月给蜀郡麻纸五千番,季给上谷墨三百三十六丸,岁给河间、景城、清河、博平四郡兔千五百皮为笔材"以供写书。[40]据《旧唐书》记载:"其集贤院御书:经库皆钿白牙轴,黄缥带,红牙签;史书库钿青牙轴,缥带,绿牙签;子库皆雕紫檀轴,紫带,碧牙签;集库皆绿牙轴,朱带,白牙签,以分别之。"[41]

关于六朝时代书的"物化",另一个例子是司马消难的无字书。北周的司马消难于580年降附南朝以后,"见朝士皆重学术,积经史,消难切慕之。乃多卷黄纸,加之朱轴,诈为典籍,以矜僚友。尚书令济阳江总戏之曰：'黄纸五经,赤轴三史。'"[42]在这个极端的例子里,"书"已经完全且真正地消失了,所余唯纸与轴而已。藏书再明显不过地成为本节开始时所说的文化资本和身份地位的标志。这是西晋豪宦如石崇、王恺等人争胜斗富故事的延续和反面,和南朝后期"文化贵族"阶层的形成息息相关。[43]

三、作为物质载体的文本，和作为容器的文本来源

[44]虽然故事由北人记录,但故事里受到嘲笑的是一个叛齐入周、后又降附南朝、以"反复"闻名的北人,作者阳玠则很有可能是曾仕于魏、齐的北平无终阳氏家族的成员。

司马消难的故事也可以被视为南北文化争胜斗富的寓言。[44]在这则寓言里,北人南渡,置身于一个文本的帝国,感受到了多重意义上的挫

败和羞辱。

南朝文本帝国的权力不仅仅表现于此，也不仅仅表现于初唐诗歌几乎完全是南朝宫体诗的继承和延续。在本文的最后一节，我们回到前一节提出的观点，也就是说，意识到文本不是超出物理现实的抽象存在，文本的物质性促使我们注意到它作为物质实体在流传中发生的变化。在这一节里，我们以公元六世纪萧梁时代的两部文学选集《文选》、《玉台新咏》和公元七世纪初唐时期的类书《艺文类聚》对建安文学的不同呈现作为范例，探讨南朝文本文化与唐代的互动，主旨在于说明，历史，包括文学史和文化史在内，是以文本作为载体的；一个时代的形象通过文本的载体传到后世，文本的不同决定了这个时代的形象的不同。

建安时期是一个具有传奇色彩的文学史阶段。翻开二十世纪任何一部中国文学史，都会看到学者们惯用"风骨"、"慷慨"、"述恩荣、叙酣宴"等等来概括建安文学从风格到内容方面的特点。然而，当我们检视《文选》和《玉台新咏》这两种南朝资料，我们会发现它们所反映出来的建安文学的面貌大不相同。众所周知，唐前作家中只有极少数几位如陆云、陶渊明有旧集流传下来；除此之外，作家作品绝大多数散佚，只有通过总集、选集和类书的渠道得以保存，很多直到明代才被辑录为一集，而公元六世纪前期成书的文学总集《文选》和诗歌选集《玉台新咏》是唐前文学的主要资料来源。《文选》收录的文体和预期的读者具有普遍包容的性质；《玉台》则是为女性读者编辑的诗选，诗歌形式以五言为主，题材则以闺情为主。它们的不同性质决定了编选者的不同编选目的和编选标准。如果我们把这两部选本比喻为容器，就会得出两点教训：第一，容器的形状，塑造了一个时代和一个时代之文学的形状；第二，容器的形状，也决定了我们对盛放在这一容器中的个别文本的解读。

《玉台新咏》里面收录的建安作家不过八位：陈琳、徐幹、繁钦、曹丕、曹植、曹睿、甄皇后、刘勋夫人王氏；其中，只有曹丕、曹植、曹睿的诗作有七首与《文选》重合。从标题来看，这些诗作往往和女性、闺情相关，比如《室思》、《情诗》、《定情诗》、《于清河见挽船士与妻别》、乐府《美女篇》、《妾薄命行》等等。如果唐前文学选本只有《玉台新咏》传世，我们对建安文学的印象就会大为改观。

比较《玉台新咏》和《文选》，我们发现同样的作品往往有不同的标题和不同的作者，比如《玉台新咏》中系于曹睿名下的《昭昭素明月》在《文选》中作无名氏乐府《伤歌行》。有时，不同的标题和作者会完全改变我们对一首作品的认识和解读，如系名甄皇后的《塘上行》，在其最早的资料来源也即沈约（441—513）的《宋书·乐志》中作魏武帝曹操《塘上行》。《宋书》版的魏武帝《塘上行》完全没有《玉台》版中的第一人称性别标志（"莫若妾自知"在《宋书》中作"莫能缕自知"），并且比《玉台》版多出一解："倍恩者苦枯，倍恩者苦枯，蹶船常苦没。教君安息定，慎莫致仓卒。念与君一共离别，亦当何时共坐复相对。"这里对"倍恩者"的警告，令人想到曹操《短歌行》中的"契阔谈䜩，心念旧恩"，而《塘上行》中对众口铄金"使君生别离"以及别离之后思念旧交（"想见君颜色，感结伤心脾"、"莫用豪贤故，弃捐素所爱"）的情绪，也和《短歌行》中"但为君故、沉吟至今"、"周公吐哺、天下归心"的思贤情绪不谋而合。然而，当《塘上行》系于甄皇后名下并且收录在《玉台新咏》里的时候，我们对这首作品的感受和理解也就全然改观了。

《宋书》是史书，不是文学选集，《宋书·乐志》旨在忠实地记录和反映宫廷音乐的变迁，而不是以"优秀诗歌"作为收录标准的。正由于此，《宋书》使我们得以窥见公元五、六世纪文本流传的一个侧面。比如说，《玉台新咏》没有收录曹操的任何诗作，《文选》也仅仅收录了曹操的两篇作品，即《短歌行》和《苦寒行》；因此，如果没有《宋书·乐志》，今天作为主要建安诗人之一的曹操，其作品就会几乎全部湮没无闻。

和《玉台新咏》和《宋书·乐志》相比，《文选》对建安作家和作品的收录不仅范围宽广，而且似乎十分全面，除了赋、诗之外，尚有"七"、"册"、"表"、"笺"、"书"、"檄"、"论"、"诔"等文体。《文选》收录的建安诗文主要集中在以下四类：一、公宴；二、赠答；三、书；四、笺。具体来说，《文选》公宴诗包括了四首建安作品（曹植、刘桢、应玚、王粲）；赠答诗中包括了十七首建安作品（王粲、应玚、曹植）；书包括六首建安作品（曹丕《与吴质书》二首、《与锺繇书》一首，曹植《与杨修书》、《与吴质书》各一，吴质《答曹丕书》一首），占此类作品四分之一；笺则更是半数以上都属建安作品（杨修答曹植、繁钦致曹丕、陈琳致曹植、吴质致曹丕）。这些作品的收录给人留下的印象是什么呢？印象就是一个关系非常紧密的男性文学集团，年轻的公子和侍从之臣相处融洽和谐。当然我们可以说这不代表《文选》编者对建安文学具有独家认识，因为对南朝文学产生深刻影响的谢灵运，在其《拟邺中集》序言中借曹丕之口，强调"建安末，余时在邺宫，朝游夕宴，究欢愉之极。天下良辰美景，赏心乐事，四者难并。今昆弟友朋，二三诸彦，共尽之矣。"刘勰《文心雕龙》的《明诗》篇也明确提出："暨建安之初，五言腾踊：文帝、陈思，纵辔以骋节；王、徐、应、刘，望路而争驱。并怜风月，狎池苑，述恩荣，叙酣宴，慷慨以任气，磊落以使才。"勾勒出一幅具有社交集团性质的写作场景。但是，这种宾主欢洽、君臣和谐的气氛和场面，在先唐文学的另一主要资料来源《艺文类聚》中受到了挑战。

《艺文类聚》是唐代宫廷主修的第一部大型类书。如果我们继续使用"容器"这一比喻，类书就好似一个巨大而多元的容器，它既不像《文选》那样注重作品的文学性，也不像《玉台新咏》那样针对某一读者群而特别设定某种体裁、主题和风格，更不像《宋书·乐志》那样单纯地旨在保存宫廷音乐传统，而是完全以类书中包括的"物类"作为取舍标准，并且对绝大多数的收录作品加以删削割裂，只收录与其物类相关的片段，因此，如果某篇唐前诗文的主要来源是《艺文类聚》或者《初学记》这样的类书，那么我们几乎可以肯定这一篇诗文是片段而非全貌。

在《艺文类聚》中看到的建安诗歌，题材虽然并不算广，却比《文选》和《玉台》范围更宽。最明显的是建安七子之一的阮瑀，其诗歌在《文选》、《玉台》中毫无收录，但在《类聚》中存有数篇诗作。这些诗作的主题包括隐逸、叹老、思乡、苦雨以及哀悯孤儿，这些都是不见于《文选》《玉台》中建安诗歌的题材。

《类聚》中收录的建安诗歌，另一个引人注意的地方是很多诗作中蕴涵的伤怀与不满情绪。王粲《杂诗》（联翩飞鸾鸟）借孤飞的鸾鸟表达自己孤独求友的心情，另一首《杂诗》（鸷鸟化为鸠），更俨然是自身经历的写照：

　　鸷鸟化为鸠，远窜江汉边。
　　遭遇风云会，托身鸾凤间。
　　天姿既否戾，受性又不闲。

> 邂逅见逼迫，俯仰不得言。

远窜江汉，似指自己在董卓之乱中托身荆州、依附刘表，现在归于曹氏，侧身鸾凤之间，却感到拘束逼迫，不得舒畅。再比如繁钦的《咏蕙诗》感叹托身失所：

> 蕙草生山北，托身失所依。
> 植根阴崖侧，夙夜惧危颓。
> 寒泉浸我根，凄风常徘徊。
> 三光照八极，独不蒙余晖。
> 葩叶永凋瘁，凝露不暇晞。
> 百卉皆含荣，己独失时姿。
> 比我英芳发，鸱鸹鸣已哀。[45]

对比收入《文选》和没有收入《文选》却侥幸被《类聚》保存下来的同题材作品，我们常常注意到昂扬和低落，欢洽和忧患之别。王粲的《从军诗》，《文选》收录五首，第一首起句即云："从军有苦乐，但问所从谁。所从神且武，焉得久劳师。"但建安七子的行役诗并非都这么乐观。如阮瑀的行旅诗：

> 我行自凛秋，季冬乃来归。
> 置酒高堂上，友朋集光辉。
> 念当复离别，涉路险且夷。
> 思虑益惆怅，泪下沾裳衣。[46]

即使在归乡与亲友完聚之际，聚会的欢乐也被未来的离别投下一层阴影。应玚《别诗》其一更是声称："行役怀旧土，悲思不能言。悠悠涉千里，未知何时旋？"[47]

《文选》咏史诗选录了王粲和曹植的《三良

[45] [唐] 欧阳询等撰，汪绍楹校，《艺文类聚》（上海：上海古籍出版社，1999），卷九〇，页1560；卷九二，页1600；卷八一，页1393。
[46] 《艺文类聚》，卷二七，页484。
[47] 《艺文类聚》，卷二九，页515。

诗》，这两首诗都以秦穆公以贤臣三人为自己殉葬作为主题。王粲虽然在诗中指出殉葬不是"达人"之举，明确提出"秦穆杀三良，惜哉空尔为"，但还是强调三良"结发事明君，受恩良不訾。临没要之死，焉得不相随"，因此三良毅然不顾妻子兄弟的悲哀号哭，表示"人生各有志，终不为此移"。这一来，就为三良的殉死行为涂抹上了一层英雄主义的色彩，甚至给人造成三良主动选择死亡的印象。曹植更是把秦穆公命三良殉葬改写为三良主动殉死："功名不可为，忠义我所安。秦穆先下世，三臣皆自残。生时等荣乐，既没同忧患。"相比之下，我们再看没有收入《文选》的阮瑀同题作品，诗人一开始就对秦穆公也对盲目服从君主临终乱命的三良直截了当地提出批评："误哉秦穆公，身没从三良。忠臣不达命，随躯就死亡。"[48]

[48]《艺文类聚》，卷五五，页992。
[49]《艺文类聚》，卷二八，页501。
[50]《隋书》，卷三五，页1058。
[51]《艺文类聚》，页27。

《文选》收录的四首建安公宴诗（作者分别是曹植、王粲、刘桢、应玚）无不铺陈宴会的丰盛美好，表达客人对主人的赞美和感激之情。然而，《类聚》中有一首陈琳的公宴诗却展现了公宴的另一面。诗人一开始就提出"高会时不娱，羁客难为心"，并且在宴会进行到一半的时候"投觞罢欢坐，逍遥步长林"。萧条的自然景物不但没有给诗人带来解脱，反而更使他感到伤怀："萧萧出谷风，黯黯天路阴。惆怅忘旋反，歔欷涕沾襟。"[49] 这种以伤感为基调的宴会诗，和《文选》公宴诗格格不入。

《艺文类聚》成书于公元624年。当时，经过侯景之乱、元帝焚书和南朝的灭亡，又经过隋唐之际的战争动荡，尤其是唐高祖武德五年（622）运书船在黄河底柱的倾覆，尚存《阮瑀集》五卷、《徐幹集》五卷、《应玚集》一卷、《陈琳集》三卷、《刘桢集》四卷、《王粲集》十一卷，以及《繁钦集》十卷。[50]《艺文类聚》分为四十六类，以文从类，据欧阳询的序言，是"弃其浮杂，删其冗长"。[51] 和《文选》、《玉台新咏》比较起来，《艺文类聚》的取舍反映出了建安文学的另一种面貌，也折射出初唐时期书籍流传的现实。

本文强调了一个简单而又重要的事实：文本是物质文化的一部分。这一事实，促使我们不把文本视为透明的媒介，亦不把"文学作品"视为可以脱离于物质载体的抽象存在，这对于我们从事文学与文化研究，特别是手抄本文化时代的文学与文化研究，具有复杂而深远的意义。

陶渊明的书架和萧纲的医学眼光：
中古的阅读与阅读中古 *

* 原作为 2015 年 9 月在北京大学举行的"中国古典文献的阅读与理解——中美学者对话国际学术研讨会"上的发言，修改稿发表于《国学研究》，第 37 卷，2016 年第 1 期。

在《陶渊明与手抄本文化》一书中，我曾特别提出和强调"手抄本文化"的特性。传统的抄本研究往往局限于物质写本。虽然上古时期的物质写本在近年来的考古发掘中频频浮现，抄本文化之中古时期留存下来的物质写本却因为纸质媒体的脆弱易毁而数量非常有限，主要局限于敦煌写本。事实上，哪怕一个文本的物质写本已不复存在，认识到手抄本的特性对于我们今天的中古文学研究还是具有划时代的意义。仅仅研究物质写本，和从写本文化的特性出发来对待一切文本，特别是那些已经不存在物质写本的文本，其间存在着重大的区别。

手抄本文化的概念，在理论指导意义上对我们来说最重要的一点就是文本的流动性。不仅文本的字句内容具有流动性，我们也不能把任何一个早期文本的标题和作者归属都理所当然地视为一成不变的现实而接受下来。这不是说一切早期文本都没有任何可信性：有一些文本相对其他文本较为稳定，或者说至少有其相对稳定的阶段，必须视具体情况而定。但是一个基本的态度是提出问题和检视证据，知道其所以为可靠和所以为不可靠，而不是觉得文本的可靠性乃是理所当然。

印刷广泛流行之前的时代都可以称为抄本文化时代，因此抄本时代可以说是非常漫长的。这里有重要的两点需要注意。第一，抄本时代和印刷时代不是互相排除的概念，在印本时代，即使到了印刷已经发达的帝国晚期，抄本和抄写文本仍然并行不悖，而且和印本有很多的交涉与互动，这种现象一直持续到十九甚至二十世纪。第二，我们对漫长的抄本时代的不同阶段也必须做出更细致的区分：在纸得到广泛应用之前，竹简和木简是最通行的书写材料，其他书写材料还包括金石与缣帛等等；与纸相比，竹木金石都会给文本的生产和传播带来局限性，而上古时期写本文化面临的问题也和中古时期写本文化有所不同。纸的广泛应用促进了书籍贸易，也使私家大量藏书成为可能。但是，即使在纸张成为文本流通的重要媒介之后，其他物质书写材料也还是在相当长的时间里与纸并行。三世纪初，曹丕把自己的《典论》和诗赋作品命人以素抄写一通送给孙权，又以纸抄写一通送给张昭；而在他身后，魏明帝命人把《典论》刻石立于太庙和太学之外（《三国志》卷二、三、四）。这里的三种书写媒体——素、纸、石——在同一时代共存，而又各有其实用意义和象征意义，文本的载体和文本的内容是互为表里的。所以，在考虑抄本文化的时候有三个关键词："流动性"、"共存"与"互动"。

顾名思义，"抄本"首先牵涉到文本的传写手段。文本传写实际上关系到中古人士对文本的阅读，而对文本的阅读归根结底又关系到作品的创作，也进而关系到我们今天如何阅读中古文本。在这篇文章里，我准备谈一谈中古的阅读，顺便谈谈对阅读中古的一些思考。文章先从陶渊明的书架和萧纲的医学眼光开始，谈谈中古人读什么；然后从书钞和类书出发，探讨一下中古人的阅读方式，也就是说中古人怎么读；最后回到当下，探讨一下我们该怎么回过头来阅读中古。[1]

[1] 陈威曾从另外一个角度讨论中古时期的阅读方式，即作为身体行为的阅读——"默读"和"朗读"，以及这两种阅读方式作为不同认知过程的意义，可与本文参看。见 Jack W.Chen, "On the Act and Representation of Reading in Medieval China," in *Journal of the American Oriental Society*, Vol.129.1（2009）: 57–71。

一、中古士人的书单

"著书"和"读书"

和前代作家相比，陶渊明常常在诗文中写到阅读。他一方面称自己"好读书，不求甚解"，另一方面又说搬家是为了和邻居们一起"奇文共欣赏，疑义相与析"。他关于读书最著名的一组诗是《读山海经》，在第一首中描写了读书的物质环境和物质条件。阅读在这首诗里是非常感官化的体验：

> 孟夏草木长，绕屋树扶疏。众鸟欣有托，吾亦爱吾庐。
> 既耕亦已种，且还读我书。穷巷隔深辙，颇回故人车。
> 欢然酌春酒，摘我园中蔬。微雨从东来，好风与之俱。……

在这首诗的篇末，诗人称阅读可以使他"俯仰终宇宙"，而在《赠羊长史》一诗中，他提到"得知千载外，正赖古人书"：书籍是诗人超越时间和空间局限的途径。

在魏晋时代，一个士人的基本书单应该包括五经、诸子、史传。在陶渊

明生活的一个多世纪以前,孙权(182—252)曾经劝告吕蒙和蒋钦开卷读书:

> 权谓蒙及蒋钦曰:"卿今并当涂掌事,宜学问以自开益。"蒙曰:"在军中常苦多务,恐不容复读书。"权曰:"孤岂欲卿治经为博士邪?但当令涉猎见往事耳。卿言多务孰若孤,孤少时历《诗》、《书》、《礼记》、《左传》、《国语》,惟不读《易》。至统事以来,省三史、诸家兵书,自以为大有所益。如卿二人,意性朗悟,学必得之,宁当不为乎?宜急读《孙子》、《六韬》、《左传》、《国语》及三史。"(《三国志》卷五四裴松之引《江表传》)

所谓"三史",指《史记》《汉书》和《东观汉记》。孙权说他并不希望吕蒙等"治经为博士",换句话说就是要泛读而非精读,而且,孙权要求吕、蒋二人急读的书单实用性相当强,主要是兵书和史传,没有要求他们读《诗》、《书》、《礼记》。孙权自己读过的书则可以更好地代表当时人心目中基本的文化教育,从中可以看出儒家经典的重要性,虽然没有读过《易》,但是仍然以"惟不读"的方式把它列举出来。蜀汉统治者刘备自己年轻时"不甚乐读书",但临崩前还是特别嘱咐嗣子刘禅:"可读《汉书》、《礼记》,闲暇历观诸子及《六韬》、《商君书》,益人意智。"(《三国志》卷三二)至于曹魏的统治者曹丕,据其《典论·自叙》,"余是以少诵诗、论,及长而备历五经、四部、《史》、《汉》、诸子百家之言,靡不毕览",并称这是受到父亲曹操的影响和鼓励:"上雅好诗书文籍,虽在军旅,手不释卷"。

《汉书·艺文志》把书籍分为六类:六艺、诸子、诗赋、兵书、数术、方技;而后世图书分类则分经、史、子、集。上面蜀与吴的统治者列举的书籍基本都属于六艺、诸子、兵书类或经、史、子部。三国中以曹魏较为看重我们今天视为"文学"类的作品,按照当时人的说法就应该说是辞赋类,但是像曹植"年十余岁诵诗、论及辞赋数万言"这样的描述还是比较少见,而且在魏晋之际,"好辞赋"或者其反面"不好辞赋"往往作为一种专门的描述出现,不在"好读书"的"书"之列。有意思的是,孙权虽然自云"省三史",但他曾问阚泽(?—243):"书传篇赋,何者为美?""泽欲讽喻以明治乱,因对贾谊《过秦论》最善,权览读焉。"(按《过秦论》被收入"三史"之一的《史记》)《过秦论》作为单篇论文,属于"诗、论及辞赋"的范围,除了"明治乱"之外,也有其美文价值,后来被收入《文选》。曹丕《典论·论文》特加称美:"余观贾谊《过秦论》,发周秦之得失,通古今之制义,洽以三代之风,润以圣人之化,斯可谓作者矣。"(《太平御览》卷五九五)

我曾在《诸子的黄昏:中国中古时代的子书》一文中谈到"著书"/"立一家之言"这个说法在魏晋往往专指撰写子书,和写作短小的诗赋文章是有区别的,比如曹丕称"德琏常斐然有述作之意,其才学足以著书,美志不遂,良可痛惜",又称"七子"中唯有徐幹"成一家言",即指徐幹的《中论》。无名氏的《中论》序中则说徐幹"废诗赋颂铭赞之文,著《中论》之书二十二篇",特地把"诗赋颂铭赞之文"和"书"对举。再比如东晋葛洪明确表示"洪年二十余,乃计作细碎小文,妨弃功日,未若立一家之言,乃草创子书",他所说的"细碎小文"就是指他从十几岁以来一直热衷的诗赋,这里也和"立一家之言"/"草创子书"对立。如果"著书"一词是从作者角度来说,那么"读书"一词就是从读者的角度来说,也面临相似的情形。

这种情况延续到四、五世纪之交没有太大改变。陶渊明虽然也阅读前人的诗赋,但当他自称"好读书,不求甚解"、"得知千载外,正赖古人书",他所说的"书",恐怕不是指或者至少不是专指前人的诗赋。西晋时代的束皙写作《读书赋》,虽然只存片段,但他举出的具体篇目都来自《诗经》,所列举的古人所读书则包括《诗》与《易》:

> 耽道先生,澹泊闲居。藻练精神,呼吸清虚。抗志云表,戢形陋庐。垂帷帐以隐几,被纨扇(严可均原注:"扇当作素。")而读书。抑扬嘈囋,或疾或徐。优游蕴藉,亦卷亦舒。颂《卷耳》则忠臣喜,咏《蓼莪》则孝子悲。称《硕鼠》则贪民去,唱《白驹》而贤士归。是故重华咏《诗》以终已,仲尼读《易》于终身。原宪潜吟而忘贱,颜回精勤以轻贫。倪宽口诵而芸耨,买臣行吟而负薪。圣贤其犹孳孳,况中才与小人。

自赵宋以来,文人作者特别强调阅读前代文学作品对个人写作的关键影响,如果谈到"读书",必然包括前人的文集,这样的想法对现代人来说也根深蒂固。但是，在陶渊明的时代不仅并不一定如此，而且事实上恐怕极少有人读前人或同时代人的文集，对诗赋的阅读可能在大多数情况下都是以单篇或数篇的形式进行的。这一点到五世纪以后有一定程度的改变，这与五世纪中叶前后文学之崛起和别集之大兴有关，但是，除了少数人之外，全集的传抄和阅读绝对不是一个普遍的现象。

陶渊明所读之"书"，想必包括上面孙权开列的基本书目，从他诗文中的引文和化用来看，特别以《庄子》、《老子》、《论语》为主。东晋时代，"世尚庄、老，莫肯用心儒训"（《宋书·礼志》），精英阶层都对老庄非常熟悉。一般文学史家对东晋名僧支遁（314—366）的诗作向来不甚留意，但支遁留存作品数量很多，犹可使我们一窥东晋玄言诗的面目。支遁的《咏怀诗》其二对读书做出描绘：

……
偓寒收神辔，领略综名书。涉老哈双玄，披庄玩太初。
咏发清风集，触思皆恬愉。俯欣质文蔚，仰悲二匠徂。
……

即如被视为中国古典诗歌两大源头之一的《楚辞》，在东汉王逸为之作注之后，直到东晋南朝才重新得到重视。东晋末年名臣王恭（？—398）曾言："名士不必须奇才，但使常得无事，痛饮酒，熟读《离骚》，便可称名士。"谢灵运及嗣后的江淹都深受《楚辞》影响。从《隋书·经籍志》来看，王逸以后直到东晋的郭璞才又作新注，此后南朝人士对《楚辞》多有研究，这似乎和东晋南渡后的地域影响有关。

"异书"

这里需要提及一点：颜延之为陶渊明所作的诔文中，称陶"心好异书"。这里的"异书"指什么样的书？在同时代前后的作品里，"异书"通常指珍贵或罕见的书籍。《高僧传》记载月支人支谦来游汉境，"博览经籍，莫不精究"，

"遍学异书,通六国语",把"异书"和常见的"经籍"对举。在早期中古时代,不同地域之间书籍流通不易。南人葛洪在《抱朴子·自叙》中称自己年轻时曾前往北方的首都洛阳,"欲广寻异书"(《抱朴子·外篇》卷五〇)。而另一方面,王充的《论衡》开始没有在北方中原流布,蔡邕入吴后才见到此书,

> 恒秘玩以为谈助。其后王朗为会稽太守,又得其书,及还许下,时人称其才进。或曰:"不见异人,当得异书。"问之,果以《论衡》之益,由是遂见传焉。(《后汉书》卷四九李贤注引袁山松《后汉书》)

对此葛洪的记载是:

> 时人嫌蔡邕得异书,或搜求其帐中隐处,果得《论衡》,抱数卷持去。邕丁宁之曰:"唯我与尔共之,勿广也。"(《抱朴子》佚文,同上)

这里的"异书"都指一般不容易得到的书籍,而且都和书籍的地域性流通有关。

公元五世纪时刘峻陷北,齐永明中得还,"自谓所见不博,更求异书,闻京师有者,必往祈借,清河崔慰祖谓之'书淫'"(《梁书》卷五〇)。有意思的是,在梁武帝的弟弟安成王萧秀"给其书籍,使撰《类苑》"之后,另一耽书者刘杳写信求借此书,也称之为"异书":

> 间闻足下作《类苑》,括综百家,驰骋千载,弥纶天地,缠络万品。撮道略之英华,搜群言之隐赜。铅摘既毕,杀青已就。义以类聚,事以群分。述征之妙,杨班俦也。擅此博物,何快如之。虽复子野调声,寄知音于后世;文信构览,悬百金于当时,居然无以相尚。自非沉郁澹雅之思,安能闭志经年,勒成若此?吾尝闻为之者劳,观之者逸。足下已劳于精力,宜令吾见异书。

在这些情况里,"异书"非如后人以为的那样指异端之书或标新立异之

[2] 如至元七年（1270）的宋刊补修本《论衡》序称其观点"出于众人之表"，评论说"其为书，可以谓之异书，而不可以为经常之典"。这是用内容的独特/特异/非经典性来解释"异书"一词，就和胡适称之为"奇书"一词一样，都不是中古时期"异书"一词的原意。

书，也不等于内容上的"奇书"，[2] 这在作为类书的《类苑》里看得尤为清楚。"异书"是难得一见的书籍。而"难得一见"的情形在写本年代可谓相当普遍：很多书，除了五经之外，对于很多人，除了帝王之外，可能都称得上是"异书"。即使是帝王，也往往必须刻意搜求，才能建立起一个较为健全的皇家图书馆。隋文帝开皇三年（583），"秘书监牛弘表请分遣使人，搜访异本，每书一卷，赏绢一匹，校写既定，本即归主。于是民间异书往往间出"（《隋书》卷三二）。唐玄宗开元七年（719），"诏公卿士庶之家，所有异书，官借缮写。及四部书成，上令百官入乾元殿东廊观之，无不骇其广"（《旧唐书》卷四六）。

有鉴于此，"异书"一词的意义虽然是固定的（"难得一见之书"），其具体内涵却是一个变量，换句话说，我们必须看是对谁、在哪里难得一见，也必须看是在什么时期难得一见。写本时代书籍的流传，有强烈的个人性和地域性。以《论衡》而论，在东汉末年，它显然只在江南会稽地区流传，没有进入中原地区，直到蔡邕、王朗把抄本带回"中土"才逐渐传播开来。这种情形在印本时代有所改变，但其实在不同程度上一直延续到现代，因为即使到了中华帝国晚期，还是有很多写本只保存在个人收藏里，如王绩诗的清抄本即是一例。

个人所见书与一个人的社会地位、经济地位直接相关。社会地位和经济地位必须分开来提，是因为在中古时代尤其早期中古时代二者并不一定成正比。南齐时，武帝对诸侯王管制甚严，"诸王不得读异书，五经之外，唯得看孝子图而已"。江夏王萧锋"乃密遣人于市里街巷买图籍，期月之间，殆将备矣"（《南史》卷四三）。虽然贵为藩王，却只能看到最普通的五经，而不能接触到"异书"，但幸好有经济能力，又身处通都大邑，所以可以派人到市场上买到各种书籍。而如果有一定社会地位，那么哪怕"少孤贫，居负郭，室巷甚陋"如颜延之，也还是可以因为"好读书"而于书"无所不览"。

回到陶渊明，有几点值得一提。一是四世纪初，东晋南渡，仓忙混乱之中，不可能带走大量藏书，无论是宫廷藏书还是个人藏书，皆面临同样情形。二是陶渊明归隐之后，虽然不再涉足官场，但并未绝迹社交场（这是中国历代隐士的特点）。既身为东晋名臣之后，而且往来者皆是东晋刘宋时代的士族名流，包括于书"无所不览"的颜延之，所以如有看到"异书"的欲望，就有看到"异书"的条件。三是刘裕北征，克复长安，"先收其彝器、浑仪、土圭之属献于京师"，又"收其图籍"，虽然"府藏所有才四千卷，赤轴青纸，文字古拙"（《隋书》卷三二），但其中想必有"异书"在。陶渊明有《赠羊长史》诗，当时羊长史将要"衔使秦川"，因此诗人"作此与之"，可见诗人能和在东晋朝廷与北伐军之间往来的使者互通信息，并不闭塞。

关于上述的第一点，陶渊明同时代人张湛（活跃于晋孝武帝时代，约373—396年之间）的《〈列子〉注序》为我们提供了一则有关东晋南渡前后书籍流传的珍贵资料：

> 湛闻之先父［张旷］曰："吾先君［张嶷］与刘正舆［刘陶，刘晔（？—234）之子］、傅颖根［傅敷，约268—313］，皆王氏之甥也，并少游外家。舅始周，始周从兄正宗［王宏，？—284］、辅嗣［王弼，226—249］，皆好集文籍，先并得仲宣［王粲，177—217］家书，几将万卷。[3] 傅氏亦世为学门。三君总角，竞录奇书。及长，遭永嘉之乱，与颖根同避难南行，车重各称力，并有所载。而寇虏弥盛，前途尚远。张谓傅曰：'今将不能尽全所载，且共料简世所希有者，各各保录，令无遗弃。'颖根于是唯赍其祖玄、父咸子集。先君所录书中有《列子》八篇。及至江南，仅有存者。《列子》唯余《杨朱》、《说符》、目录三卷。比乱，正舆为扬州刺史，先来过江，复在其家得四卷。寻从辅嗣女婿赵季子［赵穆］家得六卷。参校有无，始得全备。"
>
> 其书大略，明群有以至虚为宗，万品以终灭为验；神惠以凝寂常全，想念以著物自丧；生觉与化梦等情，巨细不限一域；穷达无假智力，治身贵于肆任；顺性则所之皆适，水火可蹈；忘怀则无幽不照。此其旨也。然所明往往与佛经相参，大归同于老庄。属辞引类特与《庄子》相似。庄子、慎到、韩非、尸子、淮南子、《玄示》、《旨归》多称其言，遂注之云尔。

[3] 蔡邕万卷藏书据说传给了王粲，而王宏、王弼之父王业是王粲族人，在王粲二子因卷入逆谋而被处死之后，过继给王粲为后。

这里的叙述给我们看到在写本年代，特别是遇到战乱时，书籍保存和流通的困难，有时一种书的流传完全有赖于某一个人的有意识的努力。具体来说，《傅玄集》和《傅子》都有相当可观的篇幅得以保存下来，而大量魏晋时代的诗赋和子书都已亡佚殆尽，这恐怕有赖于傅敷在永嘉之乱时的着意保存。另一方面，在东晋时代，《列子》应该属于"异书"之列。作为张湛的同时代人，作为一个心好异书而又有能力搜求到异书者，一个喜欢在作品中写到幻化、空无、顺性、忘怀的作者，陶渊明很有可能读到过这本书，本文后面还会回到这一点。

陶渊明不但不像人们通常所以为的那样不见赏于当时，相反，他是相当有影响力的作者。在手抄本时代，作品传世全靠传抄，虽然也存在意外事件导致的例外情形（如敦煌），但一般来说，如果一个人的作品不被读者欣赏和喜欢，那么它就不会被人不断地主动抄写，流传到后世的概率就会非常之小，甚至等于零。陶渊明在世时，他的读者包括颜延之和谢灵运，元嘉三大家里面余下的一位诗人鲍照也相当熟悉他的作品。在他去世之后一个世纪，梁朝两位皇太子都对之偏爱有加：萧统为之编辑文集和撰写序言（"故加搜校，粗为区目"）。萧纲也对陶集有特殊的爱好："刘孝绰当时既有重名，无所与让，唯服谢朓，常以谢诗置几案间，动静辄讽味；简文爱陶渊明文，亦复如此。"（《颜氏家训》）然而，从陶渊明去世到萧纲的时代，已经过去了一百年，历史上出现了很多巨大变化，萧纲的阅读和陶渊明的阅读已经非常不同。

刘宋时代的转型

在陶渊明的时代，"读书"并不一定意味着读前人的文集，尤其是诗作。但是，到了刘宋时期，情况开始发生转变。在五世纪，诗文创作兴盛，集部空前繁荣：一来别集的编辑受到作者的重视，作者自编文集的记载开始多起来，而这也是别集种种体例建立的时代；二来，也是更重要的，文学总集大量出现，这和前代相比呈现了显著的、戏剧化的区别。东晋时代，"玄风独振，为学穷于柱下，博物止乎七篇"（《宋书·谢灵运传》）。锺嵘称"晋宋之际，殆无诗乎！义熙中，以谢益寿、殷仲文为华绮之冠"（《诗品》）。

可是殷仲文自己据说是"读书不甚广"的(《世说新语》)。到刘宋时代,诗歌成为最被看重的文学体裁,[4]而用典繁密成为当时最流行的诗歌写作风格,这就要求作者博览群书。也就是在这个时候,刘宋时代的作家开始对集部作品有了更多的熟悉和了解。

这一时期最重要的文学事件有二。一是宋文帝在439年成立文学馆,与儒学、史学、玄学三馆并立,可以说是"四部体系"的机构化体现。每一馆都有主持者,"各聚门徒"以讲学(《宋书·文帝本纪》)。把"文学"和儒学、玄学一样作为研习和传授的对象,标志着"文学"获得独立地位(虽然值得强调这里的"文学"并不等于现代意义上的"文学")。一是谢灵运率先编撰单一文学体裁之总集。这多半是他于宋文帝元嘉三年至五年(426—428)在京任秘书监时因为有机会接触到皇家图书馆的藏书而开始的。此时的皇家图书馆藏书量已经远非东晋渡江时可比:东晋之初,"著作郎李充以〔荀〕勖旧簿校之,其见存者但有三千一十四卷……其后中朝遗书稍流江左,宋元嘉八年〔431〕,秘书监谢灵运造《四部目录》,大凡六〔按应作'一'〕万四千五百八十二卷"(《隋书》卷三二)。在此基础上,谢灵运编撰了两种重要的总集:一是《赋集》九十二卷。继之有新渝惠侯刘义宗(?—444)编撰的《赋集》五十卷,宋明帝(439—472)编撰的《赋集》四十卷,二者可能都是基于谢集的抄撮编选。一是《诗集》五十卷,以及从《诗集》中摘录精选出来的《诗集钞》十卷。前者梁时尚保存完整(五十一卷应该包括目录一卷),后者则有可能和他名下的《诗英》九卷(梁时尚多目录一卷)是同一部书。此外,系于谢灵运名下的十卷《杂诗钞》恐怕也是类似之作,如"钞"、"英"字样所显示的那样,都是基于《诗集》的选集。谢灵运的《诗集》显然产生了很大影响,因为接下来又有宋侍中张敷(卒于五世纪三十年代)、袁淑(408—453)《补谢灵运诗集》一百卷,颜延之之子颜峻(卒于459年)编撰的《诗集》百卷,并例、录二卷,宋明帝编撰的《诗集》四十卷,江邃(一

[4] 据《隋书·经籍志》的记载判断,在刘宋以前,虽然有很多赋注,但是诗注只有应贞(?—269)注应璩(190—252)《百一诗》八卷。而刘宋时期我们看到两部诗注:一是颜延之注阮籍《咏怀诗》(稍后又有沈约注行世);一是宋太子洗马刘和(生卒年不详)注《杂诗》二十卷,这里的《杂诗》有可能是基于江邃《杂诗》七十九卷而编撰的精选本,也有可能是基于谢灵运编撰的《杂诗钞》,或者是刘和自选自注的新选本。总之,和注解经典、大赋不同,为诗作注并不常见,如果这一现象突然较为集中地出现在刘宋时代,并且不像应贞那样自家人注自家人,那么它向我们显示,诗歌特别是五言诗的地位有了显著的提高。

作江邃之)编撰的《杂诗》七十九卷。

很明显,在这一时期,读者非常热衷于阅读前代诗歌,诗歌总集的数量远远超过赋集的数量。诗歌总集的行世一方面使读者有更多机会接触到前代诗歌,从而强化了对前代诗歌的强烈兴趣;另一方面,刘宋时人对前代诗歌的兴趣也促进了诗歌总集的数量增加与流通。

在一篇劝医的文章里,萧纲强调医者应该广泛阅读医书,多方积累实际经验,为病人诊治必须"无隔贵贱,精加消息"。他用写诗作为比喻:

> 又若为诗,则多须见意,或古或今,或雅或俗,皆须寓目,详其去取,然后丽辞方吐,逸韵乃生。岂有秉笔不讯,而能善诗;塞兑不谈,而能善义?扬子云言:"读赋千首,则能为赋。"(《劝医论》)

写诗必须建立在广泛阅读古今各种诗歌作品的基础上,这样的论断在北宋以后已成为老生常谈,但是当我们向前追溯,我们会发现它自有它的历史起源和发展史。

六世纪另一著名作家王筠(481—549)有一段重要的话:

> 余少好书,老而弥笃,虽偶见瞥观,皆即疏记,后重省览,欢兴弥深,习与性成,不觉笔倦。自年十三四,齐建武二年乙亥至梁大同六年,四十六载矣。幼年读五经,皆七八十遍。爱《左氏春秋》,吟讽常为口实,广略去取,凡三过五抄。余经及《周官》、《仪礼》、《国语》、《尔雅》、《山海经》、《本草》并再抄。子、史、诸集皆一遍。未尝倩人假手,并躬自抄录,大小百余卷。不足传之好事,盖以备遗忘而已。(《梁书》卷三三)

王筠的书单除了前代作家的常读书如五经、《国语》、诸子之外,还包括《尔雅》、《山海经》、《本草》(《神农本草经》);而他读的史书应该超出三国时代的"三史"范围而包括《后汉书》和众家《晋书》。但最重要的是,他提到的"诸集",也就是各家文集,和汉魏两晋的"读书"比起来,是一个全新的范畴。

王筠的自序还揭示了早期中古时代一个重要的读书形式,也就是抄撮,下一节将要详谈。

二、中古的阅读方式

如果前一节我们讨论读什么,那么在这一节我们会讨论怎么读。五世纪以来,中古人士有两种重要的读书方式,一是书钞,一是类书。

书钞与抄书

相对于类书,"抄书"这一在中古广为流行的实践还没有得到太多专门的注意。抄、抄书、抄撮,是指择要抄写一部作品,从而形成这部作品的一个新的摘抄本。我曾在《烽火与流星》一书中谈到"写书"和"抄书"的区别:

> "写书"一词在后代意味着"写作一本书",在这一时期则意谓"抄写一本书"。……在这一时期,一种常见的做法不是抄写整部书,而是抄写书的部分,也即被视为重要的部分。这一做法被称为"抄书"。在现代汉语里,"抄书"意味着"抄写书籍",但是在六朝,"抄书"一词的意义非常狭窄而具体。僧祐在《抄经录》序言中对"抄"下了一个简明扼要的定义:"抄经者,盖撮举义要也"(《出三藏记集》卷五)。"撮举义要"有两种办法:一是用自己的话对原作进行概括总结,一是有选择地抄写重要篇章。僧祐赞成的是前一种办法,他引安世高和支谦的佛经翻译为例,称他们"约写胡本,非割断成经"。

类书和书钞有很多联系但是也有区别。[5] 简言之,类书是从很多不同著作中摘抄片段再按照主题类别编排的,而且一般是对原文的选择性照录,不是"用自己的话对原作进行概括总结"。书钞一般来说则基于一部著作或者数部性质相同的著作。比如说葛洪的《〈史记〉钞》十五卷、《〈汉书〉钞》三十卷(《新唐书》卷

[5] 参见我参与编辑的《中国古典文学牛津手册:公元前1000年—公元900年》第十章《类书与书钞》(Denecke Wiebke, Li Wai-Yee, Tian Xiaofei ed., *The Oxford Handbook of Classical Chinese Literature: 1000BCE–900CE*[Oxford University Press, 2017], pp. 132–146)。

五八），分别是对一部作品的摘要抄录；曹操的《接要》，则是对各家兵书的综合摘抄（《三国志》卷一，《隋书》卷三十四）。有时个人也可以私家生产出合类书与书钞于一体的作品，比如汉桂阳太守卫飒抄撮的《史要》十卷，据《隋书·经籍志》的小注，乃"约《史记》要言，以类相从"。

虽然"抄写"在现代已经成为一个复合词，抄与写在中古时代却截然有别：前者要求复制者做出有意识的选择，无论是挑选出重要的段落，还是用自己的语言简要重述原文。抄书是非常受到看重的治学方式。南北朝史料中有很多关于"抄书"的记载，其中最醒目的一点是，这些记载不但旨在显示传主的勤奋好学，而且这些书钞往往和传主本人的作品并列，作为传主的学术和创作成就昭示后世。

《梁书·庾仲容传》的记载十分典型：

> 仲容抄诸子书三十卷、众家地理书二十卷、《列女传》三卷，文集二十卷：并行于世。（《梁书》卷五十）

庾仲容（477—约550）抄撰的诸子书、众家地理书、《列女传》和他个人的文集并列，他的《子抄》后来成为唐代马总《意林》的基础，为我们保存下来很多亡佚的子书残篇。隋书有《〈列女传〉要录》三卷，不著作者，我怀疑有可能就是出于庾仲容之手的抄撮。张缅（490—531）的传记也清楚地显示了书钞的地位：

> 缅性爱坟籍，聚书至万余卷。抄《后汉》、《晋书》众家异同，为《后汉纪》四十卷，《晋抄》三十卷。又抄《江左集》，未及成。文集五卷。（《梁书》卷三四）

张缅的书钞基于众多不同的资料来源，他通过摘选抄录而生产出自己的综合性著作，这些著作显然被史臣视为张缅独特的学术成就，而他没有能够完成对东晋南朝之文集的抄撮，则被视为一大憾事。张缅的两部书钞在《隋书·经籍志》中尚有存录（唯《后汉纪》题《后汉略》，四十卷只余二十五卷；《晋抄》题《晋书钞》),与众家"原创"史书并肩齐列。正如《隋书》史臣所言:"自后汉已来,学者多钞撮旧史,自为一书。"(《隋书》卷三三)[6] 但总的来说,抄书虽然需要做出一定的选择、综合,却并不包含个人的创作,史书中另一常见的相关词语是"抄撰",乃抄写编撰,不是抄写加撰写,宋文帝命何尚之"抄撰五经"就是一个很好的例子(《南齐书》卷五四)。

在《隋书·经籍志》中,以"钞"、"要集"、"略"、"削繁"为名的书籍数不胜数。略举数例:经部有《谢氏毛诗谱钞》、《礼记要钞》,史部有《史汉要集》、《三史略》,子部有《杂书钞》、沈约《子钞》等等。集部的情况很有意思。一方面,总集可以再抄,也可以说是选本的选本,比如说《赋集钞》、《诗集钞》、《杂言诗钞》;另一方面,虽然在《经籍志》里面的别集目录没有"钞"、"要集"这样的名目(譬如说虽有《陶渊明集》,却没有《陶渊明集钞》),但是在社会现实中这样的"集钞"比比皆是,而且可以说构成了读者消费作品的主要方式。换句话说,虽然如上文所提到的,刘宋以来,人们越来越重视文集,开始有了阅读文集的记载(鲍照提到有人向他借阅《傅玄集》大概是最早的例子之一),但是在很多情况下,阅读作品的主要方式并不一定是通读全集,相反,有条件读到作者全集和在家中收藏作者全集的人大概不会很多。

在抄本时代,书籍的复制不是易事,对书籍进行摘抄显然比抄写全书要便利得多,而对读者来说,阅读书钞也比通读原书便捷得多。这是手抄本时代文学传播的一个特殊形态,和印本时代读者比较容易买到和看到作者全集构成巨大的差别。对于经、史、子,人们希望得其"要"。对集部中的别集来说,抄录(也是阅读)方式主要有二。一是读者直接传抄当代作家刚出炉的单篇文本,无论作品名篇,还是名作者,都有一文甫出即传写流布的记载。比如谢庄为宋孝武帝殷贵妃所作的《哀策文》,因得到宋孝武帝的激赏,"都下传写,纸墨为之贵"(《南史》卷一一)。谢灵运"每有一诗至都邑,贵贱莫不竞写,宿昔之间士庶皆遍"(《宋书》卷六七)。萧齐时南北建立外交,北使见到王融,向他索取闻名已久的《曲水诗序》,称:"'在北闻主客此制,胜于颜延年,实愿一见。'融乃示之。后日,宋弁于瑶池堂谓融曰:'昔观相如《封

[6] 有意思的是,在唐代史书中,我们很少看到关于传主勤奋抄撮的叙述,这一点和南北朝史书十分不同。这不意味着在现实生活中人们不再抄书,而是话语的改变显示了价值观的改变。事实上,抄录的实践在唐代仍然在延续,这在别集的情况里体现得最为明显。

[7] 关于宋人对唐代抄本的处理，参见 Stephen Owen（宇文所安），"The Manuscript Legacy of the Tang: The Case of Literature"（《唐写本遗产：文学的个案》），*Harvard Journal of Asiatic Studies*, 67.2 (2007), pp. 295–326.

[8] 我在《错置：一位中古诗人别集的三个清抄本》一文中有详细论述，兹不赘述。载《古典文献研究》，2012年第15辑，页267—287。又见本书页156—172。

禅》，以知汉武之德；今览王生《诗序》，用见齐王之盛。'"（《南齐书》卷四七）。可以想见王融此序从此流传江北。刘孝绰"辞藻为后进所宗，世重其文，每作一篇，朝成暮遍，好事者咸讽诵传写，流闻绝域"（《梁书》卷三三）。《南史》更多一句："好事者咸诵传写，流闻河朔，亭苑柱壁莫不题之。"（《南史》卷三九）徐陵"每一文出手，好事者已传写成诵，遂被之华夷，家藏其本"（《陈书》卷二六），《南史》作"遂传于周、齐，家有其本"（《南史》卷六二）。一是根据个人趣味爱好，对某一作家的文集进行摘抄，从而形成一个选本或曰"小集"。花时间气力抄写作者全集的人是很少的。梁武帝之孙、梁简文帝萧纲之子萧大圜花费一年的时间完整地抄录乃祖、乃父的全部文集（《周书》卷四二），乃是一个非常的特例，因为他的抄写不是作为一个普通读者，而是作为子、孙，对自己的父亲和祖父尽一份孝顺和哀悼之情。在抄本时代，读者也同时是文集的"编辑者"和"抄写者"，他们根据自己的趣味和爱好抄录下自己喜欢的篇章。正是因此，到北宋时代，学者常常不得不花大量时间和精力四处搜求，把某一唐代作家的各个"小集"的手抄本集合拼凑在一起，以恢复"全集"面貌。[7] 从抄撮到辑佚，构成了一个完整的循环。

然而，有时一个小集会因为得到印行而取代全集、成为最广为人知的版本，《王绩集》三卷本的传播就是一个很好的例子：王绩的五卷本全集被陆淳（？—805）根据当时的复古意识形态进行编辑删削，成为两卷本的小集；后来又被人扩充为三卷本，因印刷出版而广为流行；其五卷本只作为抄本传世，影响很小，直到二十世纪八十年代才得再窥全貌。全集的出现可以完全改变我们以往对王绩的认识，我们看到王绩受到的最直接影响来自南朝的宫廷诗人庾信，而不是像我们传统认为的那样，仅仅是一个古意盎然、追踪陶阮的隐士诗人。[8]

总之，在手抄本时代人们很少通读全部文集，作品往往以单篇形式或者小集形式传写。作品的内容流动性很强，而其中题目是流动性最大的，因为抄写者可以给没有题目的文本任意加一个题目（比如一首没有题目的诗可以称之为"杂诗"），或者任意省略和简化题目，特别是题目中显示写作场合的部分或者具有社会性的部分（比如说"和某某人/于某某人宅咏菊"在抄写时被简化为"咏菊"或"菊"）。不但单篇诗文是如此，长篇作品也是同样，因此一部作品有数个不同题目的情况十分常见，如《佛国记》又称《法显传》、《法显行传》、《法显记》、《历游天竺记传》、《释法显游天竺记》等等。此外，除了五经之外，人们在阅读史部和子部著作时到底阅读的是全本还是摘抄本，是全本的哪一个写本，或者是哪一家的摘抄本，都是很大的问题。在印本时代，同一版发行的书籍可以完全相同；但是在抄本时代，同一个书名并不意味着一册一模一样的书，每一个写本都存在不同程度的差异。

"竟陵八友"之一的萧琛在梁朝初年任宣城太守时，

> 有北僧南度，惟赍一葫芦，中有《汉书》序传。僧曰："三辅旧老相传，以为班固真本。"琛固求得之，其书多有异今者，而纸墨亦古，文字多如龙举之例，非隶非篆，琛甚秘之。及是行也，以书饷鄱阳王范，范乃献于东宫。（《梁书》卷二六）

萧范（498—549）是梁武帝的侄儿，东宫即昭明太子萧统。萧统命刘之遴、张缵、到溉、陆襄等参校异同，史云"之遴录其异状数十事"，而其传记仅列出七八条而已（《梁书》卷四〇）。《四库全书》的编者却仅仅根据这一简略的记载把"古本"批驳得体无完肤，径称之为"伪书"（《四库全书总目提要》卷四五）。无论这样的论断是否有失粗率，对我们来说，更重要的是通过这一则记载看到中古时期文本流传的情况。再比如《史记》，将类书中的《史记》引文和宋刻本《史记》相比能看出很多不同，这说明作为刻本来源的写本非常之多，但是如果像有的学者那样据此判断刻本是否"讹误"，或论证说类书相对于刻本更多地保存了《史记》"原书之旧貌"，这一思路就值得重新考虑，因为我们并不知道宋代刻本所根据的底本到底是哪一种写本。

在抄本时代，"真本"和"原本"的概念究竟有没有意义？有多大意义？这是必须重新评估考量的概念。而认识到抄本时代文本存在的特殊形态，会给文献学研究与文学研究的思考框架和基本概念带来重大的改变。这在本文的最后一节中会详谈。

类书

说到类书,这是中古时期人们阅读文本的另一种重要方式,而且同样是一种碎片化的不完整的方式。按照学界一般共识,最早的类书是曹丕下令编撰的《皇览》,但卷帙浩大,一般士人是否可以轻易得而见之是个很大的问题(南北朝时有《皇览抄》)。公元五世纪也即刘宋时代以来,文学创作特别是诗歌创作日益繁荣,被葛洪当年嗤为"细碎小文"的诗赋成为主流,作为写作工具书的类书也随之而兴。这些类书并不仅仅局限于皇家图书馆:刘杳向刘孝标借《类苑》,《华林遍略》被书商带到北方出售,祖珽又把《华林遍略》偷卖数卷作为赌博之资(《北史》卷四七)。凡此种种,都说明类书的流通超出皇家范围,凡有社会地位或经济能力的士庶都可获取副本,无论全本还是部分。在《艺文类聚》序里,欧阳询(557—641)称皇帝下令编撰是书,"欲使家富隋珠,人怀荆玉",这一明确陈述的编撰目的值得我们注意,因为它强调的是面向大众的公开性教育。当然这个大众还是指特权阶层而不是所有的社会阶层,但和蔡邕得"异书"放在"帐中隐处"、"恒秘玩以为谈助"以及"毋广也"的谆谆叮咛,已经不可同日而语了。

作为相对来说最为完整地存留下来的规模最大的早期类书,《艺文类聚》的一个值得注意之处是它对作品文本的摘录保存。欧阳询的序言称:

> 《流别》、《文选》,专取其文;《皇览》、《遍略》,直书其事……爰诏撰其事且文,弃其浮杂,删其冗长,金箱玉印,比类相从,号曰《艺文类聚》,凡一百卷。其有事出于文者,便不破之为事,故事居其前,文列于后。俾夫览者易为功,作者资其用。

文、事并举,超出了仅仅类事的范围,这显然把《艺文类聚》放入了《文选》这样的文学选本传统中。

在类书研究中,学者或极大扩展"类书"的疆域,有时触类所及,几乎一切典籍文本甚至包括《诗经》、汉赋、《尔雅》、《史记》在内,都仿佛"越看越像",有类书或"类书雏形"之嫌。定义过于宽泛会失去意义,兹不取。

但是很多学者都曾提出"杂家"里面的《吕氏春秋》或《淮南子》可以视为类书的源头，如汪中（1745—1794）称《吕氏春秋》"为后世《修文御览》、《华林遍略》之所托始"（《述学·补遗》），黄震（1213—1281）、钮树玉（1760—1827）则称《淮南子》为"天下类书之博者"（《黄氏日钞》卷五五）、"类书之端造于《淮南子》"（《匪石先生文集》卷下），这些说法值得重视。为类书追溯源头不是本文关心的重点，姑置不论；我倒以为把《吕氏春秋》/《淮南子》和类书进行对比，它们之间的差别其实适足以体现从上古到中古时代，在知识体系和结构方面以及在读者与文本传统之间的关系方面发生的巨大变化。《吕氏春秋》和《淮南子》，无论有什么样的内在矛盾，都是内容具有一致性的合成文本，不是仅仅摘录往说、分类排列而已；即使是《说苑》，虽然是从现存前代文本中获取资料并把它们按照主题分章节进行胪列，也还是包括了编撰者刘向自己的创造和评论，比如说每章都以刘向本人的总说开头，论述本章主题。

与这些著述相比，类书仅仅呈现已存的材料，并不加入编者个人的意见和评述，并不以内容完整统一的思想性著作面世。从《吕览》到《皇览》，又从"皇览"到《艺文类聚》序言中旨在"众览"的编撰目的，我们注意到文化史的变化轨迹。如果说上古由王室成员或者地位相近的诸侯命多人合作完成巨著，是对早先传统进行吸纳融化，合成为新的子书传统，那么在中古时期，同样由帝王授命、由多人编撰的类书，则仅仅是对原有的文本进行照样的搬录，进而使之成为帮助个人写作的工具书。这向我们显示：一方面，传播一位"夫子"之哲学、政治学思想和世界观的大部头一家之言式著作逐渐消退；另一方面，被葛洪称为"细碎"的诗文创作日益昌盛，类书经过《皇览》之后两个世纪的沉默、开始再次浮出地表而且大量涌现之际，也正是"别集"取代一家之言的"子书"而成为新的自我表达和再现的主要方式之时。[9] 此外，人们对"作者"的概念有了新的敏感度：从一方面来看，以类书中汇聚的事与文作为用典和修辞的来源，帮助自己的诗文写作，可以说是有"文章殆同书钞"、饾饤古书之嫌；但是从另一方面来看，也可以说人们更承认前代诗文的作者归属，不再像《吕氏春秋》、《淮南子》那样把前人的议论无形地整合为自己的一家言。

[9] 关于这一点我在《诸子的黄昏：中国中古时代的子书》一文中有详细论述，兹不赘述。载《中国文化》，2008年第27期，页64—75。又见本书，页100—120。

三、从历史上的阅读到历史主义的阅读

前面我们谈的是中古的阅读。这些议论对我们今天阅读中古有什么样的具体意义,在这一节里我希望分三方面加以讨论。

首先,我们需要重新思考文献研究一些固有的理念。

在很多文献学研究的文章里,我们常常看到关于"原著"、"原书"、"古书原貌"、"旧本之真"、"古本之真"的说法,这些概念被用来作为文献学考证所追求的最终目的,但是,如果我们真正认识到手抄本文化的性质和抄本时代文本流传的特征,那么,这些说法和概念,就需要重新考量。换句话说,传统校勘学所谓"存真复原"的宗旨,放在手抄本时代是否有意义,这本身就已经值得打上一个大大的问号。

在抄本时代流传的文本,没有"原本"、"真本"或者作者认可的版本,我们也不能盲目地认为一个版本离作者年代越近就越可靠或者说就更接近原作真面目,必须辨析每个具体个案,考察文本的载体。我们并不排斥真正的抄写讹误的存在,但是更重要的是意识到一个文本同时有数量众多的写本在各地流通传播,每一个写本都各有其歧异之处,最终传到我们手里的几种版本仅仅是冰山露出海面的一角而已。在这种情况下,称早期类书在很大程度上"保存了古本的原貌"的说法,应修正为类书版本"反映了古写本之一种的面貌"。利用中古类书仍然十分重要,但是其重要性不在于和传世文本比勘之后,是此非彼或者是彼非此以得出一个新的"善本",而是借类书反映出来的不同版本和异文,窥见写本世界的混乱与多元。换言之,对比是应该做的,但是对比目的和结论应该和传统有所区别:传统对比目的是决定所谓的真本原貌,新的对比目的应该是从文字之异同考量其背后的动因以及带来的后果。

这样做导致的直接结果之一,是迫使学者进行文本细读和在整个作品文本的语境里做出字词分析。在对异文做出比较分析时,学者们往往对通过校勘以得到一个"尽善尽美"的版本具有强烈的欲望,却没有注意到一来现代学者眼中的"尽善尽美"未必符合中古的写本流传现实,二来在挑剔一些异文时,似乎总认为"原著"一定不存在任何修辞和逻辑上的"瑕疵",或者说原著作者所阅读到的古籍文本一定都是(现代人眼里的)"善本"或"全本",所以在现代学者看来最"没有问题"的那一种异文就一定代表了"古本之旧",这样的思路本身存在很大问题;三来在判断某一中古著作里面的引文时,常用我们所能看到的传世版本来作为考量标准,没有考虑到中古人士读到的书可能既比我们多(颜延之和陶渊明读到的《庄子》都比我们现在所能看到的《庄子》内容更丰富——颜延之的"元天高北列"引用的就是一段《庄子》佚文),又比我们少(他们很少读全集,甚至也不像宋人那样对比和校勘同一文本的各种不同版本),哪怕是一部似乎比较常见的著作如刘向的《列女传》,他们读到的也可能是一个和我们今天看到的传世文本完全不同的版本,又或他们的引文可能来自一本完全不同的著作。

其次,正确认识和评估抄本时代文本存在的特殊形态,以及人们实际的阅读范围和阅读行为,会改变文学史上一些想当然或者基于意识形态的偏见而得出的结论。

以萧纲的作品和《玉台新咏》为例。《南史》记载简文帝有文集一百卷,《隋书》著录八十五卷。现存诗作约二百五十首(这一数字仅仅按照标题统计,但很多题目包括二首或三首则没有计算在内,因此其实际留存的诗作总数接近三百首),远远超过了任何一位六朝作家的诗作总数。这些作品的来源,包括《艺文类聚》、《文馆词林》、《初学记》、《文苑英华》、《广弘明集》、《玉台新咏》等等。学者胡念贻早在二十世纪六十年代就曾指出,三分之二以上的萧纲作品和艳情毫不相干。这里需要补充的是:如果萧纲留存下来的诗作有三分之一是艳情题材的话,也只不过是因为这三分之一的诗作绝大部分被收录在《玉台新咏》中才流传下来的,而且《玉台新咏》赵均本还把数首在初唐类书《艺文类聚》中系于萧统名下的"美妇人"诗全都划给了萧纲,从而把萧统的名字完全从集中抹除了。侯景通过他的写手王伟在写给梁武帝的信中声称:"皇太子珠玉是好,酒色是耽,吐言止于轻薄,赋咏不出《桑中》。"(《资治通鉴·梁纪》)慢言这样的话出自一个残忍反复之徒的政治宣传品,如果没有一个史官赞成和支持这一指责的前一半,又何以会相信与重复其后一半,像《隋书》史臣那样步侯景之后尘,称萧纲"清辞巧制,止乎衽席之间,雕琢蔓藻,思极闺闱之内"?(《隋书》卷三五)试问:有多少说这样话的人,和相信且重复这样话的人,通读过萧纲的百卷文集?相反,我们倒要问一下:他们是不是都仅仅读到过《玉台新咏》呢?

这两个问题不是随便提出的。在前文我们仔细讨论过中古阅读的零碎、紊乱、随机性质。此外,侯景之乱和江陵陷落以后,书籍一次又一次遭到大规模的焚毁。《周书》称:

《梁武帝集》四十卷,《简文集》九十卷,各止一本,江陵平后,并藏秘阁。大圜既入麟趾,方得见之。(《周书》卷四二)

萧大圜曾经在江陵依附梁元帝,可见即使在江陵他也没有机会得见祖父和父亲的全集。梁亡后,《武帝集》和《简文集》的全本变得弥为珍贵,根本不是一般人可以有机会看得到的。与此同时,南北朝时期编纂的众多文学总集中唯有两部选集得以保存下来,一为《文选》,一为《玉台新咏》,而《玉台新咏》更是其中唯一的一部诗歌选集。它之所以能够继《诗经》、《楚辞》之后,在众多先唐诗歌选集中岿然独存,就说明历代读者对它心爱有加、不断传抄,而这在很大程度上恐怕都要归功于它的内容对大众读者而且对男女两性读者都具有极大的吸引力(手抄本时代文本的存亡概率,是一个可以根据抄写次数和抄写人数计算出来的数学问题:如果占人口一半的女性也加入抄写一个文本,那么这个文本的存留概率就会比那些只吸引单性读者的文本大上一倍,这么说恐怕不违反常识)。总之,《玉台新咏》的传抄必定比《简文帝集》的传抄更广泛。我们虽然永远都不可能确知王伟、魏徵们有没有读到过《简文帝集》或者《玉台新咏》,但是,他们看到过《玉台新咏》的概率、他们看到过简文帝零碎篇什的概率,都比通读《简文帝集》的概率大得多。而我们都知道选本的力量:它"断章取义",左右我们的视线,越是有影响的选本,越是有能力改变作者的整体形象和扭曲文学史的面貌。但是,在阅读手抄本时代的文本时,更重要的是注意到文本的资料来源,真正地理解每种资料来源的性质和特色,明白这对我们理解一个文本和一个作家意味着什么。

最后,针对中古文学的阅读,我希望提出一种新的模式,就是历史主义的阅读。简言之,就是尽可能还原历史语境与文化语境的阅读。

当我们阅读自己的社会生产出来的当代文学作品时,不需要看注解,我们熟悉作者使用的当代词汇,也熟悉这些词汇的特别的口气和含义,因为我们和作者生活在同一语境里,所以字词的微妙韵味都了然于心。但是,我们不能认为这种情况也适用于阅读一千多年前的文本。过去是他乡。对一个现代中国人来说,对中古汉语文学语言的深刻掌握,并不比学习一门外语更容易。除非我们努力地恢复"历史语感",否则对中古文学的阅读就永远是隔靴搔痒。

如何做到这种历史主义的阅读?我认为有三个途径。第一,细读每一个文本和通读一个作者的全集;第二,阅读作者自己所熟悉的文本;第三,阅读和熟悉作者同时代的"周边文本"。三点都做到,我们才有可能刚刚开始为一个中古的词语重新构建它的历史语境。所有这些都很不容易做到,但是如果做到了,就会有很大的收获。让我再次回到陶渊明的阅读和写作,举出一个实际的例子。

陶渊明《归园田居》其一的最后两句我们都知道:"久在樊笼里,复得返自然。"

但是在北宋前的写本传统里,"复"一作"安":"久在樊笼里,安得返自然?"对"返自然"的肯定变成了对"返自然"的反问,全诗的思想内容顿时复杂起来。历来各种陶集版本绝无选择"安得返自然"者。为什么会如此?答案很简单:因为破坏了陶渊明单纯、明了、陶然自乐的形象,因为这样的结尾太让人吃惊、令人不安,因为这样的结尾要求读者进行一点思考,而不是舒舒服服地被动接受。那么,对南北朝读者来说,这样的异文是否可能,还是抄写者犯下的一个愚蠢无知的错误?

这是一个和当代思想史紧密相关的问题,限于本文的主题和篇幅,只能简要论述。"性"与"习"的讨论由来已久。《论语·阳货》中"性相近"、"习相远"、"唯上知与下愚不移"的著名论断清楚表明"习"对"中人"来说的重要性。《孔子家语》更有孔子"少成则若性也,习惯若自然也"(卷九)的说法。《大戴礼记·保傅》篇:"夫习与正人居,不能不正也;犹生长于楚,不能不楚言也。"这些都是中古人士非常熟悉的言论。在两汉时期,贾谊上疏陈政事,再三强调太子教育的重要:"夫习与正人居之,不能毋正,犹生长于齐不能不齐言也；习与不正人居之，不能毋不正，犹生长于楚之地不能不楚言也。"他进一步沿用地域性比喻："夫胡、粤之人，生而同声，耆欲不异，及其长而成俗，累数译而不能相通，行者有虽死而不相为者，则教习然也。"（《汉书》卷四八）班彪也为同样的问题上书皇帝并援引贾谊之语："贾谊以为'习与善人居'"云云。

考虑到东晋人士熟读《庄子》的情形，陶渊明一定非常熟悉《达生》一章里"孔子观于吕梁"的故事：

> 孔子观于吕梁，县水三十仞，流沫四十里，鼋鼍鱼鳖之所不能游也。见一丈夫游之，以为有苦而欲死也，使弟子并流而拯之。数百步而出，被发行歌而游于塘下。孔子从而问焉，曰："吾以子为鬼，察子则人也。请问，蹈水有道乎？"曰："亡，吾无道。吾始乎故，长乎性，成乎命。与齐俱入，与汩偕出，从水之道而不为私焉。此吾所以蹈之也。"孔子曰："何谓始乎故，长乎性，成乎命？"曰："吾生于陵而安于陵，故也；长于水而安于水，性也；不知吾所以然而然，命也。"

这一则故事是很多早期著述中共同利用的公共资源。下面引文出自张湛注《列子·黄帝篇》：

> 孔子观于吕梁，悬水三十仞，流沫三十里，鼋鼍鱼鳖之所不能游也，见一丈夫游之，以为有苦而欲死者也，使弟子并流而承之。数百步而出，被发行歌，而游于棠行。（注："棠"当作"塘"，"行"当作"下"。）孔子从而问之曰："吕梁悬水三十仞，流沫三十里，鼋鼍鱼鳖所不能游，向吾见子道之。（注："道"当为"蹈"。）以为有苦而欲死者，使弟子并流将承子。子出而被发行歌，吾以子为鬼也。察子，则人也。请问蹈水有道乎？"曰："亡，吾无道。吾始乎故，长乎性，成乎命，与赍俱入，与汩偕出。（注："赍汩"者，水回入涌出之貌。）从水之道而不为私焉，此吾所以道之也。"孔子曰："何谓始乎故，长乎性，成乎命也？"曰："吾生于陵而安于陵，故也；（注："故"，犹素也。）任其真素，则所遇而安也。

长于水而安于水，性也；（注：顺性之理，则物莫之逆也。）不知吾所以然而然，命也。"（注：自然之理不可以智知，知其不可知，谓之命也。）

这个故事的主人公生于陵而安于陵，长于水而安于水，"故"被张湛解释为"素"（陶诗中常出现的字——"素襟"、"素抱"，更不用提"真"和"任［其］真［素］"），也就是他的"自然"本初状态；同样，因为熟悉和顺从水性，他的"习"遂成为他的第二天性，正合"习惯若自然"之说。山与水成就了他的天性与习性，这也正是他安心接受、不烦追问的"自然之理"。虽然，山性与水性仍有不同：生于丘陵者，尚须日夜出入于水并"从水之道"才能安于水。唐代七世纪成玄英《庄子疏》对这一故事的解析非常明确。对"吾无道"的解释："我更无道术，直是久游则巧，习以性成耳。"对"吾始乎故，长乎性，成乎命"的解释："我初始生于陵陆，遂与陵为故旧也。长大游于水中，习而成性也。既习水成性，心无惧惮，恣情放任，遂同自然天命也。"

回到《列子》，我们在《杨朱篇》还看到下面这段话：

周谚曰："田父可坐杀。"晨出夜入，自以性之恒；啜菽茹藿，自以味之极；肌肉粗厚，筋节䐈急，一朝处以柔毛绨幕，荐以粱肉兰橘，心痛体烦，内热生病矣。商鲁之君与田父侔地，则亦不盈一时而惫矣。（注：言有所安习者，皆不可卒改易，况自然乎？）

张湛注再次值得注意："有所安习者，皆不可卒改易。"因此，田父停止劳作就会生病，而宋、鲁之君去田里劳作则会困顿衰竭。在这种当代思想史的语境里，我们可以清楚看到陶诗异文的可能性：

少无适俗韵，性本爱丘山。误落尘网中，一去三十年。
羁鸟恋旧林，池鱼思故渊。……久在樊笼里，安得返自然？

出生于山林中的鸟，却在樊笼里度过了成年岁月，如果说"爱丘山"本是诗人的素性，那么三十年的樊笼生活让他养成了习惯于樊笼的第二天性。

在《归园田居》其二中，诗人仍然保持他在"樊笼"里的习惯，在房子里沉思默坐："白日掩荆扉，虚室绝尘想。"但是，"桑麻日已长，我土日已广。常恐霜霰至，零落同草莽。"在《归园田居》其三中，诗人迫于现实需要，不得不尝试田父"晨出夜入"的生活了，于是"晨兴理荒秽，带月荷锄归"。

如果《列子》引周谚"田父可坐杀"，那么陶诗展现的正是相反的过程：诗人怎么样从习惯于安坐，变为习惯于劳作。

[10] 成圣、成仙、成佛是魏晋南北朝的著名哲学和宗教话题，超越了思想和宗教派别的公共话语。前人对成圣、成佛多有论述。在成仙方面，葛洪在《抱朴子》中反复致意。赵壹《非草书》称书法之好丑不可"强为"，"若人颜有美恶，岂可学有相若耶！"这种对天生才力和后天修习可至的讨论，在一定程度上也见于曹丕之《论文》。

顺便要提到，"性与习"的问题还和另一个在魏晋时代具有重大影响的哲学话题息息相关，这就是"圣可以学而致之乎"的问题（"成圣之理"在佛教领域即反映为"成佛之理"，在道教领域则演变为"神仙是否可学可至"的讨论，而且可以推广到书法等等技艺范畴）。[10] 陶渊明有两句诗："纡辔诚可学，违己讵非迷？"如果不了解同时代思想史、宗教史等背景，不会觉得这两句诗有什么异样，但是，如果熟悉"周边文本"，就会觉得把神仙可学、圣人可学变成"纡辔可学"颇为幽默。把"纡辔可学"和在樊笼里"一去三十年"、"安得返自然"放在一起考虑，可以清楚地看到其中的联系：樊笼生活经过长期"修习"，是可以成为第二天性的。

以上的讨论不过旨在说明"安得返自然"自有其可能性，并不是说"复得返自然"绝对行不通。这是一个两可的例子，但是北宋以来没有人选择"安得返自然"，这本身就构成了一个很有意味的现象。"复得返自然"是直接的、简单的解读，即使对一个现代读者来说也是不言自明的，而"安得返自然"却要花费一番工夫对诗人的时代和他的周边文本——他读到的和可能读到的文本——进行考究。

陶渊明是一个带有强烈时代印记的作者。他并不高高独立于时代之上。他对《老子》和《庄子》的熟悉和称引，他强调真、素、适性、顺化，都和同时代人对玄学的迷醉历历相符契。他很有可能读到过当代的"异书"《列子》，并且熟悉张湛注；他也绝不会像后代学者那样斤斤于《列子》是否伪书，因为后人用来判断伪书的很多标准对中古人士来说都非常陌生，也不符合上古文本写作、抄写和传布的现实。张湛喜欢在斋前种松柏，喜欢在喝酒以后唱挽歌（"酒后挽歌甚凄苦"）；同时代人袁山松出游时，也"每好令左右作挽歌"（《世说新语·任诞第二十三》）。这些放达的举措，无不包含着对"人生似幻化，终当归空无"（《归园田居》其四）的感慨。陶渊明自己也好作挽歌——以诗篇的形式，加入同时代士人们的思想对话。

在《尘几录——陶渊明与手抄本文化研究》一书中，我强调给那些几乎从未得到过认真考量的异文一个机会，然而，这不等于宣传另一种异文必然或者一定代表了陶渊明的"真本原貌"，相反，我强调我们归根结底没有确定的终极的答案。对不确定性感到强烈不安的读者，觉得这样是破坏了一个稳定和固定的传统；而只看到我为另类异文作辩护的读者，则以为我试图推翻一套异文只不过是为了再树立一套新的异文作为"原本"，或者说破解一种陶渊明的形象，是为了来树立另一种形象取而代之。这两种批评都极大地简化了此书的立场。第一，有多个陶渊明，不是只有一个唯一的"正版"陶渊明；第二，对异文的选择，传达出来的信息往往根本不是关于陶本人，而是关于那些做出选择的人和时代；第三，在检视那些从没有人予以注意的异文时，我们必须对中古文学做出历史主义的解读。

结语

在进入印刷文本时代的宋代，越来越多的人可以看到一个作家的全部文集，而且对作品的考量也常常基于按照日期排序的作者生平，而且印刷文本的同一版可以流通到帝国各地，使不同地域的读者读到一个文本的完全相同的版本。手抄本时代的阅读完全不是这种情况，而是局部的、碎片状态的、地方性的和个体化的。

这篇文章讨论了抄本时代的阅读特点——读什么和怎么读，讨论了我们在阅读中古文学时应该注意一些什么。对抄本的研究固然重要，但是对抄本文化的特性有所了解，会给我们的文学研究带来更大程度的改变。在中古研究领域，文学研究和文献研究不应该分开。

诸子的黄昏:
中国中古时代的子书[*]

[*] 原文发表于《美国东方学会会刊》(*Journal of the American Oriental Society*), 2006年第126期第4卷, 题作 "The Twilight of the Masters: Masters Literature (*zishu*) in Early Medieval China"。中文版发表于《中国文化》, 2008年春季刊。

在上古中国，"作者"的概念和"圣人"的概念息息相关。这不是说圣人必然要"作"——创作和写作，而是说只有圣人才有"作"的特权。中国上古思想史学者普鸣（Michael Puett）在他题为《成圣的诱惑：上古中国圣人写作之兴衰》的文章里，指出自公元二世纪以来，随着纸的逐渐普及，书写变得日益常见，圣人的地位也就慢慢不再是建立文本权威的前提了。[1] 技术的进步导致写作以及圣人地位在文化结构中的意义发生改变，各种各样的文本大批量地问世。但在本文中，我将专门探讨一种具体的书写形式，也就是所谓的"子书"。

"诸子"是汉代对先秦思想家的称谓；把诸子进一步划分为六或十家，则是西汉皇家图书馆的两位目录学家——司马谈和刘向——给图书分门别类的结果。尽管子书的编撰和传播史疑问重重，专治上古文学与思想史的学者对哪些属于经典子书仍具有基本的共识，但是，当我们想要确定子书的"下限"，我们就遇到了问题。换句话说，我们可以容易地界定子书之兴，却难以界定子书之衰。这正如魏朴和（Wiebke Denecke）所言："子书写作的终结点是一个可以进一步讨论的话题。"[2] 在这篇文章里，我打算从一个纯粹形式的角度来探究这一复杂问题，指出一个很少有人注意到但是十分重要的事实：子书的形式——即以"某子"为题，包括一系列探讨社会、道德、政治等方面问题的章节，每一章均有独立的主题和标题——在整个早期中古时代一直延续不绝。公元三、四世纪的子书写作有增无减，只有到了五世纪才开始销声匿迹。

到底发生了什么？自东汉以降，作者已经不能依靠所谓的圣人身份为自己的子书写作进行辩护，为什么人们还要继续子书写作的传统？更重要的是，子书的形式为什么失去了吸引力？子书的形式是完全消失不见了，还是演化成了其他的形式？子书的命运反映了中国文学、文化和思想史上什么样的演变和趋势？这是本文旨在探讨的问题。

[1] 参见 Michael Puett, "The Temptations of Sagehood, or: The Rise and Decline of Sagely Writings in Early China," *Books in Numbers: Seventy-fifth Anniversary of the Harvard-Yenching Library Conference Papers*（Cambridge, Mass.: Harvard-Yenching Library, 2007）, pp. 23–47.

[2] 参见 Wiebke Denecke, "Mastering Chinese Philosophy: A History of the Genre of 'Masters Literature'（诸子百家 zhuzi baijia）from the Analects to the Han Feizi," Ph.D. Dissertation, Harvard University 2004, p. 10.

一、"一家之言":中古时期的子书写作

在我们讨论中古时期的子书写作之前,有必要首先界定子书的范围。一般来说子书以"某子"为题,"某"可以是作者姓氏或者称号。但这里我们需要考虑两点。第一,我们必须考虑在手抄本文化时代标题的流动性。比如说,《淮南子》原名《鸿烈》。[3] 杜夷(258—323)的《幽求子》在《隋书·经籍志》中又称《杜氏幽求新书》。[4] 桓范(卒于249年)的《世要论》又称《政要论》、《桓范新书》、《桓范世论》、《桓公世论》、《桓子》。[5] 六朝后期的《刘子》又名《新论》、《刘子新论》,或者《德言》。[6] 在中古时代,无论是一首诗,一篇文章,还是一部书著,都可有多种不同的标题,而且这些标题往往未必是作者自己所定,而是抄写者或编者加给作品的。[7]

第二,就是以"论"指称子书。在中古早期,开始出现就某一个问题发表议论的单篇论文,比如嵇康(223—262)著名的《声无哀乐论》。这样的论文与传统子书的一个章节很相似,但是独立成篇。与此同时,比较传统的子书形式,也就是说一部包括了一系列章节的大部头著作,仍然十分常见,虽然不一定总是以"某子"为题,比如东汉王符的《潜夫论》和仲长统(180—220)的《昌言》。刘勰显然把这些著作当成子书看待。在《文心雕龙·诸子》篇中,刘勰列举了从西汉到西晋的一系列子书,包括上面所举的王符、仲长统、杜夷,随后说:"虽标论名,归乎诸子。何者?博明万事为子,适辨一理为论。彼皆蔓延杂说,故入诸子之流。"[8] 刘勰还专门开辟一章题为《论说》,但是这里所举的例子都是篇幅较短的单篇论文。在这一章,他把"论"的源头上溯到《论语》,这样总算为"论"找到儒家经典作为源头,但是他列举的第一篇"论"就是《庄子》中的《齐物论》,这正好说明"论"实际上相当于从一部子书里面抽取出来的一个章节。有时一部子书又会被冠以"某子+某论"的题目,比如蒋济(卒于249年)的《蒋子万机论》、阮武(公元

[3] 见高诱(约公元三世纪),《淮南子》序,[清]严可均(1762—1843)《全上古三代秦汉三国六朝文》(北京:中华书局,1958),卷八七,页945。
[4] [唐]魏徵、令狐德棻,《隋书》(北京:中华书局,1973),卷三四,页1002。
[5] 见《全三国文》,卷三七,页1258。
[6] 见[梁]刘昼撰,林其锬、陈凤金集校,《刘子集校》(上海:上海古籍出版社,1985),页1。
[7] 关于手抄本文化中的文本流动性问题,我在《尘几录——陶渊明与手抄本文化研究》(北京:中华书局,2007)一书中有详细讨论。
[8] [梁]刘勰著,詹锳义证,《文心雕龙义证》(上海:上海古籍出版社,1989),卷一七,页656。

三世纪初）的《阮子正论》。这些以"论"为题的著作，在《隋书·经籍志》里都列于"子"部。

"建安七子"之一的徐幹（170—217）有一部《中论》，就正是这样的一部子书著作。《中论》序言的无名作者把"徐子"直接置于先秦诸子的传统中，视之为荀子、孟子的一脉真传："予以荀卿子、孟轲怀亚圣之才，著一家之法，继明圣人之业，皆以姓名自书，犹至于今厥字不传……岂况徐子《中论》之书不以姓名为目乎？"这位作者随即把徐幹的名、字、出生地、家庭背景和生平一一做了详细交代，以补徐子"不以姓名为目"的不足。[9]

这一序言有两点值得注意。第一，关于子书，人们有一种强烈的意识，就是它是一种非常"个人化"的著述，这体现在"著一家之法"的说法里。而所谓"一家之法"，乃是司马迁所谓"一家之言"的变形。司马迁的"一家之言"自然是指他和他父亲共同创作的洋洋巨著《史记》。"一家之言"与《左传》之"三不朽"——立德、立功、立言，遥相呼应。但值得我们注意的是：到了公元三世纪，"一家之言"往往和子书写作联系在一起，而且，三世纪的"一家之言"特别强调一己之著述如何给作者个人带来不朽的声名。

《阮子正论》的作者阮武曾经向杜恕（卒于252年）建议："今向闲暇，可试潜思，成一家言。"杜恕于是写成了《体论》。[10] 曹丕（187—226）则多次对徐幹的《中论》表示赞美，称之为"一家言"。在曹丕心目中，这正是使徐幹有别于其他建安七子的地方，而且也是徐幹得以不朽的主要原因。在写给吴质的信里，曹丕曾经伤感七子之一的应玚英年早逝，没有来得及写一部子书："德琏常斐然有述作之意，其才学足以著书，美志不遂，良可痛惜。"[11] 应玚实际上留下不少诗赋作品，但是它们显然不算是"著书"。

这把我们的注意力引向《中论》序言中第二点引人注目的地方：在公元三、四世纪，写作子书和写作诗赋被有意识地区别开来，写作子书被视为更严肃、更堂皇的事业。而且，有意思的是，虽然"诗言志"是人人都承认的经典议论，在公元三世纪，是子书，而不是诗，被视为能够给作者带来不朽声名的，而且也是更加"私人化"的书写形式。因此，《中论》序言的无名作者说：

[9]《全三国文》，卷五五，页1360。
[10]［晋］陈寿（233—297），《三国志》（北京：中华书局，1959），卷一六，页507。
[11]《全三国文》，卷七，页1089。

> 君之性，常欲损世之有余，益俗之不足。
> 见辞人美丽之文，并时而作，曾无阐弘大义，
> 敷散道教，上求圣人之中，下救流俗之昏者，
> 故废诗赋颂铭赞之文，著《中论》之书二十二篇。

[12] [晋]葛洪撰，杨明照校笺，《抱朴子外篇校笺》(北京：中华书局，1997)，页105，页695—697。

[13] 见《全三国文》，卷一六，页1140。

　　公元四世纪的思想家葛洪也赞美子书而轻视诗赋。在《抱朴子外篇·尚博》章中，他痛斥那些"贵爱诗赋浅近之细文，忽薄深美富博之子书"的同时代人。在最后一章《自叙》里，他说："洪年十五六时，所作诗赋杂文，当时自谓可行于代。至于弱冠，更详省之，殊多不称意，天才未必为增也，直所览差广，而觉妍媸之别⋯⋯洪年二十余，乃计作细碎小文妨弃功日，未若立一家之言，乃草创子书。"[12] 和《中论》序的无名作者一样，葛洪在子书和诗赋之间划分出清楚的界线，曹植也曾在给杨修的信里表示过同样的态度。[13] 当然了，葛洪对子书的偏爱也许和他自觉诗赋才能不足有关，但是，"立一家之言"的愿望和司马迁、徐幹、曹丕、曹植一脉相承。而且，同样的说法，一直到公元六世纪，总是和子书的写作联系在一起。

　　以上的讨论向我们表明，在魏晋时期，子书被视为代表了一个士人对他所处的社会发表的全面看法，从政治、道德直到文化；而且，这些个人看法旨在达到"中"、"正"、"典"的效果，为子孙后代所尊重和效法。到了后代，诗歌成为文学史中最个性化和私人化的表述方式之一，但是在魏晋时期，子书似乎承担了"自我表述"的责任，尽管这些子书里面的有些篇章对一个后代读者来说可能显得十分缺少个性。这里，我们必须放弃现代人的"自我"或者"个体"观念，认识到对于一个早期中古士人来说，"自我"或"个体"意味着作为"士"的个人生命之精华，而一部厚厚的子书，提炼了这位士人对于社会人生的全部看法，可以最好地体现这种精华，正是在这个意义上，我们说：子书承当了"自我表述"的责任。那么，这是不是说诗赋就不是"自我表述"呢？不是的。但是，诗赋的"自我表述"和子书具有深刻的差别，这一差别在于：诗赋只能抒写一时一地的情怀，在人生不同的阶段和不同的情境下都可以写作诗赋以抒情言志，因此一个作者在一生中可以创作很多诗

赋,但在一个士人的一生中,一般只写作一部子书。这一部子书,以其丰厚的卷帙,甚至在物质的层次上也最好地体现了(embody)作者的生命,体现了从"身体"到"书体"的转化。所以,我们说:早期中古士人在写作子书时,是在自觉地把个体的生命提炼和融入笔下的巨著,这部巨著旨在成为这位士人最具有代表性的生命精华的凝聚物。

为了进一步说明子书"私人化和个人化"的观点,让我们最后再引一个例证,这也就是子书作者的"自叙"篇。

一般来说,自叙出现于一部子书的末尾,作者在其中自叙家世和生平。这一形式首次见于司马迁《史记》,其最后一章乃是《太史公自序》。这一做法,是为了给这部洋洋巨著打上个人的印记。其后,司马迁的自序被子书作者袭用,如王充《论衡》有《自纪》,曹丕《典论》亦有《自叙》,杜恕的《体论》、傅玄(217—278)的《傅子》、袁准(三世纪)的《袁子正论》都有类似的自叙,只是现在只存残篇。相比之下,葛洪《抱朴子》"自叙"保存得较为完好。我们可以下结论说:子书作者在全书最后加上一篇自序是常见的做法。我们可以想象徐幹如果没有死于217年的瘟疫,也一定会在《中论》里面附上一篇自序。无名作者为《中论》所作的序言,详细叙述徐幹的生平、家世、为人,正是为了补缺之用。

在子书正文和作者自序之间存在着很多张力。子书正文是自序的必要框架,而自序则是子书的皇冠。换句话说,我们必须把子书正文和作者自序视为一个缺一不可的有机整体,它们共同构成了作者的"自我"和"自我表述"。《史记》记叙的历史从上古直到当代,司马迁在写作这样一部前无古人的历史著作时,以"自序"作为全书也即中国历史的终点,实在令人惊叹,这一作法使得这部书俨然成为家族财产,所谓"一家之言","家"在这里一语双关。司马迁甚至在《自序》中报告全书的字数——五十二万六千五百字——进一步保证了"家族产业"的不变性和真实性。但是,更令人惊叹的是,作者"自序"这一形式从史书被移植到子书,这一做法确证了子书乃是一部个人的历史,是个人最全面的"自我之表述"。

这里需要提到:在魏晋时代,"一家之言"不是自我封闭的,而是可以接受外来的干涉或者补缺,而且时人对于"代作"或者"补亡"尽皆不以为非。比如葛洪是陆机、陆云兄弟的热烈崇拜者，他曾说过如下一段话：

[14] 这是《抱朴子》残篇，见《全晋文》，卷一一七，页2132。

> 吾门生有在陆君军中，常在左右，说陆君临亡曰："穷通，时也；遭遇，命也。古人贵立言以为不朽，吾所作子书未成，以此为恨耳。"余谓仲长统作《昌言》未竟而亡，后缪袭撰次之；桓谭《新论》未备而终，班固为其成《琴道》。今才士何不赞成陆公子书？[14]

子书的补缺，与诗歌写作中"代作"的现象恰好形成对应。这种情况到了公元六世纪在萧绎《金楼子》写作中全然改观，而《金楼子》也就正式宣告了诸子的黄昏。在我们检视《金楼子》之前，有必要先看一看子书文本的存亡，以及子书的存亡情况如何影响到我们对于六朝时期文学史和思想史的认识。

二、文本存亡给我们的教训

在这一节，我们开宗明义就早期中古文学研究提出这样一个观点：我们的研究基本上一直浮在表面，仅触及冰山一角，没有触及海面下的冰山。这座冰山就是中古早期广大的文本世界，虽然已经大量亡失，但是残片尚存，在史书、序跋、书信、言论的记载中可以窥见凤毛麟角。我们传统的文学史写作是由一座又一座凸起的高峰构成的：曹魏父子，建安七子，二陆三张两潘一左，陶渊明，大小谢，等等。在思想史研究领域，则有葛洪及其《抱朴子》。这些人物不过是一个广大世界的一小部分而已。我们当然不能完美地复制那个失去的广大世界，但是就算只是为了更好地了解这些凸起的高峰，我们也必须试图把握那个失去的世界的大致形状。仅仅把视线转向文学史中的"次要人物"也是不够的。虽然我们不能悬想已经不复存在的文本，但是我们在书写文学史的时候必须考虑到我们知道曾经存在过的文本。断简残篇、没有内容的标题、对不复存在的文本的指称：这些都好像是路标，指向一个曾经存在的、更加丰满的文化世界。

我们面临的一个简单事实是：魏晋时期的子书写作之丰富到了令人不安

的程度。所谓"不安",是指魏晋时人对于书籍生产之容易感到困扰。这时候的文字产量和近现代当然无法相比,但是比起上古中国来说,可以算是"大跃进"了。东晋时的苏彦,《苏子》的作者,对此现象做过评价。他先是列举六经、史书和法典,然后说:"孟轲之徒,溷淆其间。世人见其才易登,其意易过,于是家著一书,人书一法。雅人君子,投笔砚而高视。"[15] 所谓"家著一书,人书一法",无非是说:人人都在写作子书。

唐代魏徵(580—643)的《群书治要》和马总的《意林》(建立在萧梁时代庾仲容[476—549]《子抄》的基础上)是我们探索这一时期子书的主要基本材料。此外,《隋书·经籍志》开列了一系列七世纪初仍然存在的子书的标题。下面开列的仅仅是至今尚有片断存在的魏晋子书,不包括有目无篇者:

1. 徐幹,《中论》
2. 刘廙(180—221),《政论》
3. 曹丕(187—226),《典论》
4. 谯周(200—270),《法训》
5. 夏侯玄(209—254),《夏侯子》
6. 傅玄,《傅子》
7. 钟会(225—264),《钟子刍荛论》
8. 蒋济(?—249),《蒋子万机论》
9. 桓范(?—249),《桓子》
10. 任嘏(活跃于三世纪早期),《任子道论》
11. 杜恕(?—252),《体论》
12. 阮武,《正论》
13. 袁准,《袁子正论》
14. 夏侯湛(243—291),《新论》
15. 华谭(244—322),《新论》
16. 张显(活跃于三世纪六十年代),《析言》
17. 葛洪,《抱朴子》

[15]《全晋文》,卷一三八,页2256。

18. 梅陶（活跃于 326 年前后），《梅子新论》

19. 孙绰（314—371），《孙子》

20. 苏彦，《苏子》

21. 苻朗（活跃于四世纪八十年代），《苻子》

在这些子书中，葛洪的《抱朴子》是存留最完整的，但是就连《抱朴子》也还是不完全，大量残篇可见于隋、唐、宋的类书，如《北堂书钞》、《艺文类聚》、《太平御览》。《典论》和《傅子》也有一些较长的残篇存世。有些子书，像张显的《析言》，只剩下一个短句。这些子书基本采取朴素直白的写作风格，对文学学者来说显得不够华美，对思想史家来说往往又过于零星，不够系统。就这样，这些子书落入两个研究领域之间的缝隙中，学者很少注意到它们。

三、在公元五世纪到底发生了什么？

然后我们看到一个奇特的现象：到了公元五世纪，子书创作突然衰落下来。《隋书·经籍志》只记载了这一时期的两部子书：贺道养（约 424—453）的《贺子述言》十卷，和张融（444—497）的《少子》，又称《通源论》。南齐萧子良（460—494）的《净住子》虽以"子"为名，但全言佛理，不是传统意义上的子书，故不算在内。到了六世纪，子书写作仍然不景气：道家类有张太衡《无名子》、无名氏的《玄子》、张讥（513—589）的《游玄桂林》，儒家类则有周舍（469—524）的《正览》。这些著作都已不存。除此之外，还有两部内容多少存留下来的子书值得一提：《刘子》，以及《金楼子》。《刘子》作者不详，或以为是刘勰。这部书之所以有意思，是因为它的内容枯燥无味，能够经受时间的考验而存留下来实在是个奇迹。《金楼子》则继承和颠覆了子书的传统，其内容和写作契机都充满兴味，我们将在下一节详细讨论。七世纪以来，子书写作仍然若存若亡、断断续续，但是再也没能达到三、四世纪的高潮。因此，我们可以总结说：公元五世纪是子书写作传统的转折点。

到底发生了什么，使魏晋时期硕果累累的子书写作突然衰落下来？我们不能全都怪在文本散佚上，因为从《隋书·经籍志》来看，不太可能三、四世纪的子书保存得比五、六世纪的子书更为完好,特别是《经籍志》还记载了那些梁代尚存的书籍题目。子书的衰落是一个复杂的问题,我们可以在此尝试进行分析和解答。

首先我们要指出一点:中国文学体裁,就好像文学主题和意象那样,是累积型的。赋是最古老的文学体裁之一,可是直到清朝,人们仍然在创作赋。四言诗从《诗经》以来就存在,虽然后来五、七言占主导地位,但是诗人从未彻底抛弃四言形式。直到现当代,写古典诗词的人恐怕比写新诗的人还多。也许,当一种写作体裁开始衰落,它并没有完全消失,而是发生了某种变形,或者,人们认为某种其他体裁和形式可以更好地起到类似的作用。

在这里,我们必须提到公元五世纪另一引人注目的文化现象。在五世纪初期或晋、宋之际,文学活动出现了一个重要的转折点。我们看到:时人对"古诗"和乐府发生了新的兴趣,并对"文学之过去"开始产生强烈的自觉意识,这表现在当时首次出现的数种文学史叙事以及许多模拟过去某诗人风格的作品中。[16] 这一时期还涌现出大量文学作品,这从当时丘渊之编撰的《晋义熙已来杂集目录》可以看出端倪,这一目录本身就长达三卷。[17] 除此之外,还有谢混(?—412)编撰的《集苑》,谢灵运(385—433)编撰的《诗集》和《诗英》,刘义庆(403—444)编撰的《集林》,谢庄(421—466)编撰的诔、赞、铭文集,以及殷淳(379—438)编撰的《妇人集》。总而言之,在五世纪前半叶,出现的诗文总集数量之多,与前代相比已不可同日而语。这一方面说明诗文创作活动空前兴盛,另一方面,诗文总集的编撰本身掀起了一个前所未有的高潮,这显示了时人对文学活动的极大兴趣。

这里的问题是,与公元四世纪相比,为什么文学活动会突然出现一个新的高峰?这可能涉及

---

[16] 我在《剑桥中国文学史》(北京:生活·读书·新知三联书店,2013)上卷第三章中对此有详细论述,此不赘言。

[17] 唐人避唐高祖讳,故丘渊之又称丘深之。此书在《隋书·经籍志》、《旧唐书·经籍志》、《新唐书·艺文志》中均归于"簿录"、"目录"类,与刘向《七略》、王俭《四部书目录》等相邻,故知为书籍目录类著作无疑。《世说新语·言语》篇孝标注引"丘渊之《新集录》",称谢灵运"以罪伏诛",故知其书成于公元433年谢灵运死后。《世说》刘注又多处引"丘渊之《文章录》"或"丘渊之《文章叙》",以刘注引用体例来看,与《新集录》似应为一书。诚如是,则证明此书乃是作者文集目录,作者包括顾恺之、谢灵运、袁豹、傅亮、伏系之、卞范之等四至五世纪时人。然《隋书》、《新唐书》均作《晋义熙以来新集目录》,刘注亦同。陈引驰教授以为"新集"二字,如果按照《出三藏记集》中"新集某某》"置于书名最前面的用法,则有"新近汇集"之意,但此处用法蹊跷,特别是放在"义熙已来"之后,其例甚罕。斯言诚是。因丘书已佚,无从进一步考察其内容,此处暂依《旧唐书》作"杂集"。"新"、"杂"二字字形相似,或至混淆。

很多因素，但首先很可能和东晋军队在军事上取得的数次胜利有关。我们应该记得，东晋王朝在渡江时没有来得及带走大批藏书，依靠口头传授音乐传统的太乐伎人也多流散在北方。383 年淝水之战，东晋获得一批苻坚的乐人。但是更大的文化收获是刘裕（363—422）在 417 年北征时从长安带回的四千卷书籍和——更重要的——上百位宫廷乐师。这些乐师以及他们的弟子曾辗转于前秦、西燕、后燕，于 407 年落入后秦宫廷，被刘裕大军在破秦后带回江南。[18] 这些从北入南的文本（包括乐师代代相传的音乐和曲词）很有可能刺激了南方的文化事业，特别是激发了时人对"古诗"和乐府的兴趣。除此之外，刘宋皇帝和诸王对文学的兴趣也构成了五世纪前半叶文化复兴的另一重要原因。

[18] 参见《晋书》，卷二三，页 698；卷一二八，页 3179。
[19] 我在《烽火与流星：萧梁王朝的文学与文化》（北京：中华书局，2010）一书第二章中对此有详细讨论，兹不赘述。
[20]［清］永瑢等，《四库全书总目提要》（上海：商务印书馆，1933），卷一四八，页 3101。

文学活动的繁荣固然表示人们的创造能量得到一个巨大的释放渠道，但是这并不能完全解释为什么人们对子书写作失去兴趣，我们还可以从另外的角度进一步探讨这一问题。如果说子书写作曾被视为"著书"、"立言"的重要手段甚至唯一手段，那么在五世纪，"文集"的地位则变得越来越突出。这体现于以下几个方面。

第一，在五世纪之前，我们较少见到作者编撰自己文集的记载。曹植自编文集是引人注目的少数例外之一。但是到了五世纪，作者自编文集的记载开始变得多起来。张融不仅自编文集，而且还给这些文集一一取名，如《玉海》之类。江淹把自己的诗文编成《前集》和《后集》。还有其他很多例子，就不一一列举。[19] 正如《四库全书》编者所说，在齐、梁之际，别集的种种体例开始建立，且被后世一直沿袭下来。[20] 这些别集主要包括诗、赋和各种杂文体，换句话说，它们正是葛洪等人所蔑视的"细碎小文"和"辞人美丽之文"。然而，到了五世纪，作者们在编辑自己文集时花费的精力说明文集的地位已经和前代很不一样了。

其次，五世纪的诗歌和前代相比，变得越来越个人化。陶渊明就是一个很好的例子，他的诗已被不少学者描述为具有"自传性"。谢灵运的诗也是个人经历的记录。两位四至五世纪转折时期的大诗人，在诗歌题目、题材、细节描绘方面都非常具体入微,与前代诗人相比十分不同。如果说二、三世纪的"古诗"往往呈现某一普遍适用的类型角色和类型情境,比如思妇、游子、征人等等,那么陶、谢二人的诗则非常个体化、个性化;如果说建安七子写的诗往往通用一种语气和语汇,那么陶、谢二人各有独特诗风,读者一望而知是陶是谢,绝对不会混淆。

也正是在这时,开始出现了题为"效某某体"的诗。这样的诗与以前的"拟作"不同,不是对原作进行逐字逐句的模拟,而是试图仿效和传达一位诗人的整体风格。鲍照的《效阮步兵体》、《效陶彭泽体》以及江淹的《杂体》三十首就是好例。这些诗说明,在公元五世纪,人们开始对"个人风格"发生意识,并且在前代诗歌中寻求个人风格,尽管前代诗歌往往缺乏鲜明的个人风格。就比如谢灵运的《拟魏太子邺中集》八首,虽然谢灵运在每首诗前都加一小序,说明这一诗人的特质,但是这些诗总体看来风格划一,而这倒也正好符合建安诗歌的实际风貌。

诗的地位到了五世纪明显有所提高,这在时人的记载中也可以看出端倪。檀道鸾在《续晋阳秋》中,沈约在《宋书·谢灵运传论》中,都曾对诗歌发展史做过简述,这在文学史上是非常新鲜的现象。裴子野(469—530)在五世纪末年所写的《宋略》中如是论述元嘉、大明时期的文学风气变化:"宋初迄于元嘉,多为经史,大明之代,实好斯文……自是闾阎年少,贵游总角,罔不摈落六艺,吟咏情性。"[21]

综上所述,我们可以说在五世纪人们对诗发生了一种新的认识,开始把诗文写作视为代表了个人声音、个体生命扬名后世的最佳手段。不能够"吟咏情性"的子书不再能够满足人们留存自传性记录的需要。至此,"集"取代了"子",成为表达自我的唯一方式。

最后我们需要提到:针对当代某一个问题所写的"论"仍然是十分活跃的文体,这些"论"都可以收入个人文集。张融所作的《少子》是五世纪寥寥无几的子书之一,但《少子》不像传统子书那样,是关于各种社会和文化文体的通论,而是好像一篇独立的短"论"那样是关于一个具体问题的(也即佛道同源的问题)。在五世纪后期,刘勰进一步把"论"的专题性和子书的长度这两种特点结合起来,

[21]《全梁文》,卷五三,页3262。

创作了专门论文的《文心雕龙》。《文心雕龙》共五十章,最后一章是《序志》,这可以说全盘继承了传统子书的形式,只是它并不陈述作者对社会、政治、道德、文化的全面看法,而是陈述了作者对广义和狭义的"文"的看法而已。

到了七世纪,刘勰后继有人:刘知几(661—721)创作了《史通》。《史通》可以说是一部历史学家的《文心雕龙》。它一共五十二章,最后一章就像传统子书那样是《自叙》。有意思的是,刘知几有意识地把《史通》的源头上溯到《淮南子》,因为他认为《淮南子》无所不包;然后,他列举了一系列专门性的著作,包括刘劭的《人物志》和刘勰的《文心雕龙》,最后以自己的《史通》作结。

在很多意义上,颜之推(活跃于529—591年)的《颜氏家训》都可以说代表了六朝晚期对传统子书形式的另一种变形。虽然《家训》的文体源头是"诫",但是颜之推远远超越了"诫子书"的传统,写出一部长达二十章的洋洋巨著。《家训》的形式接近子书,因为每一章都专门论述一个特定的题目,涉及的内容宽广,从家庭关系、道德、教育到治学和写作等,无所不包,就连《终制》一章都可以在曹丕《典论》中找到前例。颜之推把"自序"放在全书开始而不是末尾,但是自序内容和传统子书结尾处的自序如出一辙。在"自序"里,颜之推甚至明确提到魏晋子书,有意识地把自己的作品放在子书的传统中。他说:"魏晋已来,所著诸子,理重事复,递相模学,犹屋下架屋,床上施床耳。"

那么,颜之推又是如何使自己的书区别于这些"理重事复"的魏晋诸子呢?他宣称,他并不想以自己的书"轨物范世",只是想教育子孙、整肃门规而已。对于一部在结构上和形式上完全出自子书传统的著作来说,作者把注意力从国家治理和社会道德规范转向个人家庭,显示了家族与个人利益在六朝时期的重要。同时,颜之推对魏晋子书的批评相当具有代表性,也很能说明为什么人们不再写作子书。

四、"金楼子"

虽然如此,总是存在着例外,而"例外"也可以反过来证明"常态"。

在文章最后一节,让我们把眼光转向《金楼子》,一位不寻常的作者写下的一部不寻常的子书。《金楼子》的作者萧绎是梁武帝的第七个儿子,在552年即位之前,一直是湘东王,他的子书因此也称为《湘东鸿烈》,就像淮南王刘安的《淮南鸿烈》一样。[22]

萧绎出生于公元508年9月16日,是梁武帝与阮令嬴夫人(477—543)之子。据《南史》萧绎本传记载,梁武帝曾梦见眇目僧手执香炉,声称来托生王宫,后来阮夫人遂生下萧绎。萧绎从童年时代起即患眼病,梁武帝通医药,自己下意治疗,结果萧绎目力转弱,至十四岁而盲一目。梁武帝从此对这个儿子格外怜爱,也许其中有愧疚的成分。萧绎的眼疾成为他一生的困扰。他的兄弟萧纶(507?—551)曾写了一首打油诗嘲讽萧绎:"湘东有一病,非哑复非聋。相思下只泪,望直有全功。"[23] 萧绎的妻子徐昭佩夫人,因不得萧绎宠爱,也曾作半面妆嘲弄一目失明的丈夫。[24] 据萧绎自己在《金楼子》中说,他从十四岁起即不能自己看书,只好依靠侍从大声读给他听。[25]

又据《金楼子》所言,萧绎还有另外一种慢性病。公元520年,王僧孺(465—522)编撰了《百家谱》。南朝士庶等级严明,家庭背景对一个人的社会特权和政治生涯至关重要,熟知百家谱是任用官吏所需的重要技能。年幼的萧绎决定背诵《百家谱》,结果虽然全部烂熟于心,却因此得了所谓的"心气病"。这种心气病,现在看起来似乎是精神紧张和心理压力造成的心悸、心律不齐,甚至伴有暂时的理智失常。萧绎终身没有痊愈。后来,他曾在一段时间内连丧五子(可能是感染了某种流行病),这导致萧绎旧病复发:"居则常若尸存,行则不知所适,有时觉神在形外,不复附身。"[26]

萧绎是一位有才华的诗人、画家、辩士。但是最令人瞩目的是萧绎其人:多亏《金楼子》,使我们得以窥见一个复杂而充满矛盾的人的自画像。在历史上,萧绎的形象并不光彩:在侯景之乱中,他迟迟不救建康之围;和兄弟子侄进行内战争夺权柄;使他尤为臭名昭著的,是554年江陵被西

---

[22]《湘东鸿烈》在《隋书·经籍志》中和《金楼子》分别记载,似乎是两部不同的书,但是《隋书·经籍志》的编撰者并没有亲眼见到过所谓的《湘东鸿烈》,称其书已亡。我以为这两部书应该就是一部。见《隋书》,卷三四,页1005。
[23] 逯钦立,《先秦汉魏晋南北朝诗·梁诗》(北京:中华书局,1983),卷二四,页2030。
[24] [唐] 李延寿,《南史》(北京:中华书局,1975),卷一二,页341—342。
[25] 许德平,《金楼子校注》(台北:嘉新水泥公司文化基金会,1969),卷一四,页263。
[26]《金楼子校注》,卷一四,页262。

魏大军包围时他的焚书之举。据公元七世纪丘悦《三国典略》记载,"帝入东阁竹殿,命舍人高善宝焚古今图书十四万卷,将自赴火,宫人左右共止之。又以宝剑斫柱令折,叹曰:'文武之道,今夜尽矣!'"[27] 据隋朝牛弘(545—610)向隋文帝上书,这些书大概只有百分之十到二十被保存下来。[28] 从书的绝对数量上来说,萧绎焚书超过了秦始皇,是中国历史上对书籍的最大规模的有意毁灭。

[27] 引自[宋]司马光《资治通鉴》(北京:北京古籍出版社,1956),卷一六五,页5121。
[28]《隋书》,卷四九,页1299。

据《隋书·经籍志》记载,《金楼子》共十卷。十二世纪的学者晁公武在《郡斋读书志》中称《金楼子》分为十五章。现存《金楼子》共十四章,它们是:

1. 兴王
2. 箴戒
3. 后妃
4. 终制
5. 戒子
6. 聚书
7. 二南五霸
8. 说蕃
9. 立言
10. 著书
11. 捷对
12. 志怪
13. 杂记
14. 自序

《金楼子》全书在明朝散佚。现存文本是《四库全书》的编者从《永乐大典》中搜集整理出来的。《永乐大典》引文则建立在1343年叶森刊本上,这一刊本已经亡佚了。因此,现存《金楼子》的章节顺序乃至文本排列顺序都是清代学者的整理结果,不能代表《金楼子》原貌。

虽然面貌残缺，《金楼子》仍然称得上是一部奇书。首先，它采取了传统子书的形式，而在萧绎写作此书的年代，子书形式早已失去了先前的吸引力，很少人写作子书了。其次，《金楼子》的写作过程长达三十余年，可以说贯穿了萧绎一生。[29]据萧绎本人说："年在志学，躬自搜纂，以为一家之言。"[30]萧绎又在《金楼子·聚书》篇中说："吾今年四十六岁。"[31]萧绎四十六岁之年是公元553年，他被杀之前一年。如果子书是作者对"自我生命"的体现，那么《金楼子》这部子书竟可以说是和萧绎一起成长的。

不仅如此，萧绎还非常强调自己是这部书的唯一作者，甚至不允许任何幕僚阅读未完成的书稿。据他在《金楼子》里记述，裴子野曾问萧绎为什么要如此辛苦著述而不"询之有识，共著此书"。萧绎回答，他著此书是有感于自己"名节未树"。既然没有机会立功疆场，报效国家，那么就希望依靠著书立说来传名后世。至于不肯令宾客参与，则是因为粗衣恶食者"难与道纯绵之致密"，"不足论太牢之滋味"。他平生最反感的就是吕不韦和淮南王刘安"谓为宾游所制"。然而，正因为《金楼子》是一个公开的秘密，就越发引起人们好奇。萧绎在书中提到当他从外任回到京都时，竟然有人以为金楼是用金子铸造的阁子，屡次要求观赏，令萧绎感到既好笑又自得。[32]

上述种种表明，《金楼子》是一部非常私人化的著作，这种印象因为萧绎在书中屡屡谈到很多有关个人生活的细节而得到印证和加强。在这一方面，他很有可能是受到曹丕《典论》的影响。曹丕在《典论》中提供了很多生动的个人生活细节，这和他的前辈王充《论衡》中较为直白抽象的自叙形成了鲜明对比。因为《典论》保存不完整，我们不知道曹丕有没有另辟一章描述他的父母。相比之下，萧绎不但对自己的私人生活多有叙述，而且在《兴王》篇和《后妃》篇中特别浓墨重彩地叙述了他的父母亲的生平。在《由儿子写的一篇母亲传》一文里，日本学者兴膳宏把萧绎的阮妃传称为第一篇现存的儿子写的母亲传。[33]这虽然不尽准确，但是，毋庸讳言，在子书中为自己父母作传是很不寻常的作法。

[29] 参见锺仕伦对这一点的讨论，《金楼子研究》（北京：中华书局，2004），页243。
[30] 见《金楼子·自序》，《全梁文》，卷一七，页3051。
[31]《金楼子校注》，卷六，页102。
[32]《金楼子校注》，卷九，页155—157；卷一三，页252。
[33] 葛晓音编，《汉魏六朝文学与宗教》（上海：上海古籍出版社，2005），页8。兴膳宏以为曹植为自己的母亲卞太后所作的诔、锺会为自己母亲张夫人所作的传记已经佚失了，但实际上二文皆存。见《全三国文》，卷一五，页1157；卷二五，页1190。

把《兴王》和《后妃》这两个章节和专门论述前代皇族的《箴戒》《说蕃》两章放在一起，我们可以看出，萧绎对自己皇子作者的身份具有强烈的自觉意识。纵观全书，萧绎屡次自谓："吾于天下亦不贱也。"[34] 这句话本是周公自述，因为他是"文王之子，武王之弟，成王之叔"。萧绎作为武帝之子、皇太子之弟，当然会对周公的地位感到认同。但是，对于一个子书作者来说，拥有这样的地位是很有意思的，因为哪怕他在谈论国事，他也同时是在谈论家事。[35]

不过，即使子书作者身为皇子有前例可循（如淮南王刘安），子书作者的身份和皇帝的身份仍难以协调。何况对萧绎说来，登上皇位相当出乎预料，他在开始写作《金楼子》的时候，绝对没有想到有朝一日会成为皇帝。作为皇子，子书作者可以既是皇族成员，又是臣子，换句话说，他仅仅是一个普通的臣民和个人，一个"夫子"而已；但是，贵为"天子"，还可以同时是诸子之一员的"夫子"吗？这对我们的作者金楼子来说是个问题，而这一问题在《聚书》篇中表现得最为明显。

《聚书》篇详细记叙了萧绎从六岁收到父亲赠送的两套五经以来，数十年间通过各种渠道聚书的经过。萧绎在这一章里明确提到他写作时的年龄：

> 吾今年四十六岁，自聚书来四十年，得书八万卷。河间之侔汉室，颇谓过之矣。[36]

这段话引发了好几个问题。第一，这八万卷是否包括公元552年，梁军收复建康后，萧绎命人从建康皇家图书馆运到江陵的七万卷书？如果包括，那为什么萧绎详细缕述了每一次得书的机缘来历，却偏偏没有提到这一数量最大的收获？如果不包括，又是为什么？第二，如现代学者余嘉锡所指出的，萧绎既然自比河间王，那么这段话应该写在即皇帝位之前。余氏以为，"吾今年四十六岁，自聚书来四十年"这句话有误，因为这把萧绎写作这段话的时间放在了553年，这时萧绎已经即皇帝位了。[37]

[34] 见《金楼子·自序》，《全梁文》，卷一七，页3051。又见《金楼子校注》，卷九，页156。
[35] 这和曹魏家族还有所不同，因为曹操虽然手握权柄，但曹氏成为王族和皇族却是很晚的事情：曹操216年才封魏王，距他去世和曹丕即皇帝位仅仅四五年时间。
[36] 《金楼子》，卷六，页102。河间指西汉的河间王刘德，景帝之子，好书爱学。
[37] 参见钟仕伦，《金楼子研究》，页9—10。

另一位学者锺仕伦则认为这句话并没有错。锺氏以为萧绎的八万卷藏书是个人藏书，而这确实超过了宫廷藏书七万卷的数量。至于为什么萧绎不肯提到宫廷藏书，锺氏以为这是因为：第一，现存《聚书》篇有残缺，也许萧绎提到了宫廷藏书，而他的话却没有保留下来；第二，把"公家图书"包括在"私家撰述"中于理未安。第一个原因不足言，不仅无法证明或者否认，而且与锺氏"八万卷不包括七万卷"的说法相抵牾，因为锺氏好像是在说"七万卷其实包括在了八万卷之内，只不过在本章亡佚的部分里提到，所以我们没有看到"。同时，这也就把萧绎552年之前的藏书降为一万卷，而这并不能解释为什么萧绎觉得自己的藏书可以与皇家藏书比肩。因此，愚意以为：萧绎在获得宫廷藏书之前，确实原有八万卷藏书。这里的卷数虽然显得十分庞大，但是，八万卷书不等于八万部书，换句话说，这八万卷里有很多是副本（这一点可以在《聚书》篇中看得很清楚），所以，藏书"八万卷"虽然听上去很夸张，不是没有可能的。

这把我们带回到原来的问题：为什么萧绎不把建康运来的宫廷藏书包括在他的八万卷藏书之内呢？锺仕伦"公家"与"私家"的说法很有见地，但是需要进一步深入剖析。我在《烽火与流星：萧梁文学与文化》一书中对此做过如下分析：

> 对于一位君主来说，聚书是建立国家政体的一部分内容。如杜德桥所说，"国家图书馆成为国家统一和国家文化的象征，因为它确立了统治王朝的合法地位以及作为文化守护者的合法身份"。因此，获得前朝藏书不是一件小事。皇家藏书从建康运到梁朝的新首都江陵，象征了权力的合法转移，这一事件应该加载史册。
>
> 然而这正是问题所在。萧绎《聚书》篇不是皇朝历史的一部分，而是子书的一部分。萧绎不是作为"天子"，而是作为"夫子"，作为"金楼子"，作为私人藏书家，在进行写作。这种区别决定了《聚书》篇材料的取舍。在这样一种私人语境中，提到皇家图书馆藏书简直是亵渎。我们在此看到的是作为君主的公众角色和作为藏书家的私人角色之间的矛盾。这不是说，一位君主不可以同时也是爱书人，而是说：对于

这两个角色来说，聚书行为的动机和目的各不相同，甚至相互抵牾。君主是艺术的保护人，文化的合法守护者；而私人藏书家则任凭对书的狂热激情成为个人身份的中心表现方式……如果作者和藏书家萧绎不想提到皇家图书馆藏书，那是因为在公私价值之间的矛盾撞击中，他的著作的性质——一部子书——使他不能够以皇帝的身份讲话。我们不能忘记，萧绎从十四岁起就开始写作《金楼子》，《金楼子》是一部属于私人的书，是旨在最终被收入皇家图书馆的。在这样一部书里，没有君主话语的空间。[38]

[38] 见《烽火与流星》，第二章。
[39] 见《金楼子研究》，页262；兴膳宏《六朝文学论稿》（湖南：岳麓书社，1986），页117；又见《金楼子研究》，页32—37。

余嘉锡指出萧绎自比河间王不符合皇帝身份，这一见解完全正确，但是，我不认为这是《金楼子》的文本有误，因为自比河间王可以在（而且也只能在）"子书"的语境里得到合理的解释。

这样一来，《金楼子·聚书》篇在好几个层次上都具有丰富的象征意义。萧绎的"夫子"身份和"天子"身份之间的矛盾，更突出了子书"立一家之言"的私人性质。更重要的是，这一章凸显了萧绎的"收藏家"身份。其实，《金楼子》一书本身就是一种"收藏"，因为它充斥着萧绎从前代文本中，包括从他自己的作品中，摘选下来的文字：种种趣闻轶事，"志怪"叙述，名言警句和俗语谚语，萧绎自己撰写和命幕僚撰写的书籍标题，从大到小的各种历史事件，甚至包罗了各种文体形式和体裁，比如传记、志怪、志人小说、历史记载，等等。有些学者，如谭献（1832—1901）、兴膳宏，指责《金楼子》是"稗贩"之作；有些学者，如锺仕伦则极力为之进行辩护，称其不是"稗贩之作"。[39] 私意以为，这样的指责和辩护虽然各有其道理，却都还没有触及问题关键。问题的关键在于子书传统发生的巨大深刻的变化。如果说《淮南子》这部由西汉皇子所写的子书旨在囊括所有前此以往的文本与智慧，那么《金楼子》从来不曾做过这样的宣称，因为萧绎对于过去的文字传统采取了一种完全不同的态度。他担当的，是收藏家、裁判和编辑的角色：

> 诸子兴于战国，文集盛于二汉，至家家有制，人人有集。其美者，足以

[40]《金楼子校注》，卷九，页164。
[41]《金楼子校注》，卷九，页165—166。
[42] 在《金楼子》一书中，萧绎屡次把自己置于周公、孔子和司马迁这些"作者"的嫡系传统中，他说："周公没五百年有孔子，孔子没五百年有太史公，五百年运，余何敢让焉！"（《金楼子校注》，卷九，页152。）

叙情志，敦风俗；其弊者，只以烦简牍，疲后生。往者既积，来者未已。翘足志学，白首不遍。或昔之所重，今反轻；今之所重，古之所贱。嗟我后生博达之士，有能品藻异同，删整芜秽，使卷无瑕玷，览无遗功，可谓学矣。[40]

从这样一种收藏家、裁判和编辑的角色手下诞生出来的著作，不再是传统意义上的子书，而是一种在后代日益盛行的全新形式：笔记。而这些文字所呈现出来的，也不再是那个以理智控制感情的传统子书的作者，而是一个充满野心、欲望、焦虑、嫉妒，性格缺点重重，一生被身体残疾所苦，甚至被身体残疾所定义的个人。就这样，萧绎用一部既沿袭传统又改造了传统的子书，宣告了子书的黄昏。

萧绎很有可能曾经打算以一生的时间写作《金楼子》，使之在完全意义上成为一部体现个人生命的著作。他曾说："颜回希舜，所以早亡；贾谊好学，遂令速陨……生也有涯，智也无涯。以有涯之生，逐无涯之智，余将养性养神，获麟于《金楼》之制也。"[41] "获麟"是对孔夫子编撰《春秋》止于获麟之年的指称。[42] 所谓"获麟于《金楼》之制"者，则萧绎似乎是准备把《金楼子》作为他的绝笔的。但是，"金楼子"和"梁元帝"是两种互不相容的身份。在公元553—554年之间，萧绎停止了《金楼子》的写作。公元555年1月27日，梁元帝被西魏军队以土囊压死。只不过早期中古子书的最后一位作者"金楼子"，在此之前已经死去多时了。

结论

在这篇文章里，我探讨了中古时代子书的衰落。普鸣曾经指出，"哲学巨著时代"在公元二世纪宣告终结。然而，值得注意的是，哲学巨著的外壳——子书的形式——又继续生存了二百余年，而且，这些魏晋子书与先秦甚至两汉子书相比，出发点和旨趣都有所不同。魏晋子书尽可以像颜之推所抱怨的那样单调重复，但是，这些子书作者无不认为他们的子书著作是"立一家之言"、展现和保存自我以求实现不朽声名的唯一重要途径。虽然赋、诗写作不辍，但是被视为小道，至少在理论的层次上是如此，即如曹丕所谓"文章乃经国之大业"者，在很大意义上恐怕也是自指像《典论》这样的子书。这一情形到了公元五世纪有所改观，别集代替子书，成为备受瞩目的文化形式；诗歌，特别是五言诗，逐渐成为最受到尊崇并最具文化光环的文学体裁。在这一背景下，我们看到传统子书的变形，如《文心雕龙》和《颜氏家训》；但同时也出现了《金楼子》——一部以子书形式作为外壳的笔记类"收藏"（collection），宣告了子书的黄昏。以先秦两汉为高峰期的思想时代，至此被诗的时代代替；直到两宋时期，新儒家思想向文学宣战，"文"被视为"害道者"，从此揭开了中国文化史上一个新的篇章。但那已经属于"下回分解"的范围了。

《玉台新咏》与中古文学的历史主义解读[*]

[*] 本文曾在 2015 年 12 月 12—13 日复旦大学"文本形态与文学阐释"工作坊上宣读,中文版发表于《华东师范大学学报》,2016 年第二期。

[1]《陶渊明的书架和萧纲的医学眼光：中古的阅读与阅读中古》，载《国学研究》，第三十七卷，2016年第1期。又见傅刚主编，《中国古典文献的阅读与理解——中美学者"黉门对话"集》（北京：北京大学出版社，2017）。又见本书页72—98。

[2]［唐］房玄龄等，《晋书》（北京：中华书局，1974），卷五〇。

[3]［宋］李昉等，《太平御览》（台北：台湾商务印书馆，1975），卷五八六。

[4]［唐］李延寿，《北史》（北京：中华书局，1974），卷四七。

在抄本时代，作品的题目、内容和作者的归属都具有高度的流动性。抄本时代是一个漫长的时间段，本文关注的是从东汉末年到唐代以纸本为主要传播媒介的中古时期。认识到这一时期文本存在的特殊形态以及人们实际的阅读范围和阅读行为，特别是认识到我们现有的中古文学文本资料来源的不同类型和不同特征，会给文学史写作带来重大改变。关于"手抄本文化"这一概念的细致化理解，以及中古士人的实际阅读实践，我另有专文探讨。[1]本文准备以《玉台新咏》中的几首诗作为例，讨论先唐文本在不同文本载体中的不同形态如何与作者归属、作品的异文选择和作品诠释互为表里，成为文学史叙事的决定性因素之一。

抄本在传播时，未必总是清楚地标明作者或者题目。有时候，作者为了能让自己的文章有机会流传后世而故意把它混入知名作者的文集中，比如曹冏把《六代论》系于曹植名下，曹植之子曹志称冏"以先王文高名著，欲令书传于后，是以假托"。而晋武帝对曹志的回答特别值得一提。"帝曰：'古来亦多有是。'"[2]有时候，一个广为流传的故事，特别是盛行于魏晋南北朝时期的外传、别传之类的野史，需要诗歌和书信等作品来充实丰富，比如《蔡琰别传》里的《悲愤诗》与《胡笳十八拍》，《李陵别传》引李陵"与苏武书"，不难想象也包括一些被颜延之（384—456）称为"总杂不类，元是假托"的五言诗。[3]六世纪中期，北齐阳俊之的一些"淫荡而拙"的六言诗被人不断抄写，而且写本以《阳五伴侣》为名在书市出售。"伴侣"指当时在北齐流行的歌调《伴侣曲》。一次俊之经过书市，看到写本有误，"取而改之，言其字误。卖书者曰：'阳五，古之贤人，作此《伴侣》。君何所知，轻敢议论！'俊之大喜。"[4]书贩显然不知道阳俊之就是作者，理直气壮地宣称"阳五"乃是"古之贤人"，而阳俊之听后居然满心欢喜，纠错的欲望大概也就随之烟消云散了。这则故事给我们看到抄本文化的多个侧面：文本贸易相当发达，而且写而卖之的不都是"书籍"，短小的文本也可以买卖；写本在传抄过程中很容易出现错误，这些错误完全超出作者的控制；文本在流传过程中并没有清楚的作者归属,哪怕当代作家的诗歌作品也是如此(只有阳俊之的亲友才会知道"阳五"是何许人),而且作者并不从自己作品的买卖中获利,无所谓著作财产权。最后,在书贩看来,"古之贤人"显然要比"今之贤人"带有更多的光环,因为更具有经典性和权威性;如果一个文本可以系于"古"之贤人的名下,就具有更多的文化价值,而文化价值和经济价值是紧密联系在一起的。

作者归属是文学史叙事里最重要的因素之一。不仅因为它是文学史编年的时间定位仪,而且,当一首诗的文本和历史上的具体个人联系起来,就可以结合此人生平事迹,为作品的诠释提供一个现成的叙事语境,做出一种"本事化"解读,我称之为在某种意义上"去诗化"的叙事性解读——在某些情况下,这样的解读会过于简化一首诗,虽然在某些场合下又是必要的。在中古文学领域,作者归属的分配更是常常反映了编者和论者的文学史意识形态,而且和文本异文的选择有紧密的关系。所有这些都在《玉台新咏》的一些作品里有突出和集中的表现。

本文提到的两个《玉台新咏》版本分别是明嘉靖十九年(1540)郑玄抚刻本和明崇祯六年(1633)赵均(1591—1640)称源于南宋陈玉父(1215年左右在世)本的小宛堂覆宋本。[5] 两种版本收诗数量相差近二百首,篇目编排次序也有参差。前者刻印时间较早,而后者在近代影响最大,很大原因是赵本被认为比较忠实地再现了宋本《玉台》的面貌,而郑本严格地说应该称为《广玉台集》。据郑氏的题识说,他手头原有的《玉台新咏》"篇残简乱",1539年得到友人方敬明从金陵买到的抄本,于是"删其余篇,理其落翰,进俪陈隋,演为十五卷"(新出的《汇校》未收后续的五卷)。郑本的两篇序言也都对郑氏的增补工作做了明确交代。不过,郑本之有所增补,并不能表示赵本才是对徐陵原本更为完美的再现,只能说赵本代表了宋代流传的众多《玉台》版本之其中一种而已。事实上,从徐陵(507—583)编撰选集到留存下来的明代刻本之间,《玉台新咏》已经辗转流传一千余年,其间不知经过多少人的抄写、增减、有意无意的改动。明人往往神话"宋本",认为"宋本"必定接近原本甚至就代表了原本,但事实并

[5] 前者有上海古籍出版社2011年影印本和2014年排印本《玉台新咏汇校》(吴冠文、谈蓓芳、章培恒汇校),后者有北京人民文学出版社2009年影印本。

不如此,因为唐前作品的唐抄本极其众多,这些抄本各各不同,"宋本"无不经过了宋人的拼凑、修补、增删、改动等各种编辑和中介。以《玉台》为例,被神话了的南宋"陈玉父本"本来也是建立在三种版本的基础上而形成的本子:最早是一部"旧京本",不仅"失一叶",而且"间复多错谬,版亦时有刓者。欲求他本是正,多不获"。直到嘉定乙亥(1215)在会稽,"始从人借得豫章刻本,财五卷,盖至刻者中徙,故弗毕也。又闻有得石氏所藏录本者,复求观之,以补亡校脱,于是其书复全,可缮写"。换句话说,我们知道陈玉父做了很多"补亡校脱"的工作,但我们不知道具体是多少和怎样的增减更改。底线是我们今天已经无从看到徐陵原本,无论是原本的收录篇目还是编排次序都不可确知。两种版本都弥足珍贵,因为它们显示了中古到帝国晚期文学史运作的曲线。

一

第一例是梁简文帝萧纲(503—551)的诗歌作品。萧纲现存诗作总数接近三百首,远远超过了任何一位六朝作家的诗作总数,其来源包括《艺文类聚》、《初学记》、《文馆词林》、《文苑英华》以及《广弘明集》、《玉台新咏》等等。检视这些作品的主题,我们会发现来源于前四种书的诗歌题材广泛而丰富,譬如《和赠逸民诗》、《三日侍宴林光殿曲水》、《登烽火楼》、《和武帝讲武宴》、《和籍田诗》、《薄晚逐凉北楼回望》、《卧疾》、《喜疾瘳》、《药名诗》、《登板桥咏洲中独鹤》、《罢丹阳郡往与吏民别》、《奉答南平王康赉朱樱》、《祠伍员庙》、《汉高庙赛神》、《守东平中华门开》、《大同十年十月戊寅》、《玩汉水》、《赠张缵》、《经琵琶峡》、《饯临海太守刘孝仪蜀郡太守刘孝胜》,等等。如果我们姑且假设《玉台新咏》就和百分之九十九的唐前总集一样很早就亡佚了,那么通过类书及其他总集保存下来的萧纲作品给我们留下的印象会是什么呢?答案是:他也写应诏诗,也写一般社交诗(包括送别、赠答、游览、宴会),也写山水诗,也写咏物诗,也写闺情诗,也写文字游戏诗,也像陶潜那样写标志了年月日的个人抒情诗。总而言之,这是一个和其他著名南朝大家鲍照、谢朓、何逊等没有任何区别的诗人。然而,如果我们检视唐初释道宣(596—

667）编撰的佛教选集《广弘明集》中包括的萧纲诗作，我们就会发现，完全不出意料地，萧纲的诗歌变成只有一种题材，也就是佛教题材。如果只有《广弘明集》保存下来，萧纲恐怕难免要被视为佛教诗人。[6] 围绕专门主题而编辑的选本能够戏剧化地改变作者形象。如果我们注意到文本的载体，就会帮助我们扭转基于某一个特别的文本载体而得出的偏颇结论。

但是，问题比这要更为复杂。比较一下《玉台》两种版本，郑本和赵本中萧纲诗具体分布如下：郑本卷五（五十五首）、卷九（十三首）、卷十（二十五首）；赵本卷七（四十三首）、卷九（十二首）、卷十（二十一首）。[7] 赵本卷七中，三十七首和郑本卷五重合，其他六首中有二首不见于郑本，四首在郑本中归于萧统名下——而这四首诗中有三首在七世纪初期的《艺文类聚》里也署名萧统（《类聚》编者还看得到《昭明太子集》），包括常常被视为所谓宫体诗代表作的《美人晨妆》、《名士悦倾城》。然而，凡二萧作品有混淆时，语涉香艳者往往被归于萧纲名下，以求符合兄弟二人的既定形象，关于此点我在《烽火与流星》第三章已有探讨，兹不赘。从郑本角度来看，其卷五所不见于赵本的十八首，三分之二可以在《艺文类聚》中找到，三分之一见于《乐府诗集》；[8] 与《艺文类聚》重合的十二首诗分别来自《艺文类聚》的十一个不同类别。

如果翻检一下《艺文类聚》，我们发现在大多数类别下都可以找到萧纲诗作：

天部（月、云、风、雪、雨、霁），岁时部

[6] 傅刚教授向我指出，哪怕只有《广弘明集》传世，萧纲写作"轻艳"之"宫体"在史传中的记载也历历可见，因此似乎未必影响他作为"艳情诗人"的声誉。我十分感谢这一疑问，但我想如果只有《广弘明集》传世，这种声誉恐怕会因无法坐实而难以产生影响；但更重要的是要看我们如何理解"宫体"一词的内涵。传统以为宫体就是艳情，但实际上"轻艳"文体和"艳情"内容不能画等号。"体"指文风和形式，如刘勰所归纳的文章"数穷八体，一曰典雅，二曰远奥……六曰壮丽，七曰新奇，八曰轻靡"者即是（[梁]刘勰《文心雕龙·体性》）。关于这一点，我在拙作《烽火与流星：萧梁王朝的文学与文化》（北京：中华书局，2010）和《剑桥中国文学史》（北京：生活·读书·新知三联书店，2013）中相关章节有详细探讨，兹不赘。另外，初唐对南朝的记述是北人战胜者帝国的书写，北人侯景在写给梁武帝的信中对萧纲皇太子"吐言止轻薄，赋咏不出桑中"的污蔑之词其实影响到初唐史官的判断；但与其说当时的北人（以及南人）有机会读到萧纲全集，还不如说他们读到《玉台新咏》这种流行选本的可能性更大得多。事实上当时人很少有机会读到萧纲全集，这和中古时代的阅读实践有关，参见拙文《陶渊明的书卷和萧纲的医学眼光》。

[7] 郑本卷九与赵本卷九相比，唯一多出来的是《历九秋诗》一首十章（《玉台》按十首计算），而这首诗在早期其他资料里或称"古乐府"（《文选》李善注），或系于傅玄名下（[宋]郭茂倩《乐府诗集》卷三十四）。卷十的绝句，郑本比赵本多出四首，其中二首见于《乐府诗集》。换句话说，郑本系于萧纲名下的诗和赵本比起来，只有两首（绝句《金闺思》二首）不见于任何早期资料。这两首诗都被其后冯惟讷（1513—1572）《诗纪》和张之象（1507—1587）《古诗类苑》收录。

[8] 明人对古籍进行整理，往往会把从早期类书和总集中找到的作品擅自补入而不作说明，因此，如果一部明传唐前文集与此前相比"多出"的作品全都可以在早期类书中找到，那么我（转下页）

（接上页）们需要考虑明人据类书补入而不见得来自早期抄本的可能性。郑氏在获得抄本之后，除了增加五卷续集之外还"理其落翰"，这很可能包括在原十卷本之内增补进了他在类书和总集中所能找得到的诗篇。刘跃进据宋代晁公武《郡斋读书志》描述唐人李康成《玉台后集》"采梁萧子范迄唐张赴二百九人"、"名登前录者今并不录"，而郑本卷八包括萧子范《春望古意》（不见于赵本），指出这是后人增益原本的证明（刘跃进，《玉台新咏研究》，[北京：中华书局，2000]，页58）。萧子范此诗可能是郑氏所见抄本中原来就有的，也有可能是郑玄抚自己"理其落翰"的结果（按此诗也见于《艺文类聚》）。或以为李康成《玉台后集》可能始自陈朝陈后主，不包括梁朝的萧子范，因南宋刘克庄所见的《玉台后集》称"自陈后主、隋炀帝、江总、庾信、沈、宋、王、杨、卢、骆而下二百九人"云云（[宋]刘克庄《后村诗话》续集，卷一）。但刘克庄在叙述《后集》中作者时显然以帝王开始，不是以人臣开始，人臣之中又仅举著名诗人（江总、庾信、沈、宋、王、杨、卢、骆）为例，不按照时代排序，因此可以理解他为什么没有提及《后集》的开始者萧子范和终结者张赴。

[9][明]胡应麟，《诗薮·外编》，卷二；[清]纪容舒，《玉台新咏考异》，卷九。

（春、秋、冬、三月三日、七月七日、九月九日、热），地部，山部，水部（汉水、池、浦、桥），人部（美妇人、老、友悌、行旅、游览、别、赠答、闺情、哀伤），礼部（宗庙、籍田、朝会），乐部（论乐、乐府、舞、筝、箜篌），职官部（太守），杂文部（诗、笔），武部（战伐），居处部（宫、台、楼、城、斋），产业部（园、织），服饰部（扇、镜），方术部（疾），内典部，灵异部（仙道、神），火部（灯、烛、烟），药香草部（蔷薇、芙蕖、菱、茅、藤），果部（桃、梅、橘、樱桃），木部（桑、桐、杨柳、柽、枫、栀子），鸟部（鹤、雉、鸭、鸡、燕、鹩鹉），兽部（马），虫豸部（蝉、萤火、蜂）。

这其中，"美妇人"和"闺情"只不过占据了极小的比例，而这两个小类正是整部《玉台新咏》的焦点。如明胡应麟说，"《玉台》但辑闺房一体"；清纪容舒也说，"按此书之例，非词关闺阃者不收"。[9] 相比之下，《艺文类聚》的编撰则是因为书籍宏多，"颇难寻究"，唐帝"欲使家富隋珠，人怀荆玉"，因此命宫臣编撰类书，事文并举，"金箱玉印，比类相从"，"俾夫览者易为功，作者资其用，可以折衷今古，宪章坟典"（《艺文类聚》序）。换言之，被选入《类聚》的作品都被视为"隋珠荆玉"，在写作诗文时起到典范的作用。当《类聚》里的诗被选入《玉台》，诗的阅读语境便发生了极大的改变。读者的注意力被导引到诗中与美人和闺情相关的因素而忽略全诗的旨意，哪怕这一因素只是诗中的一个意象、一个对句。

譬如说郑本和赵本同收的《咏雪》：

晚霞飞银砾，浮云暗未开。

入池消不积,因风堕复来。(《类聚》作"随复来"。)

思妇流黄素,温姬玉镜台。

看花言可折/插,定自非春梅。(《类聚》、郑本作"折";《文苑英华》、赵本作"插"。)

这首诗在《艺文类聚》中题为《咏雪诗》,在赵本中题为《同刘谘议咏春雪诗》。虽然在第三联用了两个和女性有关的典故,但是全诗并无闺情可言,是最常见不过的社交场合所写的同题状物之作。

一个更明显的例子,是只见于郑本的《秋夜》:

高秋度幽谷,坠露下芳枝。(首句《类聚》作"高秋渡函谷";《初学记》、《文苑》作"盲风度函谷"。)

绿潭倒云气,青山衔月眉。(《类聚》、《初学记》、《文苑》作"月规"。)

花心风上转,叶影树中移。(《类聚》作"树中危";《文苑》作"树间移"。)

外游独千里,夕叹谁共知?(《初学记》、《文苑》作"夕叹共谁知"。)

这首诗如果出现在诗人的别集里,则是一首典型的游子思乡的作品,这一点如果联系到诗作者长年在外藩的背景就更是显而易见。然而,当它在《玉台》里出现,就很容易和浪漫感情联系起来,从思乡变成相思。

这一点在《玉台》保存的异文里也可以得到侧面的印证。在早期资料来源中,"月规"一律没有异文,唯独郑本作"月眉"。"月规"是满月,"月眉"是新月,二者相差悬殊;而"月眉"显然更容易和女性联系起来,梁武帝即有"容色玉耀眉如月"的句子。但是郑本的异文究竟是不是合理?我想未必。主要是从用韵方面考量:枝、移/危、知都属于支部,眉则属脂部。从五世纪后期到六世纪后期南朝诗人用韵情况来看,支部、脂部是不通韵的。而且,有一些常见的字和"眉"押韵,这些字包括属于脂部的墀、悲、姿、私、帷、迟、师,和属于之部的思、期、辞、时、丝、疑等。[10] 我们必须认

[10] 如谢朓《咏邯郸故才人嫁为厮养卒妇》全用脂部韵,沈约《三妇艳》"大妇扫玉墀"亦然。陆罩《闺怨诗》混用脂部和之部韵。

识到：这些韵字和它们所代表的意象实际上也就构成了宫廷诗人写诗的基本版块。在大量有"眉"作为韵字的诗歌作品里，我们看到熟悉这些韵字和意象的诗人如何对它们进行各种组合，而组合的方式对于熟悉南朝诗歌的读者来说，也都完全不出乎意料。

这里特别值得一提的是徐陵的《咏织妇诗》(《类聚》六十五)，在郑本卷八和赵本卷八都系于刘邈名下，题为《见人织聊为之咏》。因为它有一处异文，大概是唯一一个"眉"字与支部韵混用的例子，而这一异文恰恰出自明代版本。下面是《类聚》版本：

纤纤运玉指，脉脉正蛾眉。振躡开交缕，停梭续断丝。
檐前初月照，洞户未垂帷。弄机行掩泪，弥令织素迟。

此诗第三联，郑本作"檐花照初月，洞户垂朱帷"，赵本作"檐花照初月，洞户未垂帷"，用韵都是正确的；但是在明冯惟讷《诗纪》中以及徐陵集的一些明代版本中，却一作"檐前初月照，洞户朱帷垂"。"垂"属于支部，在六世纪时与脂部差得很远，明显是后人改动以求和"檐前初月照"对仗所致。至于郑本作"檐花照初月，洞户垂朱帷"，虽然合韵，也有改动原文以求对仗工整之嫌。"垂朱帷"和"未垂帷"意思正好颠倒过来，和诗意明显不符：朱帷低垂，则弄机人何从得"见"？而且，即使我们不管得见不得见，诗人之所以写"未垂帷"也是有其道理的，他在暗示织妇不仅思人，而且还在抱着一线希望，期待她思念的人今晚归来。她的被遗弃的"故人"身份从"织素"二字可以看出，而她"续断丝"的努力也充满象征意味。如果变成"垂朱帷"（"朱"源于"未"），则对仗虽工却意趣全无，成了没有意义的字句拼凑。

回到萧纲的诗，第四句应为"青山衔月规"，描述了山顶一轮圆月初升的景象。诗的首句，郑本异文"高秋度幽谷"也有值得注意的地方。南齐王融有"霜气下孟津，秋风度函谷"句（《古意其二》），初唐徐惠有《秋风函谷应诏诗》，刘禹锡也有"秋风函谷尘"句（《送卢处士归嵩山别业》）。可见"秋风函谷"是六朝唐人诗中习语，因此早期文本载体中的"高秋渡函谷"或"盲风度函谷"都是有可能的（如果作"盲风"，则时当仲秋，和月规一起考量，诗作吟咏的乃是八月十五的月圆之夜）。

但此诗的诗眼在于第三联："花心风上转，叶影树中移／树中危／树间移。""花"在这里虽然和"叶"对文，但并不是指自然界的花朵，而是指烛火。[11] 诗人化用了早期中古诗歌和佛教经典中一个最常见的意象"风中烛"，并由此引出下一句的"叶影"。既然看到的是叶影，诗人的视线是下垂的，然而从地上摇动的影子里，他注意到枝头树叶的动静："树中危"描写的是树枝上仅余的稀疏树叶簌簌颤动，有摇摇欲坠的"高险"之貌；"树间移"则是叶子正在数株树木之间飘坠。风烛与寒叶的意象传达了自然与人生的短促和脆弱。这是典型的萧纲：细致入微地体察世界的细节，并且用他人所不能的方式表现出来。[12]

这首诗应该是萧纲早期驻藩时代的作品：在高秋月圆之夜，诗人在周围的世界观察到生命之脆弱和短暂，远离故里，无人共语，感到孤独。这和浪漫闺情没有任何联系。然而，一旦收入《玉台》，又加上"月眉"这样的女性化意象，就带上了脂粉气息。很多收入《玉台》的萧诗都面临类似问题。也就是说，主题性选本的主题构成了具体入选作品的诠释框架和诠释视野。更重要的是，文本异文的选择与带有偏见的诠释视野互为表里、互相巩固，造成难以摆脱的怪圈。

萧纲诗作的解读当然不是唯一受到选本语境控制的。在脚注里提到的鲍照诗作有"留酌待情人"句，"情人"当指情谊深厚的友人，在《玉台》语境里也可以很容易被视为恋人。但总的说来，在鲍照的情况里，"香艳解读"的现象不那么突出，这主要是因为文学史里已经有了一个固定的鲍照形象，乃是"怀才不遇"的"寒士"，不是"生活颓废"的"亡国之君"。换句话说还是"身份政治"的偏见在作祟，引导读者在作品里看到自己预期会看到的东西和想要看到的东西。下面的两个例子，带我们回到建安时代，显示文本之外的因素如何阻碍我们对文本做出历史主义精神的解读。

[11] 这样的比喻用法，我们可以在萧纲本人诗中找到明确的证据。其《咏笼灯绝句诗》云："动焰翠帷里，散影罗帐前。花心生复落，明销君讵怜。"同时期其他诗人作品中相同的用法，可见梁代刘孝威《禊饮嘉乐殿咏曲水中烛影师》："火浣花心犹未长，金枝密焰已流芳。"

[12] 影响萧纲此诗的可以肯定是鲍照的《玩月城西门廨中》（[梁]萧统，《文选》，卷三十；《玉台》，卷四），同样写秋天满月之夜，厌倦宦游，思乡怀人。但是我们也可以清楚地看到诗歌写作从鲍照到萧纲的变化：鲍诗较直接，"归华先委露，别叶早辞风"说得简单明白；萧诗却以"坠露下芳枝"来委婉地暗示花落，而既然枝头之芳华早已消歇，与"叶"相对之"花"遂转化为同样会被风吹坏的"烛花"。

二

先看《玉台》中系名徐幹（170—217）的诗"惨惨时节尽"。此诗郑本收在卷二，题为徐幹《杂诗五首其四》。赵本收在卷一，题为徐幹《室思一首其四》，这里的"一首"事实上包括六首或六章，第六首在郑本中出现在《杂诗五首》之后，题为《室思》。诗本身在二本中没有异文：

惨惨时节尽，兰华凋复零。喟然长叹息，君期慰我情。
展转不能寐，长夜何绵绵。蹑履起出户，仰观三星连。
自恨志不遂，泣涕如涌泉。

既然收在《玉台》，又在赵本里题为《室思》，特别是紧接在它前面的那一首诗有"自君之出矣"云云构成了盛行于南朝的爱情诗题，此诗似必为吟咏男女爱情无疑，至少现代笺注家都视之为出自女性的口吻。但是这里有一些问题。翻检一下逯钦立的《先秦汉魏晋南北朝诗》，我们注意到这五首诗最早一起出现是在刘节（1476—1555）的《广文选》里，和郑本一样前五首作《杂诗》，最后一首作《室思》。在早期资料来源里，六首诗只有第三首见于《艺文类聚》，题为《室思》；此外，《太平御览》卷七一四引第五首的开头两句，则题为《涂岑诗》；其他一、五、六三首在宋代《韵补》中有摘录。然而第二、四两首在早期文本资源中皆不见踪影。这不是说这两首诗都不可信，但是它们原题究竟为何、是否徐幹所作、是否和其他几首诗同属一组，都需要打上一个问号。"杂诗"在早期中古其实不过是"无题诗"的代号而已，也就是说，一首没有题目的诗在抄本中很可能被随意加上一个题目或者减去一个题目，往往加上去的题目就是"杂诗"。

我们再来看看上面所引的"惨惨时节尽"，它其实呈现了早期古典诗歌的一个熟悉的主题"夜不成眠"（参见宇文所安《早期古典诗歌的生成》第二章）。在这一主题模式里，长夜不眠、步出户外、徘徊庭除、仰观三星或明月、挥泪如雨都是没有性别标志的。我们试比较下面这首诗：

> 秋日多悲怀，感慨以长叹。终夜不遑寐，叙意于濡翰。
> 明灯曜闺中，清风凄已寒。白露涂前庭，应门重其关。
> 四节相推斥，岁月忽欲殚。壮士远出征，戎事将独难。
> 涕泣洒衣裳，能不怀所欢？

这首诗和徐幹诗有很多类似和重叠的词语和意象：它同样写秋季（"四节相推斥，岁月忽欲殚"相对于"时节尽"），写诗人"感慨以长叹"（相对于"喟然长叹息"），在"闺中""终夜不遑寐"（相对于"展转不能寐"）。这一切只因"壮士"即将出征，最后结以"涕泣洒衣裳"（相对于"泣涕如涌泉"），并反问："能不怀所欢？"如果这首诗出现在《玉台新咏》里并冠以《室思》或者《杂诗》之题，有谁会不以为这是一首出自女子口吻的思念征人的诗呢？但是，这首诗的题目是《赠五官中郎将［曹丕］》，作者是建安七子中的另外一位——刘桢。它被收录在《文选》里，保证了文本的知名度和相对稳定性，否则很难保证它不会作为"杂诗"流传下去，又被作为"艳诗"解读。

后人往往把后代的性别观念强加给早期中古诗歌，想当然地把涕泣、思念和女性口吻、浪漫爱情连在一起，不考虑词语意义的历史发展和演变，把"闺中"、"所欢"字样都赋予特定的性别联想（参见《烽火与流星》第七章"表演女性"一节的详细论述）。事实上，早期古典诗歌共有一种通用的"欲望话语"，这一话语中的词语和意象并没有性别特定性，其性别特定性往往是被后代赋予的——因此，我们既不能说徐幹的诗采取了女子口吻，也不能说刘桢诗中的男子口吻是女性化的。在这种情况下，我们必须考虑文本之外的因素，包括我们自身的性别偏见，还有文本的不同载体，对文本形态以及文本解读带来的影响，根据每个文本的具体情况做出不同的对待和处理。关于这一点，我们可以在最后一个例子中看得非常清楚。

三

最后一个例子是一首题为《塘上行》的诗，郑本第二卷列为第一首，作者魏武帝曹操（155—220）。赵本列为卷二第三首，题为《又甄皇后乐府塘上行一首》（列在魏文帝曹丕的两首诗之后，意为"魏文帝［之］甄皇后"）。除此而外，郑本和赵本相差不大。

　　蒲生我池中，其叶何离离。傍能行仁义，莫若妾自知。众口铄黄金，使君生别离。

　　念君去我时，独愁常苦悲。想见君颜色，感结伤心脾。念君常苦悲，夜夜不能寐。

　　莫以豪贤故，弃捐素所爱。莫以鱼肉贱，弃捐葱与薤。莫以麻枲贱，弃捐菅与蒯。

　　出亦复苦愁，出亦复苦愁，边地多悲风，树木何修修。从君致独乐，延年寿千秋。（按：倒数第二句赵本作"从军致独乐"。）

这首诗最早见于文字记录是在沈约（441—513）《宋书·乐志》里，题为《蒲生塘上行武帝词五解》。全文如下：

　　蒲生我池中，其叶何离离。傍能行仪仪，莫能缕自知。众口铄黄金，使君生别离。一解

　　念君去我时，独愁常苦悲。想见君颜色，感结伤心脾。今悉夜夜愁不寐。二解

　　莫用豪贤故，弃捐素所爱。莫用鱼肉贵，弃捐葱与薤。莫用麻枲贱，弃捐菅与蒯。三解

　　倍恩者苦栝，蹴船常苦没。教君安息定，慎莫致仓卒。念与君一共离别，亦当何时共坐复相对。四解

　　出亦复苦愁，入亦复苦愁。边地多悲风，树木何萧萧。今日乐相乐，延年寿千秋。五解

沈约撰《乐志》，是史官在忠实地保存宫廷音乐史料，不是文学家在编辑文学总集，他使用的是魏晋以来传承有自的宫廷音乐资料。而且作为一代

正史,《宋书》的版本虽然也有其阙脱修补之处,但是其源流比《玉台新咏》的版本历史要清晰和稳定得多。曹操现在被视为三国时代的重要诗人,但他的诗歌全是乐府;如果没有《乐志》,曹操百分之九十五以上的诗歌作品都会佚失。如果在《乐志》所载录的曹操以及曹丕、曹叡等人作品中唯独怀疑此篇,这样的怀疑从资料来源上说没有道理,只能归结为从对曹操诗风与人格的传统看法出发,认为此作"但为弃妇之词,与魏武无当也"。[13] 从逯钦立的总集到曹操别集的一些现代版本,此诗往往被排除在曹操作品之外,或者被打上一个问号。然而,回到上文表述过的观点:如果我们抛弃先入为主的性别偏见,在此诗的《乐志》文本里我们看不到任何清楚的标志告诉我们这是"弃妇"之词。

不仅如此,此诗很多内容都和曹操在其他歌诗里表现的情怀密切相关,因此,曹操的作者身份未可轻易否决。先看一下在《玉台》本中消失不见的第四解:"倍恩者苦栝,蹶船常苦没。教君安息定,慎莫致仓卒。念与君一共离别,亦当何时共坐复相对。"第一句里的"栝"字在《乐府诗集》中作"枯",不合韵,或为传写之误。实则栝通括,有阻滞、闭塞之意,如《周易·系辞下》以射隼作为比喻强调君子应该待时而动时这样说:"君子藏器于身,待时而动,何不利之有?动而不括,是以出而有获,语成器而动者也。"关于第二句的"蹶船",杨慎(1488—1559)曾说:"'蹶船常苦没',黄河中行舟常有此患,俗云'着浅'。"[14] 着浅即搁浅。然遍观蹶字的各种意义,似都与搁浅无关。"蹶"字在上古文献里有踩、踏、踢之意,又可训为动(音贵),而且不是正常的积极的动或者待时而动的动,而是带有某种突然性的扰动,比如《诗经》里面的"天之方蹶",《风赋》里面写大风"蹶石伐木"。这都正可与"教君安息定,慎莫致仓卒"相互参照。换言之,诗意是在劝"君"守静以安,不要仓促行事、离我而去,因为背弃恩义者会遭到滞碍而括结的命运,就好比在船里突然动作会导致翻船一样。既是婉劝,也是警告。

再回头看第三解:"莫用豪贤故,弃捐素所爱。莫用鱼肉贵,弃捐葱与薤。莫用麻枲贱,弃捐菅与蒯。""豪贤"是东汉魏晋时常见语,常和"大姓"连用指有资望权势的豪强大族,如汉桓帝时童谣"游平卖印自有平,不辟豪贤及大姓。""莫用鱼肉贵"

[13] [清] 朱乾,《乐府正义》,卷八。
[14] [明] 杨慎,《升庵诗话》,卷十。

云云可参考《左传·成公九年》中援引的逸诗："诗曰：'虽有丝麻，无弃菅蒯。虽有姬姜，无弃蕉萃。凡百君子，莫不代匮。'言备之不可以已也。"丝麻是上等织品，菅蒯是茅草之类；姬姜指大国王姬，蕉萃指陋贱之人。《左传》引诗旨在强调君子必须有备才能无患，不要因为有了上等的物或人而抛弃低等的物或人，以便在匮乏时取以代用。同样，在曹操的歌诗里面，我们也看到一系列两两对比的人与物，妙在先出人事，而把"兴"放在后边：不要因为豪贤的缘故而遗弃平素之所爱，不要因为贵人之肉食而放弃平凡的葱薤，不要因为平凡的麻枲而放弃粗糙的菅蒯（麻枲和丝麻有别，不算是贵重织物——《盐铁论》"古者庶人耋老而后衣丝，其余则麻枲而已，故命曰布衣"——但总胜于菅蒯）。要之，此解旨意，是劝人不要趋附势利而背弃故交。这样的旨意在古代往往既可以用于政治话语，也可以用于友情话语，也可以用于两性话语。《左传》逸诗本身就牵涉到婚姻的意象，而在南朝后期，文章宗师任昉为范云作表让封说："陛下不弃菅蒯，爱同丝麻。"（《为范尚书让吏部封侯第一表》）其后隐隐有着"姬姜 / 蕉萃"之回声。"贫贱之知不可忘，糟糠之妻不下堂"（《后汉书·宋弘传》）至今仍是一句耳熟能详的俗语。

　　当然这里的描写都可以符合甄皇后的遭际，然而，一首诗描写的状况符合某人的遭际是一回事，是否就是此人自己写了这首诗又是另外一回事，我们不能模糊诗的适用范围和诗的作者归属之间的界限。事实上，《艺文类聚》卷四十一引此诗（系于甄后名下）作"莫以毫发故"，"毫发"代"豪贤"，明显就是因为"豪贤"在甄后的语境里不容易讲得通，而一个文本凡是在上下文出现坎坷难解之处往往会出现异文。但更重要的是，这首诗的旨意完全切合曹操的政治关怀。曹操在统一北方的进程中最注重的是人力资源，不仅需要招纳政治、军事、文化人才，也要争取获得地方势力的归附，而在这方面他必须和南北两方的"豪贤"——特别是"四世居三公位、势倾天下"的袁绍，"少知名、号八俊"的刘表——展开竞争。《三国志》史臣评价袁绍、刘表"咸有威容器观，知名当世，表跨蹈汉南，绍鹰扬河朔"；袁绍"有姿貌威容，能折节下士，士多附之"；刘表"长八尺余，姿貌甚伟"，"爱人乐士"，所在地荆州"土地险阻，山夷民弱，易依倚也"，因此中原大乱后，很多人士皆携族而往,"士之避乱荆州者,皆海内之俊杰也"。[15]在《三国志》里,我们看到很多曹操在招揽人才方面和袁、刘角逐争胜的例子,无论是他最终没有能够打动的沮授,还是反复无常然而还是受到曹操追求和包容的张绣,等等。

著名的《短歌行》表达的就是曹操对广纳宾客、海内归心的愿望,其中有道:"青青子衿,悠悠我心。但为君故,沉吟至今。"又云:"山不厌高,海不厌深。周公吐哺,天下归心。"此诗的《文选》本还多出"越陌度阡,枉用相存。契阔谈䜩,心念旧恩。月明星稀,乌鹊南飞。绕树三匝,何枝可依"八句。我们可以想象曹操写出这样的歌诗在宴会上演奏,是娱乐,更是出色的政治宣传。同样,《塘上行》可以起到双重的作用。而且,它既可以由女性歌手演唱,也可以由男性歌手歌唱。和很多汉魏之交的歌诗一样,它是"雌雄同体"的,但这正是歌诗也包括现代抒情歌曲在内的特色:歌词不但性别特征模糊,而且描写具有某种普遍性的处境,以适用于不同个例、打动广大的听众。在《楼上女:〈古诗十九首〉与隐/显诗学》一文中,我曾强调"表演性"是解读《古诗十九首》的关键,因为诗意的完整性依靠男女皆有的歌手、听众、读者共同参与进行建立。[16]这在与音乐表演联系紧密的歌诗如《塘上行》中也是如此。

最后,让我们回到《塘上行》中另一处意义崎岖并出现异文的地方:"傍能行仪仪,莫能缕自知。"(《玉台新咏》作:"傍能行仁义,莫若妾自知。")很显然,只有《玉台》本里才出现的"妾"字明确和固定了女性第一人称口气,而"仁义"也比"仪仪"常见得多。但比较两种文本,《乐志》本只是乍看上去崎岖难解,《玉台》本字面简单但上下文串讲并不容易。"仪仪"是仪态威整可观之意,如扬雄《法言·孝至》:"麟之仪仪,凤之师师,其至矣乎。""缕"字在这里是详尽之意,同时期的用法有《三国志·诸葛恪传》:"若于小小宜适,私行不足,皆宜阔略,不足缕责。"《老子》有"知人者智,自知者明"的说法。两句诗若云:其他人尽管很善于表现自己的威仪风度,但是他们都缺乏自知之明(哪怕他们好像很会"知人")。曹操

[15] [晋]陈寿,《三国志》(北京:中华书局,1959),卷六,《二袁刘表传》;卷二十三,《和洽传》;卷二十一,《王粲传》。

[16] "Woman in the Tower: 'Nineteen Old Poems' and the Poetics of Un/concealment," *Early Medieval China*, 15 (2009), pp. 1–19. 中文版见本书,页36—53。

的劲敌二袁与刘表都是"有姿貌威容"的人物,而曹操自己"姿貌短小"(《魏氏春秋》)、"佻易无威重"(《曹瞒传》),以至出现他自以"形陋"不足震慑远国,派崔琰代替自己接见匈奴使者的故事传闻(《世说新语》卷十四)。就和在萧纲、徐幹诗里一样,"欲望"总是存在的,但是欲望本身的结构和欲望对象的性质,都因读者预期的不同而被重新调整了。

以上的解读旨在展示曹操的作者身份并非像历代论者所以为的那样完全没有可能,但也并不是说这就是对《塘上行》唯一可能的解读。一个关键的论点是:选本所构成的语境,再结合文本的异文,可以扭曲对作者归属的选择;而作者归属又会反过来加强选本与异文所共同造就的作品解读,甚至决定异文的选择。在研究中古文学时,这是一个我们必须格外小心的怪圈。

结语

以上用《玉台新咏》中的例子,探讨了几个相互关联的问题:文本载体、作者归属和文本阐释的关系,以及文学史叙事的"文化政治"。在我们讨论的诗作中,文本载体和作者归属互为表里,构成了文本的解读语境,并影响到文本异文的出现和选择。针对于此,我希望在中古文学研究中提倡一种历史主义的解读模式,它要求我们回到文本的载体也即文本的资料来源,检视不同资料来源中保存下来的早期异文,考究词语声音和意义的历史变迁,借此打破后代偏见对中古文学的阐释带来的影响。这样的阅读模式会给予我们一个新的阅读视野,修整现有的文学史叙事,或者通过实际的证据来确认——而不是盲目接受——现有的文学史叙事。归根结底,我们必须回到诗歌文本本身,而不仅仅是在文本周边打转。对诗歌文本的细读可以呈现很多问题,这些问题又往往能够以小见大,比单纯宏观抽象的议论更为可靠而准确地呈现文学史的地貌。

庾信的"记忆宫殿"：
中古宫廷诗歌中的创伤与暴力[*]

[*] 本文是笔者现阶段研究课题《早期中古宫廷诗歌的帝国书写与自我书写》（暂题）的一部分，曾在 2016 年罗格斯大学（Rutgers University）中古工作坊宣读，部分内容也曾作为笔者 2016 年 6 月在北京大学中文系、2016 年 12 月在复旦大学古籍整理研究所的演讲。中文版发表于《上海大学学报（社会科学版）》，2017 年第 34 卷第 4 期。

一个人如何回忆和书写一段创伤的经历，并进而把它转化为一件文学作品？对创伤的记忆如何决定了它在文学中的再现，同时，它的文学再现又会如何重塑一个人的记忆？二十世纪以来，随着精神分析的出现和世界大战的爆发，尤其是种族屠杀事件发生之后，对创伤的研究逐渐成为显学。但是纵观历史，导致创伤的缘由——不论是战争、死亡、暴力还是离散——一直都存在于人类社会中。在一位六世纪中国的贵族诗人身上，我们将看到这些关于创伤的记忆和文学再现等问题复杂地纠缠在一起，并对中国文学史产生了深远的影响。

这位诗人便是庾信（513—581）。庾信生于梁武帝太平统治下繁荣昌盛的梁朝，长于梁朝，然而，公元548年爆发侯景之乱，庾信和梁武帝、皇太子以及众多的梁朝宗室和臣民一起在围城中度过了血腥的五个月，目睹了种种英勇与懦弱的行为、暴力、饥馑、瘟疫和死亡。梁朝在数十年不识干戈、毫无防备的情况下迅速分崩瓦解，庾信亲身经历了梁朝的覆灭，并在战乱中失去了二子一女，最终作为南朝使臣被羁留在北方，直到去世。庾信生前被誉为文学大家，后世更是评价他为唐前最伟大的诗人之一。他现存的大部分作品都是入北以后创作的。

从任何角度来看，庾信的经历都堪称创伤体验：从宫廷中最受尊宠、前途无量的贵公子，变成流落异地的亡国羁旅之臣，熟悉的一切在一夜之间不复存在，自己也不止一次直接面临死亡的威胁。这些痛苦的经历在庾信的诗文中多有反映。然而，众所周知，宫廷诗歌是一种具有严格形式制约、以优雅得体为特征的文体。对一位杰出的宫廷诗人如庾信来说，他所经历的强烈的个人痛苦，如何以他自幼所继承、所熟悉、所浸润其中的宫体语言这一文字资源表达出来？

在本文中，笔者希望说明，对于庾信来说，正因为固有的诗歌写作传统和资源皆不足以表达创伤体验和复杂的个人情感，诗人开始尝试创建新的诗歌语言和自我书写方式；在这一过程中，以南方宫廷诗歌的材料、资源和技术为基础，庾信建构了一个错综复杂的文本的记忆殿堂。[1]通过对南朝诗歌的指涉与重写，庾信重新营造了宫廷诗歌，使它成为可以再现个人经历特别

[1] 我们现在普遍用《拟咏怀》这一题目指称庾信创作的二十七首诗。然而初唐类书《艺文类聚》在载录这些诗时仅称之为《咏怀诗》。见[唐]欧阳询，《艺文类聚》（台北：文光出版社），卷二六，页468。

是痛苦经历的媒介。

在庾信之前,对某诗人生平和时代背景只要具有大致的了解,已足以帮助读者把握其诗歌的含义。但庾信的自我书写模式却不尽然:它需要读者对庾信过去的生活经历和文本经历有着密切的、细节化的熟悉才能完全理解和欣赏他的诗歌。[2]这里的"文本经历"当然包括比较古老的文化传统如经、史、子、集中的经典著作,但更重要的是,庾信在诗中频繁地指涉和引用时间上相近的南朝宫廷中的创作。后者是属于庾信个人的文本经历,而非士人群体所共享的文本资源,它包括梁朝皇子和宫臣们在各种社交场合所创作的作品,以及庾信作为宫廷近臣所了解的梁朝宫廷文化生活的各个方面。从这个层面来看,诗人的生活经历和文本经历不可分离,庾信对创伤经历的回忆也因此和他对南朝宫廷的文本记忆紧密联系在一起。

本文讨论三首庾信《咏怀》诗——其七、其十七和其二十七。下文将首先论述庾信如何对南方宫廷诗歌的既有类型和写作常规进行变形,创造一种可以言说创伤的新的诗歌语言。之后,会集中讨论庾信在生存经验和文本经验基础上建造的"记忆宫殿"。"记忆宫殿"原指一种记忆技巧,它用视觉化的方式在脑中整理和储存信息。笔者在此借用该术语来展现庾信对南朝文本传统的化用,以及他在羁旅生活中如何近乎偏执地构造新的记忆殿堂。这个由南方宫体诗歌中的文字与意象所建构的记忆殿堂就像一个迷宫,充满了一个接一个的隔间、秘密通道和暗室。

在美国文学批评家卡茹思(Cathy Caruth)的定义中,"创伤指对瞬间发生的灾难性事件的强烈体验。对该事件的反应往往滞后,体现在无法控制的重复性幻觉和其他侵入性现象中"。[3]延宕和重复是理解创伤记忆的关键。与其说创伤是仅仅发生于过去、存在于过去的事件,不如说"一次创伤的经历并不会局限在具体的空间和地点上,因为它会不断在创伤经历者的脑中重现。正如许多研究创伤的学者认识到的,延迟不仅体现在创

[2] 这是一个较为复杂的论点,本文限于篇幅,无法深入展开讨论。虽然我在本文中着重强调了解诗人"文本经历"的必要性,但在书稿中也会论述诗人生活经历中的细节是理解某一些《咏怀诗》的关键。将阮籍(210—263)和庾信进行对比可以很好地说明这个观点:学者们经常将阮籍诗放置在诗人生平背景下来解读。他们阐释的前提是这些诗歌是在某些历史事件发生后所创作的,但对此我们其实并不能确定,因为我们并不确知这些诗的创作年代,因此,由此得出的结论只能是没有办法实证的推测。此外,人们猜测阮籍诗歌中所指涉的事件都是当时发生的重大政治事件,而非个人的生活细节。

[3] Cathy Caruth, *Unclaimed Experience: Trauma, Narrative, and History* (Baltimore: Johns Hopkins University Press, 1996), p. 11.

伤所带来的影响上，也体现在对创伤事件的体验上。很多方面，创伤本身便是记忆的一种形式，因为它只存在于记忆中"。[4] 换言之，创伤具有双重的时间性，既属于过去又存在于此刻。而在创伤写作中，记忆被一次又一次地唤回并且重构。庾信处理创伤经历的方法是不断地召回自己的文本记忆。每次它们出现在写作中时，庾信都会在此基础上重建对这些文本的记忆。作为一个作者，庾信无时无刻不在被过去的南朝诗歌文本所萦绕和折磨，它们以支离破碎的变异的形态出现在庾信的诗中，但可以被拥有同样文本记忆的读者轻易辨识出来。这是创伤记忆的一种特殊形式：与其说是面对与解决过去的心理创伤，不如说庾信陷落在梦魇般的记忆迷宫中无法逃脱。

一、对既有诗歌类型及写作常规的变形（之一）：王昭君

我们先从庾信的《咏怀》（其七）开始谈起。这首诗相对来说比较直白，但细看之后，其实并不简单。[5]

榆关断音信，汉使绝经过。[6]
胡笳落泪曲，羌笛断肠歌。
孅腰减束素，别泪损横波。[7]
恨心终不歇，红颜无复多。
枯木期填海，青山望断河。

倪璠以为诗中的女性形象属于"闺怨"传统，

---

[4] Xiaofei Tian, "Translator's Introduction," in Zhang Daye, trans. by Xiaofei Tian, *The World of a Tiny Insect: A Memoir of the Taiping Rebellion and its Aftermath* (Seattle:University of Washington press, 2014), p. 16.

[5] 关于庾信诗歌文本，本文征引出处均为逯钦立《先秦汉魏晋南北朝诗·北周诗》（北京：中华书局，1995），卷三，页 2367—2370，下文不一一注明。关于注解，笔者参考了清代倪璠的《庾子山集注》（北京：中华书局，1980，以下简称《集注》）和葛蓝、海陶玮合着论文《庾信的〈咏怀诗〉》（William T. Graham, Jr. & James R. Hightower, "Yü Hsin's 'Songs of Sorrow'," *Harvard Journal of Asiatic Studies*, 43.1 (1983): 5-55)。这篇文章包括《咏怀诗》的英文翻译和详细的评注，是葛蓝去世后由其导师海陶玮在其译文遗稿基础上整理而成的，文章主体的评注皆由海氏执笔（以下简称海文）。关于庾信诗歌中的典故，倪注和海文是最好的起点，尤其是后者，参考征引了当时可见的古今中外注本，包括倪注，吴兆宜注，余冠英选注，林庚选注，谭正璧、纪馥华选注，以及查赫（Erwin von Zach）的德文全译和傅徳山（J. D. Frodsham）的英文选译，等等（见海文，页6，注3）。笔者也参考了海文发表之后出版的庾诗注本，包括舒宝章选注《庾信选集》（郑州：中州书画社，1983），许逸民选注《庾信诗文选译》（成都：巴蜀书社，1991），杨明、谢煮编注《谢朓庾信及其他诗人诗文选评》上海：上海古籍出版社，2002），杜晓勤选注《谢朓庾信诗选》（北京：中华书局，2005）。但就本文所讨论的这几首诗来看，后人注本在标出典故方面都没有超出早期注家的范围。下文对典故的解说，凡经前人指出者皆一一注出，不敢掠美。

[6] 倪璠引枚乘《上书重谏吴王》："昔秦北备榆中之关。"（页 233）榆中也称榆林塞（今内蒙古境内）。这里泛指北部边塞。

[7] 用"束素"指女性的腰肢为常见的文学表达。该句意为腰身消瘦以至于比一束素绢更纤细。"孅"一作"纤"。

盖诗人"自言关塞苦寒之状，若闺怨矣"（《集注》，页234）。现代中外注家也大多接受了倪璠的解读，或以为诗中女性形象令人联想到蔡琰、乌孙公主、王昭君等。[8] 但在六世纪的阅读视野中，这首诗既不是描述普遍的"闺怨"，也不是泛指古时候远嫁边地的女子，而只能是最清楚不过地演绎了"王昭君"的故事。"王昭君"不仅是南朝常见的诗歌题材，而且也是梁朝宫廷乐舞节目之一[9]。[10] 庾信本人创作过两首关于王昭君的诗歌。一首题为《王昭君》，其中有道："围腰无一尺，垂泪有千行。"[11] 这里的描写正与《咏怀》第三联相似，都描述了女子瘦损的腰身和无穷的眼泪。但是《咏怀》中的两句更加巧妙："媌腰"是一个新颖别致的词，也许正因为它的新颖，后世的传抄过程中产生了更符合传统诗歌语言的"纤腰"；"别泪"当然指为分别而流下的泪水，但其字面意义是"离开［眼睛］的泪水"，这里，在诗人巧妙的文字想象中，眼泪"离开（眼睛）"导致了"秋波"——女性美目的常见比喻——的干涸（减"损"）。

这首诗包含了南朝王昭君诗歌中若干常见的主题，如音乐、哀愁、衰老、容貌的凋零和北方的严寒气候。庾信的另一首昭君诗，《昭君辞应诏》，有一联写道："片片红颜落，双双泪眼生。"[12] "红颜落"即呼应此处的"红颜无复多"。就像南朝其他一些昭君诗（尤其是沈约和鲍照的昭君诗）那样，庾信的两首昭君诗皆以演奏乐曲作为结束。[13] "音乐"的子题也在此首《咏怀》的第二联里出现。不仅如此，细读之下，庾信的《咏怀》其七是对南朝宫体诗歌的元老沈约《王昭君诗》的一首"和诗"。沈诗如下：

> 朝发披香殿，夕济汾阴河。
> 于兹怀九折，自此敛双蛾。
> 沾妆如湛露，绕脸状流波。
> 日见奔沙起，稍觉转蓬多。
> 胡风犯肌骨，非直伤绮罗。

[8] 参见海文，页23；《谢朓庾信及其他诗人诗文选评》，页98。杜注认为诗人在此诗中以张骞或李陵自况，但也承认第三、四联"此四句皆以闺怨况己之边愁"（《谢朓庾信诗选》，页178）。

[9] 据陈代智匠《古今乐录》所载，梁武帝天监（502—519）年间，宫廷乐工在晋宋旧曲的基础上创作了新的王昭君舞乐。见［宋］郭茂倩，《乐府诗集》（北京：中华书局，1979），卷二九，页425。

[10] 以《王昭君》或者《明君辞》为题的乐府被收录在郭茂倩《乐府诗集》卷二九。这组乐府较为著名的南朝作者包括鲍照、沈约、何逊、萧纲、萧纪、沈满愿等。

[11] 《先秦汉魏晋南北朝诗》，页2348。

[12] 《先秦汉魏晋南北朝诗》，页2348。

[13] 第一首的尾联为："别曲真多恨，哀弦须更张。"第二首的尾联为："方调琴上曲，变入胡笳声。"

[14]《先秦汉魏晋南北朝诗》,页1614。

[15]《先秦汉魏晋南北朝诗》,页2656。孙万寿(约六世纪晚期),北齐灭亡后自东归西的士人,在其诗作《庭前枯树诗》中,也用"枯树"来表达齐亡之后的漂泊感。《先秦汉魏晋南北朝诗》,页2641。

衔涕试南望,关山郁嵯峨。
始作阳春曲,终成苦寒歌。
惟有三五夜,明月暂经过。[14]

值得注意的是,庾信不仅采用了沈诗的韵,而且重复使用了若干相同的韵字:过、歌、波、多、河。其中"波"和"多"就连在两首诗中出现的位置都是一样的(都是第三、第四联)。"转蓬"是北方的景象,也指女性不加整理的蓬乱头发("首如飞蓬")。在沈诗中,转蓬随着昭君离中原越来越远而日渐增多,一方面是描写北地景色,另一方面也是描写任风沙吹乱头发而不加膏沐的悲哀情怀。相对于此,庾诗也以"多"为韵字,但提出"不多"的是"红颜"(以春花作为暗喻与转蓬遥遥相对)。"波"在沈诗中描写泪水(第六句),但在庾信诗中则成为美目的比喻(也在第六句),虽然沈诗的"流波"似乎俨然成为庾信的灵感:在他的想象中,奔流而去的泪波减损了美目之横波。沈诗第十六句中明月"暂经过"变成了庾信诗第二句中汉使的"绝经过"。沈诗倒数第二联中的"曲"和"歌"在庾诗第二联中分别成为胡、羌之乐(同样用"曲"和"歌")。庾信对沈约的诗歌不但进行了重写,并且留下可以察觉的痕迹,通过这种方式向前辈作家致敬。

然而,如果说庾信《咏怀》绝大部分都是昭君诗传统的"普通"变体,那么其尾联却会让一个六世纪的读者感到吃惊。如倪璠指出的,该联第一句用了溺水而死的炎帝之女精卫变成小鸟衔木石填海的典故。虽然这一典故在六朝诗歌中十分常见,但是这一神话中的复仇女性的形象从来没有在此前的昭君诗中出现过。此外,庾信用"枯木"指精卫用以填海的木石,"枯木"一词对庾信和其他羁留北方的南朝士人有着特殊的象征意义:这些士人经常用"枯木"形容自己移根异地后的枯萎状态。庾信的《枯树赋》当然是最为著名的例子,而刘臻的《河边枯树诗》也暗示了"枯木"是寓居北方的南朝士人们所共知同享的意象。[15]

对诗的最后一句,历代注家都没有给出令人信服的解释。倪璠没有提供任何注释。后代注释者或以"望"为"眺望",认为女子"欲望南方的青山,却为黄河所隔断"[16]；或以"望"为"希望"，认为女子希望青山可以截断黄河。[17] 笔者认为这句诗就和上句的精卫填海一样也含有一个典故，但与华山完全无关，用的是"窦氏青山"故事。汉文帝窦皇后的父亲在河旁垂钓时溺水而亡，景帝即位之后，窦氏成为皇太后，她派人填平河水，并在其上造起大坟，当地人称之为"窦氏青山"。在现存典籍里，这个故事见于西晋挚虞为《三辅决录》所作注："窦太后父少遭秦乱，隐身渔钓，坠泉而死。景帝立，太后遣使者填父所坠渊，起大坟于观津城南，人间号曰窦氏青山也。"也见于郦道元《水经注》。[18] 这一故事虽然明清和现代读者多不了解，却为六朝读者所熟知，并非僻典。一个典型的例子是鲍照的《石帆铭》："青山望河，后父沉躯。"钱振伦旧注以为出自《山海经》，实误，因完全无法解释"后父沉躯"四字，只有联系到窦后之父溺水而死才能说通。[19] 庾信此句，是说希望以青山切断河流，和上句"精卫期待填平大海"构成完美的对仗。

事实上，上引鲍照两句铭文的前文作"衡石桢鳐，帝子察殂"，钱氏的注释正把帝子和精卫联系起来。如此说可通，则精卫与窦后的对应也所来有自。[20] 如此，我们虽然不能说精卫填海和窦后填河的对仗完全是庾信本人的异想天开，但用两个充满怨毒的女子来结束一首歌咏王昭君的诗作却出乎意料，对于当代读者来说必然是十分震惊的——他们在此诗中一方面可以辨认出他们在昭君诗中耳熟能详的各种常见意象，另一方面也会看到庾信对王昭君主题独特的扭曲。

这个令人难忘的结尾恰恰呼应了庾信最钦佩的一位同时代作家萧纲的王昭君诗。[21] 与其他昭君诗不同，萧纲以一个视觉意象而非听觉意象来

[16]《庾信诗赋选》，页124。
[17] 海陶玮以为青山指华山，华山据称曾因阻隔了黄河水而被巨灵神劈开，故此句言女子盼望华山再次隔断河水，表示她在徒劳地希望过去的一切可以重新来过（页24）。《庾信选集》有相似的解释："庾信用青山遮断河流，这是不可能的事，比喻回乡无望。"《庾信诗文选译》、《谢朓庾信选》与此说法近似，分别称"南归的希望如精卫衔木填沧海，除非眼前的青山能够斩断东去的黄河"（页177），"谓己之南归就如希以青山阻断黄河东流一样无望"（页179）；《谢朓庾信及其他诗人诗文诗评》也以为"望"表示"希望"，因女子"南归之途为黄河所阻，故盼望青山能将其截断"（页97）。
[18] 挚虞《三辅决录》注文，引自[汉]司马迁，《史记》（北京：中华书局，1959），卷四九，页1973。郦道元《水经注》卷十："[衡漳水]又南屈，东径窦氏青山南，侧堤东出。青山即汉文帝窦后父少翁冢也，少翁是县人，遭秦之乱，渔钓隐身，坠渊而死。景帝立，后遣使者填以葬父，起大坟于观津城东南，故民号曰青山也。"见陈桥驿，《水经注校释》（杭州：杭州大学出版社，1999），页189。
[19][南朝宋] 鲍照著，钱仲联增补集说校《鲍参军集注》（上海：上海古籍出版社，1980），页130。
[20] 这两句铭文的灵感或来自左思《吴都赋》，其中有把精卫和鳐鱼联系在一起的句子："精卫衔石而遇徼，文鳐夜飞而触纶。北山亡其翔翼，西海失其游鳞。"
[21] 该诗题为《明君词》。《先秦汉魏晋南北朝诗》，页1913。

结束他的诗歌。他的尾联用了王昭君故事中的画师典故:"妙工偏见诋,无由情恨通。"画师特意在画像中丑化昭君的容貌,使她无由见到君王,更不能把情恨传达给汉帝。反观《咏怀》(其七),庾信也将整首诗建立在对"通"的玩味上,或者更确切地说,是对"不能通"的遗憾上。诗的开头写消息无法传递(音信"断")、汉使不再来访("绝"经过);虽然音乐可以不受空间的限制而飘向远方,但乐曲本身却让人"断肠"(诗中的第二个"断"字)。具有反讽效果的是,最后一联中"填"的行为本来可以把阻碍沟通的大片水域化为陆地,但也导致了河流的阻塞(第三个"断"字),从而产生了另一种堵塞和障碍。最终唯一长存不断的是女子的"恨心",它与萧纲诗中的"情恨"相呼应。

也许可以说庾信的《咏怀》(其七)是基于萧诗"无由情恨通"或者沈诗"衔涕试南望"的衍发创作,这种创作方式与南朝宫廷中流行的"赋得"相似,尤其是"赋得"前代诗歌中的名句。尾联中对精卫和窦后这两位女性复仇者的妙用既基于宫体诗歌的创作传统,同时也对它进行了转化。这样的创作方式是庾信入北后诗歌创作的一个特色,展现了诗人与其他南朝离散者们所共有的复杂的文本记忆。

二、对既有诗歌类型及写作常规的变形(之二): 边塞诗

《咏怀》(其十七)更加清楚地体现了庾信如何对不同的诗歌类型进行合并和转化,打破读者对既有诗歌传统的期待。在庾信诗里,每个诗歌类型的组成部分都清晰可见,正因如此,把它们剥离原来的语境、重新拼合在一起之后的效果也就更让人感到吃惊。这是庾信借以表达创伤的独特诗歌技巧。

> 日晚荒城上,苍茫余落晖。
> 都护楼兰返,将军疏勒归。
> 马有风尘气,人多关塞衣。
> 阵云平不动,秋蓬卷欲飞。

闻道楼船战，今年不解围。

对诗的首联，与其按照后世流行的大众诗格那种浅俗的寓言解读模式来进行阐释，认为落日象征着南朝的衰败，[22]还不如把此诗放置在早期中古时代的写作传统中，看到庾信之前的很多诗歌名作也有相似的开头。比如潘岳（247—330）著名的思乡作品《河阳县作》（其二）的首联："日夕阴云起，登城望洪河。"[23]或者谢灵运（385—433）的《南楼中望所迟客》：[24]

杳杳日西颓，漫漫长路迫。
登楼为谁思？临江迟来客。

谢朓（464—499）和何逊（？—518）对六世纪的诗人产生了巨大的影响，他们二人都创作过日夕登高眺远的诗作。换句话说，庾信的《咏怀》（其十七）的首联就和中古任何一首登高主题的诗歌不无相同之处：诗人登高，眺远，思念家乡或友人。但是，这种"熟悉感"很快消失，读者被首联所激发的预期受到了挑战。

在早期登高眺远诗歌中，我们经常看到一位处于特定时间和空间中的历史人物，也即诗人自己，他向读者描述自己此时此刻眼前所看到的景象。与此相反，庾诗第二联"都护楼兰返，将军疏勒归"却把读者引入一个不同的诗歌世界。这两句诗之所以非常奇怪，是因为它们"不属于"登高望远的诗歌类型，而属于南朝诗中一个特殊的亚类别——边塞诗，在这一诗歌类型中，诗人描写想象中的北方边塞生活和征伐。

边塞诗中充斥着中亚和西北边塞的地名，比如说"楼兰"和"疏勒"，它们共同创造出一种异域情调；而"都护"和"将军"也是这类诗中常见的对偶项。比如：

王训（511—536）《度关山》："都护疲诏吏，将军擅发兵。"[25]

戴暠（六世纪上半叶）《度关山》："将军

[22] 海文，页40。
[23]《先秦汉魏晋南北朝诗》，页633。
[24]《先秦汉魏晋南北朝诗》，页1173。潘岳和谢灵运的诗都录入《文选》中，是中古读者熟悉的名篇。
[25]《先秦汉魏晋南北朝诗》，页1717。

[26]《先秦汉魏晋南北朝诗》，页2100。
[27]《先秦汉魏晋南北朝诗》，页1866。
[28]《先秦汉魏晋南北朝诗》，页2348。
[29] 海文，页40。事实上，公元575年北周对北齐进行军事征伐时，北周就曾派遣战船从渭水进入黄河。[唐] 令狐德棻等，《周书》（北京：中华书局，1971），卷六，页93。笔者也并不认为这首诗反映了"诗人初到长安时的印象，第一联暗指梁朝的灭亡。"在笔者看来，诗歌描绘的图景是雄心勃勃的北周王朝对统一天下怀有的强硬冷酷的决心，是对中亚、南陈、北齐不断的军事征战。但我们已无从考证这首诗歌创作的具体年代和背景。

一百战，都护五千兵。"[26]

刘孝威（？—549）的《骢马驱》："且令都护知，愿被将军照。"[27]

庾信《出自蓟北门行》：将军朝挑战，都护夜巡营。[28]

六世纪边塞诗中"将军"和"都护"频繁的并提，以及"楼兰"和"疏勒"的对仗，必然会让当代读者在庾信的诗句中听到"边塞乐府"的声音，而不会去追问这些词语背后是否有什么样的具体指称。同样，第三和第四联中，战马、将士、阵云和转蓬也可以看作边塞诗中常见的笼统、概括性的描写。但与此同时，我们的阅读习惯再次受到挑战，因为边塞乐府中表达的情感倾向于积极和雄壮，诗中的主角经常是追求建功立业的战士，当然他有时也会愁苦思乡，但他从来都不会在诗中登高远眺——所有的中古读者和作者都知道，登高远眺乃是抒情诗人的传统作为。

对边塞诗最严重的违背是诗歌的尾联："闻道楼船战，今年不解围。"这一联出现在这里十分反常。虽然海陶玮所持的"北方的战争不用楼船"这一观点并不完全准确，但考虑到诗歌的上下文和边塞乐府的地理设定（中亚和西北），战船出现在这里的确出人意料。不但南朝边塞诗从来不会提到楼船与水战——诗歌传统规定了"边塞"只能是西北边疆，而且楼船的意象与前文楼兰和疏勒归来的马上将士意象很不谐调。[29] 同样值得注意的是，诗人不是看见而是"闻道"水战的消息，这一细节，加上诗中给出的确切的时间点"今年"，为此诗增添了一种带有特定性、现实性的历史感，从而完全打破了从第二联到第四联所构建的笼统概括的边塞描写。可以说，尾联从笼统概括的边塞乐府，回归到抒情诗人所采取的姿态，他登高远望，怀念故乡或者友人，与首联遥相呼应，构成了一个完整的框架，传达了一个特定的历史人物也就是诗歌作者本人的声音，而不是边塞诗中假想出来的无名将士的声音。

从审美角度来看，水战的僵持和兵阵般凝固在地平线上的乌云构成了一种形式上的平衡。空气的静止无风是云朵移动缓慢的原因,也导致了秋蓬——羁旅的象征——暂时的停滞。但所有的停滞只是片刻——秋蓬"欲飞",太阳夕落,诗人也将走下城墙,今年之"不解围"也很快便会以征服者的胜利告终。一个城市、一个王国所面临的灭亡的命运,暂时在诗中悬而未决,诗的结尾指向结尾之后的未来时刻。

在这首诗中,诗人建设起读者的预期,只是为了最终打破预期。《咏怀》(其十七)成为一个元诗文本(meta-poetic text),合并了两种不同的诗歌类型:一个类型是特定历史语境中的人物(也即诗人自己)登高眺望远方,另一个类型是对西北边塞的想象。庾信不断扭曲、改变熟悉的诗歌类型,正是因为固有的诗歌语言传统和写作规则已经不足以言说他的个人经历。

三、魂与影:宫体之追和

组诗的最后一首,《咏怀》(其二十七),是一首对江陵陷落和萧绎之死的挽歌。虽然名义上萧梁政权在北朝的支持下作为"后梁"继续存在,但江陵的陷落和萧绎之死标志了梁朝事实上的灭亡。这首诗不仅深深地根植于南方宫廷创作的传统中,而且直接回应了两位梁朝皇子作诗唱和背后的具体事件。诗人以复杂的文本回声进行往事追忆,使梁朝宫廷旧影重现。这既是对宫廷社交场合下诗歌创作规则的严格遵守,同时也是对规则的刻意抵抗和施暴,因此诗歌本身就演示了诗中所描写的暴力与创伤。

> 被甲阳云台,重云久未开。[30]
> 鸡鸣楚地尽,鹤唳秦军来。[31]
> 罗梁犹下礌,[32] 杨排久飞灰。[33]

[30] "阳云台"自然令人想到《高唐赋》中楚王与巫山神女的梦会。见《集注》,页249。

[31] "鸡鸣"指垓下之围时汉军所唱楚歌,让被围的楚军以为汉军已尽得楚地。"鹤唳"则指淝水之战东晋部队大败后秦,秦军在逃亡时,连风声鹤唳都以为是追兵。这里,庾信对这些典故做出带有讽刺意味的翻转:对于失败的南朝部队来说,鹤唳似乎意味着北人的到来。"秦"在庾信的作品中常用来指称西魏。见《集注》,页249。

[32] 倪璠注此句惟注"礌"字。然此句用典实出潘岳《马汧督诔》。见[清]严可均,《全上古三代三国六朝文》(北京:中华书局,1987),页1994。西晋大臣马敦(?—297)曾组织将士奋勇反抗狄人的围城。潘岳在马敦诔文的序言中生动描绘了守城者的策略:他们用铁索系住梁栋从城上投下去打退敌人,随后再用铁索把栋梁拉上来重新开始下一轮攻击("于是乎发梁栋而用之,罗以铁镣机关,既纵礌而又升焉")。诔文中有一句为"罗梁下礌"。我怀疑本诗中的"罗"是传写错误,应作比较少见的"罗"。"罗梁犹下礌"意谓[铁索]拴系的栋梁仍然在被不断投下。

[33] 关于这句的典故,倪璠引[南朝宋]范晔撰《后汉书·杨璇传》(北京:中华书局,1965,卷三八,页1288):杨璇在皮囊("排囊")中装满石灰然后向敌兵扬洒,使敌兵暂时失明。见《集注》,页249。笔(转下页)

出门车轴折，吾王不复回。[34]

这首诗的含义可以在不同的层面上进行理解。对任何一个古代读者来说，只要对古典文本传统具有基本了解，则诗的字面意义不难解读；而现代读者在注释的帮助下也能够获得基本的理解。在上文脚注里，笔者对典故略做说明，除了对第三联做出新解之外，其他部分都与前人注释基本相同。然而，在更深的层面上，这首诗是对一起发生于梁代宫廷的历史事件和文本事件的回应。如果我们不熟知庾信所"引用"与重写的特定诗歌文本，那么个中妙处也就无从领会。

诗一开始便与既有的文学传统格格不入，对典雅的宫廷风格构成一种挑战。"阳云台"早已因《高唐赋》而成为欲望场所的代称，楚王在此与巫山神女梦中相会，神女在离开之前说："朝为行云，暮为行雨。朝朝暮暮，阳台之下。"[35]在五世纪，"阳云台"或"阳台"随着汉鼓吹曲辞《巫山高》在南朝的复兴而变得流行。江淹（444—505）的诗句可以说最为言简意赅地概括了该意象与情思欲望之间的关系："相思巫山渚，怅望阳云台。"[36]但在庾信笔下，浪漫的阳云台和"被甲"出现在同一句诗之中却让人感到匪夷所思、惊讶震撼，而宫廷诗歌的审美趣味是不允许惊讶震撼的。

另一方面，对于梁朝侍臣来说，阳云台不仅仅是一个文学典故，它也是一个真实存在的地理空间。湘东王萧绎在成为荆州刺史之后，在江陵起造了一座湘东园，在园中的假山上修筑号称"阳云"的楼台："山上有阳云楼，极高峻，远近皆见。"[37]在荆州期间，萧绎爱上当地女子李桃儿，当任期结束、回朝述职时，他将李桃儿也带在身边。然而，人口的流动在梁朝是受到严格控制的，萧绎的行为触犯了当时的法律。萧绎的继任也即他的兄长萧续（506—547）威胁要把此事告发给皇上。萧纲试图在两位弟弟之间调停斡旋，

（接上页）者认为"杨排"（扬、杨通用）在诗中也可能是指杨木做的盾牌。庾信精通《左传》，据《左传》记载："[乐祁]献杨楯六十于简子"（《左传·定公六年》）。据胡三省（1230—1302）《资治通鉴注》："牌，古谓之楯，晋、宋之间谓之彭排，南方以皮编竹为之，以捍敌，北人以木为之。《左传》乐祁以杨楯贾祸，盖北方之用木也尚矣。"见〔宋〕司马光《资治通鉴》（北京：北京古籍出版社，1956），卷二二二，页7134。事实上，"牌"或者"彭排"一直在唐代仍在使用，"牌"或写为"排"（如《周书》卷二九，"雄身负排"）。

[34]汉临江王（？—前148）有罪，被召往长安接受惩罚。在出江陵城北门时，他所乘车的车轴折断。江陵父老看到后泣言："吾王不反矣！"临江王果然在到达京城后自杀而亡。见《集注》，页250。

[35]《全上古三代秦汉三国六朝文》，页73。

[36]《先秦汉魏晋南北朝诗》，页1580。

[37]《渚宫故事》，见〔宋〕李昉等，《太平御览》（台北：台湾商务印书馆，1975），卷一九六，页1075。

但没有成功。萧绎迫于无奈，不得不把李桃儿送回荆州。[38] 随后萧绎前往江州担任刺史，在那里，他作诗表达对李桃儿的思念，并称她为"阳台人"。[39] 此事在当时尽人皆知。

萧绎在荆州，和李桃儿情好浓密之际，曾写过一首题为《咏阳云楼檐柳》的诗：[40]

> 杨柳非花树，依楼自觉春。
> 枝边通粉色，叶里映吹纶。[41]
> 带日交帘影，因吹扫席尘。[42]
> 拂檐应有意，偏宜桃李人。

虽然表面上是一首咏物诗，这首以柳树为题的诗实际上是一曲赞美李桃儿的情歌，李桃儿的名字以"桃李[人]"的形式出现在最后一行。"粉色"（红粉胭脂的颜色）和"吹纶"（服饰的材料，也指柳絮）明确点出了女性的在场。第三联提到"帘"和"席"，暗示了内室空间的情爱场景。室外，预示着春天的轻柔柳枝正在"依楼"和"拂檐"，这个形象巧妙地与室内的情欲相融合，同时也严守了"咏物诗"的规则，使整首诗的描写从未离题，自始至终围绕柳树展开。最后一句照应第一句，完成诗歌所要传达的信息：虽然柳树并非开花之树，但它们却最为合宜地烘托出了春天的"桃李人"。

萧纲完全理解这位皇弟的心意。他的和诗构成了庾信《咏怀》（其二十七）的蓝本，因此值得我们细致地阅读和讨论。[43]

> 暧暧阳云台，春柳发新梅。[44]
> 柳枝无极软，春风随意来。
> 潭沲青帷闭，玲珑朱扇开。

[38] [唐] 李延寿，《南史》（北京：中华书局，1975），卷五三，页1321—1322。
[39] 萧绎的诗题为《登江州百花亭怀荆楚》。《先秦汉魏晋南北朝诗》，页2048。和诗的作者有朱超和阴铿（约六世纪四十年代至六十年代）。我在书稿中讨论了这组诗篇。
[40] 《先秦汉魏晋南北朝诗》，页2053。
[41] "吹纶"是一种丝织品，此处也可用来指柳絮，如"吹纶絮"。
[42] "吹"指风管，但也可以指风。
[43] 《和湘东王阳云楼檐柳诗》，逯钦立，《先秦汉魏晋南北朝诗》，页1959。
[44] "春柳"一作"春椒"，但后者并没有出现在《艺文类聚》中（卷八九，页1533）。虽然"春椒"在诗句中看起来似乎更为通顺，但诗的主题是"柳"而非"梅"，因此"春椒"并不合适。此外，诗的第二联明显是继续"春柳"的话题：第一句以"柳"为开头，第二句以"春"为开头。这是中古诗歌常用的创作技巧。

佳人有所望，车声非是雷。

这首诗堪称"和诗"的典范之作：不仅每一联都照应萧绎的原诗，而且演绎和发挥了原诗中可能被粗心的读者所忽视的细节。首句模仿汉魏之际的"古诗"用叠字开头，同时巧妙地与原诗进行对话，引读者注意到萧绎原诗对陶渊明诗句的化用——陶渊明是萧氏几位皇子特别欣赏的作家：

榆柳荫后檐，桃李罗堂前。
暧暧远人村，依依墟里烟。[45]

萧绎原诗的开头与结尾含有很多对陶诗的回声："檐"旁的柳树，"桃李"，形容炊烟的"依依"被转化为对柳树的描写（"依楼"）。萧纲的和诗则选取了陶诗中的"暧暧"二字，似乎是在暗示萧绎他完全理解萧绎的文本意图。"暧暧"也贴切地适用于新语境——阳云台因朝为行云暮为行雨的神女的在场而笼罩在迷蒙的云雾中。

萧纲诗的第二句，"春柳发新梅"，简明扼要地概括了萧绎第一联中的关键词：春、柳、花树。（花树在萧绎诗中是以否定状态出现的："非花树"。但同时，萧绎诗中的"粉色"有双重含义，既可以理解为女子的脂粉，也可以指梅花的颜色，因此"新梅"可能照应"粉色"。）

萧纲诗的第二联柔情骀荡，同样与萧绎诗第二联一一对应：第一句写柳枝，"软"不仅描写了枝条在春天的新生命，也暗示着女性的旖旎，响应了萧绎诗"枝边通粉色"；第二句写春风，间接指向萧绎诗中的"叶里映吹纶"。

第三联中的"潭沲"为双声联绵词，描写水的波纹，但这里指青色帷幕的飘动（萧绎诗第三联中的"帘"）。"青"既是开冻池水的颜色，也是柳树的颜色。帷幕的飘动也照应了萧绎诗第五句中的风"吹"。萧绎诗第三联中的"日"光，在萧纲诗中出现为"玲珑朱扇"，玲珑有明彻之意，令人想到鲍照诗"白日照前窗，玲珑绮罗中"。朱门打开，王子进入内室，垂下的青帷分隔出一个浪漫的私人空间，呼应了萧绎第三联中内景与外景的结合。

[45] 见陶渊明的名篇《归园田居其一》。《先秦汉魏晋南北朝诗》，页991。

萧绎诗的尾联明确地写到"桃李人",这位"桃李人"果不其然也出现在萧纲诗的尾联,也就是期盼情人来临的"佳人"。"车声非是雷"巧妙地结束了全诗,"非"呼应萧绎诗的第一句"杨柳非花树",此句的典故出处是西汉司马相如的《长门赋》:"雷殷殷而响起兮,声象君之车音。"[46] 但《长门赋》描写了失宠与失望,萧纲诗句则翻转原典,预示着美满的结局。

我们还可以进一步指出,在传统宇宙观中,"雷"也代表君王和皇太子。[47] 也许,一方面明写萧绎的车声,一方面萧纲也用"非是雷"在半开玩笑地提醒萧绎他只是诸王之一。不过,我们用不着给这一解读太多的分量,就算萧纲真是意在提醒萧绎记住他的身份,这也不过是一个兄弟之间的轻松手势,其中的含蓄语气也许只有以梁朝皇子的细腻才能察觉。

如果说萧纲的诗是对萧绎的完美回应,那么庾信的诗则是与萧纲诗的对话。庾信诗所押的韵与萧纲诗相同,甚至用了三个相同的韵字:台,来,开。虽然在后代"和韵"成为非常普遍的创作方式,但据我们现有的材料来看,这种形式在唐前的诗歌中绝无仅有。因此,庾信不仅采用相同的韵部而且采用相同的韵字来进行创作,是和韵在六朝时期非常罕见的先例。

在庾诗开头,萧纲笔下充满浪漫情调的"暧暧阳云台"一变而为杀气重重的"被甲阳云台"。带有浪漫欲望色彩的湿润雨云变成了象征军阵的乌云——"重云久未开",这也让读者想到《咏怀》(其十七)中的"阵云平不动",没有日光能够穿透这团压抑的乌云。萧诗中"随意来"的春风变成秦军"来"至楚地。《高唐赋》中与神女欢会的楚王成为被敌军围困、走投无路的另一个楚王——"西楚霸王"项羽。萧诗中如管吹一般的春风被换化为"鹤唳",而"鹤唳"在原典中正与"风声"并提,让奔逃的士兵惊惧不已。

萧纲诗的第三联描绘了低垂的帷幕和开启的朱门,浓情密意的私人空间在庾信的诗中却变成了血腥残酷的战争场景:江陵驻军试图坚守城池,抵挡西魏军队,但最终没有作用,情人的来临被换化为敌军的暴力入侵。最终,王子的隆隆车声也在折断的车轴中得到回应,佳人对王子情人的殷切盼望变成了江陵父老的悲叹:"吾王不反矣!"

[46]《全上古三代秦汉三国六朝文》,页 245。西晋诗人傅玄(217—278)残诗有云:"雷隐隐,感妾心,倾耳清听非车音。"《先秦汉魏晋南北朝诗》,页 575。

[47]《文选》中《长门赋》序称此赋是为汉武帝陈皇后所作。[梁]萧统,《文选》(上海:上海古籍出版社,1994),卷一六。

只有当我们记住皇子车驾的"雷声",我们才可以真正理解庾诗描写战争的第三联,这也是诗人对萧纲诗最重要的改写。范晔(398—445)《后汉书·袁绍传》中有一段关于战争的记载,庾信在《咏怀》(其十二)中也曾对之进行引用:

绍为高橹,起土山,射营中,[营中]皆蒙楯而行。操乃发石车击绍楼,皆破,军中呼曰"霹雳车"。[48]

我们不难发现这一文本在庾诗中的回声:萧纲笔下的车声与雷声,不但使庾信写出"车轴折",也让人联想到"霹雳车"和投梁下礌、蒙楯而行的艰苦战斗;两位皇子诗中柔软泛青的柳树被转化为已经死掉的木头——也即用来制造盾牌的材料("[杨]柳"也是"杨"),并最终化为灰烬。这里值得现代读者注意的是,对中古读者来说,"飞灰"不会让人立刻想到"灰飞烟灭",这是因为在中古写作中"飞灰"多半指从律管里飞出的葭灰,[49]因此,庾信诗中以"飞灰"写杨排之烧毁化灰随风飞扬,实际是对萧绎诗之风"吹"和萧纲诗之"春风"的重写与颠覆,他对"飞灰"一词如此违反常规的使用,可以让我们想象中古读者在读到这句诗时的震撼。

庾信在萧诗创作多年之后写下了一首不寻常的"和诗",在中国古典文学传统里,这类作品被称为"追和"。通过追和,庾信在北方的流亡生活里复制梁代宫廷创作的社交场合,虽然他在写作时远在异地,两位萧梁皇子也早已化为异物,但他仍然在进行"应令"创作,并完美地施展了宫廷诗人的诗技。他的诗严格遵循和诗的原则,对原作亦步亦趋,甚至回应了萧纲诗尾联的微妙语气:通过把萧绎和西汉的一个藩王相提并论,庾信似乎是在暗示萧绎称帝是一种僭越。[50]在中古写作中,君主的去世经常以"鼎湖升天"或者"帝舜苍梧"等婉辞表达,西汉王子折断的车轴并不符合当时对帝王薨逝的描写

[48]《后汉书》,卷七四,页2400;[晋]陈寿,《三国志》,(北京:中华书局,1959),卷六,页199。

[49] 古人把葭灰置于律管中,放在不通风的密室里,据说某一节候到,相应律管的葭灰即飞出,据此可占节候。中古诗歌中可以看到很多如此使用"飞灰"一词的例子,如唐代阴行先《和张燕公湘中九日登高》:"重阳初启节,无射正飞灰。"或杜甫《小至》:"刺绣五纹添弱线,吹葭六琯动飞灰。"

[50] 庾信对萧绎的评价非常负面,在《哀江南赋》中,他指责萧绎拒绝出兵援救被侯景围困在京城的皇帝和太子,反而为实现个人野心或报复而屠杀兄弟子侄。

常规。

  诗中的一切都恰到好处，而又极为反常。正因为庾信在诗中完全遵循"应令"写作的常规，读者所感受到的颠覆和震撼也就更加强烈。在最基本的层面上，庾信的诗歌是萧纲诗的镜像，他回应萧纲一如萧纲回应萧绎：和诗对原诗作出回答、评论、扩充和改变。然而，与萧氏兄弟的和谐对唱完全不同的是，庾信的和诗对原诗的内容施加了语义的暴力，在这一方面刻意违背了宫廷创作的惯例，有意制造出震惊和干扰颠覆的效果，这正是庾信用具有严格形式制约的宫体诗歌来书写强烈个人创伤的尝试。

（寇陆 译）

错置：
一位中古诗人别集的三个清抄本*

> * 本文译自 "Misplaced: Three Qing Manuscripts of a Medieval Poet," *Asia Major*, 20.2（2007）：1–23. 中文版由卞东波、叶杨曦翻译，题为《误置：一位中古诗人别集的三个清抄本》，发表于《古典文献研究》，2012年第15辑；也曾收入《中国古典文学研究的新视镜》（合肥：安徽教育出版社，2016）。

虽然王绩（590？—644）也许算不上唐代最重要的诗人，但可以肯定的是，一千多年来其文集的流传呈现给我们的是戏剧性的迂回曲折。最近一次发生在不到二十五年前，当时发现了《王绩集》的三种抄本，其中一个本子抄写于十八世纪，另两个则均抄写于十九世纪。[1]尽管出自众手，但这三个抄本在排序和内容上完全相同，代表了一种被认为是已佚的《王绩集》版本。[2]与通常流传的刻本相比，这个新发现的抄本系统的版本多出近百篇诗文，共有五卷，而通行的版本为三卷。[3]这一发现使《王绩集》的内容扩充了两倍，并且极大地改变了对其作品的批评接受，这确实可以被认为是二十世纪中国古代文学研究最重要的发现之一。不过，尽管它很重要，这一发现实际上却并非《王绩集》流传史中最激动人心的部分，因为如果综观整个流传史，我们就会发现文集的规模起初在缩小，然后扩大，接着愈发膨胀，这一过程给我们提出了很多从中古时期到中华帝国晚期有关诗人、编者、读者、抄手以及刊印者之间互动关系的谜题与有趣的视点。

在本文中，我将讨论王绩辞世后不久即编成的《王绩集》原本被一位八世纪晚期的编者按照当时的特殊文学风尚作出去取，从而出现了一个受到"中唐"文学趣味影响的选本；由于这一选本日后变成了最通行的版本，并在中华帝国晚期多次刊印，王绩的形象遂被扭曲为一位风格质直朴拙、似乎带有"复古"倾向的诗人，这一形象掩盖了王绩对南朝宫廷诗歌传统的继承。他最重要的诗歌榜样不是别人，正是庾信（513—581）。

---

[1] 一个抄本是大兴朱筠（1729—1781）的家藏抄本。陈文田于1865年寓居北京宣南地区时曾抄写此本，宣南是清代汉人聚居地，进京赶考的文人经常居住于此，陈文田很可能是位外省文人。第三个本子为山东诸城李樾（1793年进士）1814年以后所抄。关于这些抄本的真实性与谱系，参见张锡厚《关于〈王绩集〉的流传与五卷本的发现》，载《中国古典文学论丛》（第一辑）（北京：人民文学出版社，1984），页70—95；此后收入其专著《王绩研究》（台北：新文丰出版社，1995），页161—203。亦可参韩理洲校点《王无功文集五卷本会校》（上海：上海古籍出版社，1987），页7—10。

[2] 也有人提出这些更全的抄本也许包括王绩原集里本不存在而后来才从"其他文本来源"中被归为王绩的诗作。但考虑到宋前诗文的文本传播方式，这种情况不大可能。在北宋的某一特定时间段以后，宋前文学的文本资料来源已被稳定化和标准化，这些资料来源绝大部分至今为我们所知，在中华帝国晚期，除非是刻意伪造，人们通常并不会从我们现在完全不了解的"其他文本来源"中突然找到一首唐代佚诗。

[3] 五卷本的《王绩集》似乎从未刊印过，因此仅为极少数人所知。王重民（1903—1975）认为它在元、明之际已经亡佚，见王重民《敦煌古籍叙录》（北京：商务印书馆，1958），页286。万曼（1903—1971）提到他曾于北京图书馆（现中国国家图书馆）"善本"书目中发现过五卷本的《王绩集》，但他并未亲见也未继续考察，见万曼《唐集叙录》（北京：中华书局，1980），页2。《唐集叙录》在作者辞世后的1980年出版，直到那时，此条关于《王绩集》的信息才引起学者的注意。韩理洲和张锡厚似乎同时开始追踪五卷本《王绩集》，并分别于二十世纪八十年代初发表研究成果。在《王绩研究》后记中，张锡厚提及，受《唐集叙录》启发，他在1982年找到了三个五卷本，然后于1983年完成对版本的校勘整理；但由于种种原因，他的专著直到1995年才出版（作为《王绩研究》[转下页]

庾信是六世纪下半叶最著名的诗人，其诗作代表了南朝宫廷文学的最高成就，并具有鲜明的个人色彩。本文试图重建王绩（及庾信）的文学"谱系"，同时希望引起读者关注王绩个案所蕴含的某些重要议题：在唐代，诗歌趣味的变换如何影响一位诗人选集的制作；这一选集在后代又如何影响文学史的书写；以及在我们的中国古典文学研究中，尤其是在中古文学的研究中，手抄本文化及其后来与印刷文化之间的互动关系是一个我们不能再继续忽视下去的重要因素。

王绩与他的两位编者

王绩，号东皋子，大约590年生于一个世族家庭，祖上可追溯到著名的太原王氏。[4]其兄王通（584？—617）是一位重要的儒家学者。由隋（581—618）入唐（618—907），王绩宦海沉浮。尽管少年时即因写作而成名，但他从未当过任何高官，并在晚年归隐于家乡绛州龙门（今山西河津）。他的诗作多与隐居、饮酒和无拘无束的生活相关。传统上王绩被看作一位隐士与饮者，阮籍（210—263）或陶潜（365？—427）的后身；王绩的诗风多被认为是受到了陶潜的影响。[5]王绩于644年去世后，其作品被友人吕才（600—665）编为五卷。吕才为五卷本作有长序，其中包括有关王绩生平的详细传记资料。[6]

放荡不羁的隐士形象在一定程度上符合王绩诗歌内容的实际，但中唐人陆淳（卒于805年）编纂删节本《王绩集》时所撰的序文把问题变得

[接上页]的一部分），见《王绩研究》，页445—448。另一方面，韩理洲校勘整理的版本是基于他对三个五卷本和一系列三卷本的研究，出版于1987年，此书从那时起一直为唐代文学研究者所广泛使用。

[4] 王绩在正史中的传记，见刘昫等，《旧唐书·隐逸传》（北京：中华书局，1975），卷一九二，页5116。更详细的版本为欧阳修等撰《新唐书》（北京：中华书局，1975），卷一九六，页5594—5596。关于英语学界对王绩的研究，可参宇文所安《初唐诗》中有关王绩生平与诗歌的部分（Stephen Owen, *The Poetry of the Early Tang* [New Haven: Yale University Press, 1977], pp. 60–71）。但此书撰于五卷本《王绩集》发现之前。近期出版的一部关于王绩的专书研究利用了五卷本，详参Ding Xiang Warner（丁香），*A Wild Deer amid Soaring Phoenixes: The Opposition Poetics of Wang Ji*（《飞凤中的野鹿：王绩的对抗诗学》）（Honolulu: University of Hawai'i Press, 2003）。

[5] 例如，韩愈（768—824）《送王秀才序》是最早将王绩与阮籍、陶潜联系在一起的表述之一，见屈守元、常思春编，《韩昌黎全集校注》（成都：四川大学出版社，1996），页1592。陈振孙（活动于1211—1249）提及，王绩曾像阮籍那样求一个职位，以求与一位善酿者为邻，见《直斋书录解题》卷十六，《景印文渊阁四库全书》（台北：商务印书馆，1983），册六七四，页798。马端临（1254—1323）撰《文献通考》（北京：中华书局，1986）卷二三一页1843引《周氏涉笔》云王绩把"渊明古体"化入自己的律诗（关于《周氏涉笔》的研究，可参论卫敏的近作《周氏涉笔考》，载《古籍整理研究学刊》，2007年第1期，页89—93）。这一观点得到后代众多论者的赞同，如闻一多（1899—1946）认为"王绩的诗，可说是渊源于陶渊明的"（张志浩、俞润泉注，《闻一多选唐诗》[长沙：岳麓书社，1986]，页480）。张锡厚认为王绩"自比阮籍、陶潜，作诗也模仿他们"（《王绩研究》，页235）。

[6] 参见《王无功文集五（转下页）

复杂化。陆氏在文中说：

> 余每览其集，想见其人，恨不同时得为忘形之友，故祛彼有为之词，全其解愠之志，庶乎死而可作，无愧异代之知音耳。

陆淳所做的就是对吕才所编的《王绩集》进行删除选编，这种做法在唐代相当普遍，当时文集很少以全集形式流传，而常常以"小集"的形式出现。这一选本，正如陆淳想让我们相信的，代表了一种纯粹基于意识形态的选择：为了保持王绩隐士形象的完整性，他删去了所有表现其"有为"的诗作。但这种说法可信吗？换句话说，所有被陆淳删除的作品真的全部都是"有为之词"吗？要回答这一问题，我们不能只看被陆淳收进集子中的作品，更重要的是看那些被陆氏删削的诗作。

这里我们似乎面临着一个困境，因为陆淳的版本已经亡佚。许多学者相信陆淳的版本就是中华帝国晚期通行的三卷刊本。这种想法是怎么产生的？其根基是否牢靠？对这些问题的回答需要我们简短地考察一下通行三卷本的历史。

三卷本《王绩集》主要有两种版本，本篇论文在写作过程中都参考过。[7] 前者为赵琦美（1563—1624）整理的手抄本，有作于1607年的题跋。赵琦美在跋语中称其抄自焦竑（1540—1619）收藏的一部手抄本。此本刊于十七世纪初，有黄汝亨（1558—1626）的序，此即《四库全书》本的底本。[8] 第二个版本为孙星衍（1753—1818）手抄本，孙氏称其抄自余萧客（1729—1777）藏手抄本。[9] 余萧客则云其于1775年抄自吴松岩之"影写北宋刻本"。然而，无论是孙星衍还是余萧客，都没有看到这部"北宋刻本"本身，也未详述此本的来历，这使得该说法疑影重重。毕竟在他们所处的时代，夸耀一个版本源自北宋本或南宋本

（接上页）卷本会校》，页1—5；《王绩研究》，页23—27。

[7] 除了两种主要的版本，还有一种有1602年林云凤题跋的手抄本，与赵本、孙本非常不同，后文会论及。

[8] 张锡厚称《四库全书》本底本为曹荃（1628年进士）1641年刻本，见《王绩研究》，页176。但此观点似乎不确。四库馆臣称《四库全书》本《王绩集》的底本为"明崇祯（1628—1644）中刊本"，见"王绩《东皋子集》提要"，《景印文渊阁四库全书》，册一〇六五，页2。张氏也许是受到这一说法的影响。我怀疑此"明崇祯中刊本"或源于黄汝亨作序的刊本，或即是黄作序的刊本，因为一个版本不见得总是在序文写就后立即付印。赵琦美抄本后被影印收入《四部丛刊续编》（上海：涵芬楼，1934）。

[9] 孙星衍抄本为罗振玉（1866—1940）唐风楼1906年刊本所据之底本。

以抬高版本的价值是很平常的事情。孙星衍在序中推测这一三卷本即为陆淳的删节本。[10] 现代学者王重民亦持此论。[11]

但没有确凿的证据支持这一推测。相反，《宋史·艺文志》与北宋皇家藏书目《崇文总目》均著录《王绩集》为二卷本，且《宋志》明言二卷本为陆淳所编。[12] 张锡厚详考了这一问题，由于现存宋代材料都未提及三卷本，他推测说三卷本为南宋甚或南宋以后由陆淳二卷本扩充而成。[13] 张氏还认为，尽管流传范围不广，陆淳所编二卷本似乎在中华帝国晚期依然存在。他引用王文进（1894—1960）《文禄堂书籍目》称上海松江韩德均藏有一部明抄本。[14] 张氏亦称曾听闻山西省临猗县图书馆藏有彭元瑞（1731—1803）手抄的二卷本《王绩集》，他前往访书，但被告知图书馆在暴风雨中倒塌，所有藏书均移至他处，两卷本《王绩集》在搬迁中下落不明。[15] 在这个情况里，两卷本抄本只是作为地方现象存在，从未进入国家层面，与三部因藏于大都市图书馆而被"发现"的抄本相比，命运有云泥之别。这一事件提醒我们，尽管印刷文化繁荣昌盛，但手抄本直到十九世纪晚期仍是重要的传播方式，许多稀觏之本以抄本形式而非刻本形式流传。

在陆淳两卷本亡佚的情况下，可以比较五卷本与曾经通行一时的三卷本，后者很可能是陆淳版本的扩充。值得注意的是，许多五卷本多出的佚诗主要描写的正是隐逸生活。以一些明显的诗题为例：《被征谢病》、《读真隐传》、《山家夏日》、《山中避暑》、《性不好治产兴后言怀》，以及题意明确的《咏隐》。粗略统计下来，五卷本中多出的六十余首诗中，有超过一半都是描写王绩的隐逸生活。陆淳也许削除了王绩的"有为之词"，但他似乎同时也删去了符合其选择标准的诗作。这里的问题是：陆淳编选时是否有什么其他的取舍标准？

[10] 孙星衍序，见《王无功文集五卷本会校》，页228；《王绩研究》，页401。
[11] 王重民，《敦煌古籍叙录》，页284—285。关于赵本与孙本版本异同的比较，见《王绩研究》，页175—176。
[12]《崇文总目》卷十一著录"《东皋子集》二卷"。见《景印文渊阁四库全书》，册六七四，卷一一，页133。《宋史》则著录为"陆淳《东皋子集略》二卷"。[元] 脱脱等，《宋史》（北京：中华书局，1977），卷二〇八，页5392。
[13]《王绩研究》，页168—171。
[14]《王绩研究》，页169。王文进是北京著名古书商，文禄堂是其书店店名。他撰有《文禄堂访书记》，其中著录其经手的七百余部宋、元、明、清刊本与抄本。此书提及两种《王绩集》抄本，但均为三卷，见《文禄堂访书记》（北京：文禄堂，1942），卷四，页5a。
[15]《王绩研究》，页201。《文禄堂访书记》中著录的一种《王绩集》抄本同样来自彭元瑞的收藏，在1861年山西人董文焕（1833—1877）所校并有董氏手书题跋。此本不知是否即为临猗县所藏本，因为"二卷"与"三卷"在抄写时容易混淆。

陆淳的真正编选标准探赜

[16] 林云凤题跋见《王无功文集五卷本会校》，页223。
[17]《王绩研究》，页171—172。三卷以文类而非作品数量划分：首卷为赋，次卷为诗，末卷为文。

上述问题又把我们带回陆淳版本已经亡佚的旧困境之中。但幸运的是，陆淳的版本也许并未完全消失，而这要再次归功于手抄本而非刻印本。

现存最早的《王绩集》抄本有林云凤1602年的题跋，尽管有三卷，但只包括二十九首诗（此外，林云凤还从选集里辑录了三首诗），这只是通行三卷本收录诗篇的一半。林云凤在题跋中称此集为其祖父所抄，"藏之箧中久矣"。这将抄本的原始抄写时间上推至十六世纪中晚期。[16] 正如张锡厚推测的那样，此抄本也许很好地保存了陆淳版本的某些原貌，而后来通行的三卷本是在陆淳原本基础上扩展而成。[17]

我们可以为这一推测进一步提出两个佐证：一是通行三卷本包括林云凤手抄本中的所有诗作；二是通行三卷本多出的诗篇包括一类独特的作品，即下列十五首绝句。

1.《山中别李处士》
2.《初春》
3.《醉后》
4.《题酒店壁》
5.《戏题卜铺壁》
6.《尝春酒》
7.《独酌》
8.《春夜喜遇王处士》
9.《山夜调琴》
10.《看酿酒》
11—15.《过酒家》，一作《题酒店壁》

所有这十五首绝句均可在一部总集即南宋学者洪迈（1123—1202）的《万首唐

人绝句》里找到。[18] 除了组诗《过酒家》，另十首绝句甚至在排列顺序上也与《万首唐人绝句》全同，但在五卷本中则分散在各处。[19] 组诗题名一作《题酒店壁》，《万首唐人绝句》就采用了这一题名，赵琦美的版本即标出此点。值得注意的是，五卷本收有《题酒店楼壁绝句八首》，但三卷本中的五首绝句却与洪迈选本中所收五首绝句完全一致。在题名有异文的情况下，三卷本总是与洪迈选本若合符契，而与五卷本差异较大。例如《春夜喜遇王处士》在五卷本中题作《秋夜喜遇姚处士义》，但洪迈选本与三卷本相同。通行三卷本与洪迈选本中这些绝句间的相似性很难说仅仅是巧合；相反，这些相似点有力地显示十五首绝句直接录自《万首唐人绝句》，用来增补陆淳的版本。

[18] 见霍松林主编，《万首唐人绝句校注集评》（太原：山西人民出版社，1991），卷一，页 21—28。
[19] 需要指出的是，尽管赵琦美与孙星衍的版本在诗作排列顺序上相异，但这十首绝句的顺序却完全相同。
[20] 赵琦美的版本包括五十五首诗，孙星衍的版本则包括五十六首诗。
[21]［宋］李昉等辑，《文苑英华》（台北：新文丰出版社，1979），页 1061。
[22]《文苑英华》，页 1584。
[23] 上海古籍出版社编，《唐五代笔记小说大观》（上海：上海古籍出版社，2000），页 1263。［宋］李昉等编，《太平广记》（北京：中华书局，1981），页 1491。
[24] 见［宋］郭茂倩编，《乐府诗集》（北京：中华书局，1996），卷十七，页 240。

林云凤抄本中的二十九首诗加上十五首绝句，一共是四十四首，而通行三卷本共有五十五或五十六首诗。[20] 剩余的十一或十二首诗，我们也可以一一显示它们是辑录自各种类书与总集：

1.《九月九日》，出现于蒲积中《岁时杂咏》（序作于 1147 年）卷三三。

2—3.《益州城西张超亭观妓》《辛司法宅观妓》，出现于《文苑英华》卷二一三，当为卢照邻（636—695）作，《文苑英华》误作王绩诗。[21]

4.《过汉故城》，出现于《文苑英华》卷三〇九，系于吴少微（活动于八世纪初）名下，但由于此诗紧邻王无竞（活动于 701 年左右）的诗作，与王绩之字"无功"相混，被误为王绩作。[22]

5.《咏巫山》，《王绩集》中录为绝句，实为王无竞一首律诗的一半。《太平广记》卷一九八引范摅（活动于九世纪晚期）《云溪友议》载此诗。[23] 成于十一世纪的诗歌总集《乐府诗集》录为沈佺期（656—713）诗。[24]

6.《野望》见收于高棅（1350—1423）《唐诗品汇》卷五六，亦见李攀龙（1514—1570）《古今诗删》卷一四。

7.《独坐》为《周氏涉笔》所引,马端临《文献通考》载录。[25]

8.《北山》,杂言诗,在王绩《游北山赋》中以略为不同的形式出现。韩理洲推测此诗乃从赋中摘取出来,被作为一首独立的杂言诗收录。[26]但也有可能是王绩自己将一首独立的诗作融入赋中。无论属于哪种情况,这首诗都出现在明代著名批评家杨慎(1488—1559)的诗评《千里面谭》之中。《千里面谭》在十六世纪晚期非常盛行,并以刊本形式流传。

9.《咏怀》见收于孙星衍的版本,但不见载于赵琦美的版本。它辑自南宋葛立方(卒于1164年)的笔记《韵语阳秋》。[27]

这样,通行三卷本里收录的五十五或五十六首诗中,除了林云凤抄本中的二十九首,我们已经证明有十五首绝句来自洪迈的《万首唐人绝句》,九首可以追溯到类书、总集、笔记等我们至今仍能见到的文献。这些数字告诉我们什么?它们说明通行三卷本与五卷本之间没有直接的承继关系;它很有可能源自陆淳的两卷本,而林云凤抄本则是陆本的再现。对陆淳两卷本所做的增补,很有可能发生于南宋到晚明也即十三世纪至十六世纪之间。林云凤的做法,即把他在各种资料中蹚巧看到的三首王绩诗添加到他祖父的《王绩集》旧抄本里,最能说明这一过程:他们依然像陆淳一样按照自己的标准选编文集,不过他们在尽力扩充,而不是缩减一部前代诗人的文集,尤其当这位前代诗人生活在宋代以前,也就是便于文集保存的印刷文化流行之前的时代。

对林云凤抄本中诗作的考察得出许多令人瞩目的结果,它们也许能揭示陆淳没有明言的选诗标准。首先,我们注意到此抄本中的绝句明显比较少。事实上,二十九首诗中仅有两首绝句,这与通行三卷本或五卷本都形成了鲜明的对比。三卷本五十余首诗中包括十七首绝句;五卷本收录二十一首绝句,约占王绩诗作总数的五分之一。

其次,与五卷本相比,林云凤抄本较少"准近体诗"。这里所说的"准近体诗"是指全诗共八句,中间两联对仗,并不严格遵循但是多少符合音律平仄、粘对的诗歌。一百一十余首王绩

---

[25] 见《文献通考》,卷二三一,页1843。
[26] 见《王无功文集五卷本会校》,页206。
[27] 见《韵语阳秋》,卷一一,吴文治主编,《宋诗话全编》(南京:江苏古籍出版社,1998),页8277。

诗作中，有三十七首是这种准近体诗，几乎占到王绩全部诗作的三分之一。[28] 然而，林云凤抄本只收录有三首准近体诗，仅占林本所收全部王绩诗作的九分之一。这三首诗分别是：1.《赠程处士》；2.《田家》；3.《咏妓》。

林云凤抄本中所收其他诗均是所谓的古体诗，每首至少有十句，常常多达四十八句。有趣的是，王绩在近现代最著名的律诗《野望》，并未被林云凤祖父的原始抄本收录。[29] 此诗被林云凤从高棅《唐诗品汇》中辑入。[30] 即使是在陆淳二卷本基础上扩充而来的通行三卷本中，情况也没有太多改变，其中只收录八首典型的律诗，仅占全书共收五十五首王绩诗的七分之一。[31] 所有主要的三卷本，包括林云凤抄本，均列古体组诗《古意》于卷首。这些诗歌确实能让人想到阮籍《咏怀》之类的作品，但它们并不代表王绩的诗作或主要风格。实际上，它们在五卷本中只是少数。

七世纪早期是律诗发展过程中的重要阶段，它在八世纪初期得到完善。形式的简洁，对仗的精致以及声韵的严格是律诗的关键要素，是七世纪最现代和时髦的形式。根据五卷本中的诗作判断，王绩能熟练地写作律体，但林云凤抄本或其他三卷本都并不体现这一特点。如果林云凤抄本基本反映了陆淳删节本的面貌，那么陆淳的编辑原则给读者留下的整体印象就是王绩诗多为古体，很少采取较为短小的现代形式如绝句与律诗。

林云凤抄本另一个令人注目的特点是入选诗作均为五言诗。其中并不包括王绩两首七言八句诗《过程处士饮率尔成咏》与《解六合丞还》。至于《北山》这首被杨慎称作"七言律之滥觞"的名作，是林云凤补入原抄本的，很可能正是因为他参考了刊印于1576年的杨慎《千里面谭》。[32]

对于五言诗的偏爱也显示了编者较为保守的倾向：七言诗在六、七世纪开始逐渐流行，但中唐人陆淳很有可能是在八世纪末编选了王绩的小集，此

[28]《王绩集》中存在相当数量的近体诗或者准近体诗使一些学者认为王绩在唐代律诗走向成熟的过程中扮演的角色应该得到更多的注意和承认。见王志华的开拓性文章《五言律奠基者旧说应予推翻——重评王绩在诗歌史上的地位》，载《晋阳学刊》，1990年第3期，页9—11。亦见杜晓勤，《从永明体到沈宋体——五言律诗形成过程之考察》，载《唐研究》，1996年第2期，页130—135。

[29]《野望》的经典化是个很有意思的过程，它基本发生于明清时代，而此诗的经典地位一直延续至今。它被认作唐代律诗的早期典范。

[30] 他在诗题后注曰"见《唐诗品汇》"，见《王无功文集五卷本会校》，页78。

[31] 除了林云凤版本中的三首外，其余五首为：1.《野望》；2.《九月九日》；3.《独坐》；4.《益州城西张超亭观妓》；5.《辛司法宅观妓》。

[32] 见吴文治主编，《明诗话全编》（南京：江苏古籍出版社，1997），页2728。

时正值"复古"呼声渐高之时。由于本文的重点在于考察《王绩集》在复古运动影响下发生的变化,兹不赘述复古运动本身。简单地说,文学界价值观的变化导致了当时很多人在诗歌创作中有意识地排斥骈偶并对古体诗的兴趣有所恢复。诗体和意识形态挂上钩,无视声韵与对仗限制的古体诗被认为比讲平仄及对偶的骈文与律诗更具有道德严肃性。从复古运动的大背景看,陆淳并非只是做了一个意识形态的选择,他也做了一个诗体的选择,而他的诗体选择无疑正是一种思想意识倾向的体现。

由于王绩的绝句具有很容易和"古"风联系起来的质朴,而且往往以"古体"写就(即不遵守音律规则),有些读者也许会问,为什么陆淳要把绝句从《王绩集》中剔除?答案很简单:魏晋诗人如阮籍与陶潜几乎从未写过绝句,即使在六世纪上半叶,五、七言绝仍是一种新奇的文类,它们主要与南朝的乐府诗联系在一起;尽管精英诗人经常写作乐府诗,但他们并不认为绝句是一种值得重视的诗体。如果陆淳希望使王绩像阮籍与陶潜那样"古意"盎然,那么他把绝句从《王绩集》中剔除的做法就非常好理解了。但到十三世纪,绝句无疑早已失去了它在王绩时代所拥有的"现代感",任何将陆淳本扩展成三卷本的人,都会毫不犹豫地选择将洪迈《万首唐人绝句》中所收的十五首绝句增补到《王绩集》中以求扩大文集的篇幅。

三卷本所代表的王绩形象大致可以概括如下:爱酒的隐逸诗人,专门创作古体诗,其诗在措辞与意象上都表现出质朴的特征。这种质朴被认为与南朝和唐朝华丽高雅的宫廷诗形成了鲜明对比。当我们将删节本中的王绩与五卷本中的王绩两相比较时,可以看出王绩到底是否纯粹的隐士其实并非问题所在,重要的是他的诗体选择及其在文学史上的定位。在五卷本的许多近体诗与准近体诗中,我们都可以看到王绩偏好工整的对偶句。这里我们发现的,并不是传统认为的早期中古诗人如阮籍或陶潜的影响,而是南朝宫廷诗人,尤其是王绩的直接前辈庾信的影响。

南朝宫体诗大诗人庾信于侯景之乱后羁留北土,对北朝文学界产生巨大冲击,对隋朝及初唐的宫廷文学影响巨大。然而到八世纪末,由于以韩愈(768—824)、李观(766—794)、欧阳詹(卒于799年后)为代表的年轻一辈诗人极力提倡与想象之"古"相联系的道德价值,宫廷诗歌的辉煌遭到排斥，律诗遭到了世纪之交这一代诗人的冷落。由于阮籍与陶潜在八世纪被视作典范，对《王绩集》进行筛选删落从而把王绩塑造为放荡不羁的隐士也就不足为奇。结果在中唐的编纂活动中，南朝诗人庾信对王绩的影响被掩盖了。如果有读者认为将阮籍与陶潜置于一端，而将庾信置于另一端的两极对立过于简单化，我只能说这是唐人所为，而非我的做法。

删除庾信

作为诗人，庾信今天主要以其组诗《拟咏怀》为世人所知，这是以阮籍的《咏怀诗》为模本的。但这组诗并不代表那个在六、七世纪被人爱好和效法的庾信，更不必说庾信在其"拟作"中完全改变了阮诗。庾信为梁朝宫廷诗人庾肩吾（487？—551）之子，庾氏父子与徐摛（474—551）、徐陵（507—587）父子都是梁太子萧纲（503—583）文学集团的重要成员。他们一起主导了六世纪三十年代与四十年代的梁朝文坛，以致代表了"新变"的宫体诗又被称为"徐庾体"。其主要特征为精致的对偶，对物象世界的高度关注，雅致的辞藻，对学识的精微呈现，对情感有节制的表达。从这些标准看，庾信是完美的南朝宫体诗人，但他也成功地树立了自己独特的风格，他后来在北方创作的作品于工整的对仗之中不失措辞的平易流畅。[33] 措辞平易流畅与对仗工整正是王绩诗作的特点，而他少时也确曾因一篇赋作被称作"今之庾信"[34]。如果"阮籍"与"陶潜"被用来代表中国早期古典诗歌中的"古风"，那么庾信这位特定诗人对于王绩的影响就再明显不过了。不止一次，我们可以看出庾信与王绩诗之间具有明显的相似性，不仅是在一般手法上，如运用对仗、注重声律与表达田园情怀，而且也体现在特定诗句、诗节的互文上，甚至还有对于整首诗有意识的模仿。[35]

[33] 关于庾信在北方的创作，详见田晓菲《烽火与流星：萧梁王朝的文学与文化》第五、八章（Tian Xiaofei, *Beacon Fire and Shooting Star: The Literary Culture of the Liang Dynasty [502—557]* [Cambridge, Mass.: Harvard University Asia Center, 2007], pp. 211-259, pp. 389-412）。

[34] 此言出自五卷本吕才序引北朝诗人薛道衡（540—609）语，见《王绩研究》，页24。序中薛道衡亦赞王绩为"王仲宣"，即诗人王粲（177—217）；但此评价指王绩读过薛道衡《平陈颂》一遍后即能背诵的轶事，并非指其文学创作，因王粲也以其记忆力闻名（见[晋]陈寿，《三国志》[北京：中华书局，1959]，卷二一，页599）。尽管薛道衡将王绩比作庾信只是基于对一篇赋的阅读，但它证明了庾信在当时的流行和王绩在风格上与庾信的相似。

[35] 葛晓音是当代为数不多注意到王绩诗中庾信影响的学者，但她的讨论限定在两位诗人的"田园诗"，认为庾信（转下页）

有时王绩诗作的一联令人一见而想到庾信：

王绩：障子游仙画，屏风章草书。

庾信：游仙半壁画，隐士一床书。[36]

庾信《和赵王看伎》首联为："绿珠歌扇薄，飞燕舞衫长。"尾联为："悬知曲不误，无事畏周郎。"[37] 王绩《咏妓》下半部分是对庾信诗句的改写：

早时歌扇薄，今世舞衫长。不应令曲误，持此试周郎。[38]

前两句源自庾信之诗，而末二句则对庾信诗的尾联有所翻案。此处用了东吴周瑜（175—210）的典故。据说他很懂音乐，只要演奏者出现错误，"瑜必知之，知之必顾。"[39]

尽管两诗语调相异，一首平和静谧，一首忧郁，但王绩《山家夏日》（其一）在遣词、结构与意象上无不呼应了庾信的《山斋》。[40]

庾信	王绩
寂寥寻静室，	寂寞坐山家，
蒙密就山斋。	萧条玩物华。
滴沥泉绕路，	树倚全拥石，
穹窿石卧阶。	蒲长半侵砂。
浅槎全不动，	池光连壁动，
盘根唯半埋。	日影对窗斜。
圆珠坠晚菊，	石榴兼布叶，
细火落空槐。	金荁唯作花。
	落藤斜作蔓，
	伏笋暗抽芽。

（接上页）"使用环境描写及细节琐事的堆砌来渲染外在的隐居姿态，最适宜于在形迹和精神的表层上表现田园生活的意趣"，见其《山水田园诗派研究》（沈阳：辽宁大学出版社，1993），页94—95。杜晓勤探讨庾信在声律规范上对王绩的影响，见《从永明体到沈宋体》，页131—135。最近一篇陈瑜与其合写的文章认为王绩向庾信学习是因为庾信是"陶渊明之后最得魏晋玄言诗艺术精髓的作家"，见陈瑜、杜晓勤，《王绩诗歌与河汾文化精神》，载《陕西师范大学学报》，2007年第1期，页105。这一观点有待商榷。严格说来，"玄言诗"在魏朝并不存在，它更适用于描述东晋时期的某些诗作。"玄言诗"现存无多，从为数不多的例子来看，它借屈聱牙、风味平淡、辞旨晦涩的风格与庾信等人所作的南朝宫廷诗歌有天壤之别。

[36] 王绩诗句出自《山家夏日》其六，见《王无功文集五卷本会校》，页86；《王绩研究》，页61。此组诗仅存于五卷本中。庾信诗句出自《寒园即目》，见逯钦立，《先秦汉魏晋南北朝诗·北周诗》（北京：中华书局，1995），卷三，页2377。

[37]《北周诗》，卷四，页2391。

[38]《王无功文集五卷本会校》，页132；《王绩研究》，页100。

[39]《三国志》，卷五四，页1265。

[40]《北周诗》，卷三，页2378；《王无功文集五卷本会校》，页84；《王绩研究》，页60。

| 直置风云惨， | 高卧长无客， |
| 弥怜心事乖。 | 方知人事赊。 |

二诗首联均以描述性词语"寂寥"（"寂寞"是"寂寥"的变体）开篇，句法结构亦相互呼应（副词＋动词＋名词宾语）。差异在于庾信叙述其返山之旅，而王绩则显示自己一开始即"已在彼处"：庾信的状态是运动的/躁动的，王绩则仍是静止的/自在的，两者都对应各自的主题与感情氛围。接下来的两句均描绘陆/水景：庾信所叙先为泉，次为石；王绩则相反。两联中，自然都被描述成具有侵略性的；然而，庾信诗中的自然侵入了人类世界，阻滞了诗人的前进，而王绩诗中自然之物则只影响自然界的其他事物，因此没有威胁到人类。王绩选择了"全"与"半"两个副词，呼应了庾信诗第三联中相同的词："浅槎全不动，盘根唯半埋。"此联中的景象展现了庾信的内心状态——他是故土沦陷，身处敌庭的虏臣。我们注意到一种强烈的被困感与无望，一种苟延残喘的感觉。相反，王绩诗的第三联显示了人与自然之间亲密、和谐的关系："池光连壁动，日影对窗斜。"但值得注意的是，此联也像庾信诗那样描绘了水/陆景观。

庾信诗的第四联呈现了植物的特写镜头：菊花与槐树。王绩以相同的方式描绘了其山居的田园生活：石榴、金䔲、藤蔓与竹笋。由于二诗所叙季节不同，王绩诗中的植物全是正在生长的、繁茂的、开花的，或是已经开始结果（"石榴兼布叶"的字面意思是"石榴同时也正在伸展枝叶"，暗示石榴会结果，对应此联第二句"唯作花"的金䔲）。这与庾信诗中的"晚菊"、"空槐"形成鲜明对比，但借描述植物来展现诗人内心状态的原则是二诗的一致原则。

在最后一联中，王绩又在句法结构与遣词造句（"心事"对"人事"）上与庾信呼应，尽管两句的情感内容与情绪恰恰相反。

| 庾信 | 王绩 |
| 弥怜心事乖 | 方知人事赊 |

在许多方面，二诗就像是精心写就的对仗联中的上下两句，它们彼此完

[41] 出自《同张侍中述怀》与《伤王司徒褒》，分见《北周诗》，卷三，页2371；卷三，页2384。
[42] 出自《春日山庄言志》与《山中独坐自赠》，分见《王无功文集五卷本会校》，页46，页90；《王绩研究》，页27，页66。此二诗均只见收于五卷本。

美地相反相成。这种对仗太过精确，不能被视作偶然的巧合。唯一合理的结论是，王绩有意识地"拟"写和改变了前辈之作。

庾信对王绩的影响还有另一种显示。庾信喜欢在对句中融入人名：

1. 张翰不归吴，陆机犹在洛。
2. 永别张平子，长埋王仲宣。[41]

这种手法在赋中较为常见，庾信喜欢大量在诗中运用，而它也经常出现于王绩诗中：

1. 郑玄唯解义，王烈镇寻仙。
2. 解组陶元亮，辞家向子平。[42]

以上所举的例子显示了庾信对王绩的影响——一个继承了六朝晚期诗歌传统的王绩，但这种传承是为中唐编者陆淳所删除的。有意思的是，尽管传统批评者都基于删节本（三卷本）强调王绩诗风的质朴，当代学者在有了全本（五卷本）后，依然重复前人的旧论，而且其引用的主要例证往往是从删节本中征引而来的。这充分显示出传统成见的力量。

结语

王绩的个案——他的集子是怎样编辑与流传的，是怎样缩减和扩充的——对研究中国中古时代的学者来说，颇有启示意义。近年来学界对印刷文化产生了浓厚的兴趣，但我们不能忘记印本从来不曾完全取代抄本：手抄本直到十九世纪晚期依然是文本传播的一个主要方式。[43] 许多书籍从未刊行，因而流传范围

[43] 详见田晓菲，《尘几录：陶渊明与手抄本文化研究》(Tian Xiaofei, *Tao Yuanming and Manuscript Cultrue: The Record of a Dusty Table* [Seattle: University of Washington Press, 2005], p. 17, pp. 221-222)。

非常有限，也很少或者完全不曾受到学者关注。

为什么人们即使在刻本有巨大市场的时候依然继续抄写书籍呢？答案是多种多样的。有人抄书是因为买不起刊本；有些人如大藏书家黄丕烈（1763—1825）认为抄写是学术活动，他们抄写的同时也在校勘；有些人因所借书本身就是抄本而抄写。而且，除非有经济实力的人决定将其付诸剞劂，否则稿本只能以手抄本形式流传。这种情况，不只出现于白话小说中，如《金瓶梅》，在刊印前至少二十五年里，它只在少数精英文人间以抄本形式流传，而且在被视为初唐次要诗人王绩的个案中我们也能看到。在中华帝国晚期，人们也抄写更早的宋元刊本；有时抄手为富有的主人雇用，小心翼翼、尽其可能地照样复制原本。如此完成的手抄本被称作"影钞"，价格昂贵，有时甚至超过原始的刻本。[44]

除了传说中的"北宋刻本"外，三卷本《王绩集》的主要版本——赵琦美的抄本与孙星衍抄自抄本的抄本——直到十七世纪和十八世纪晚期才付诸刊刻。即使我们愿意相信"北宋刻本"的影影绰绰的存在，也不应忘记它最早源出唐抄本，而且更重要的是其以抄本形式存世。事实上，最重要的两个版本，即林云凤本与五卷本，仅以抄本形式传世，藏于私人之手，在小范围的熟人圈子内流传。三卷本被刊刻，五卷本并未刻印，这也许部分由于历史的偶然，部分由于王绩在文学史上的边缘地位；但三卷本一旦被刊刻，其流行度与日俱增，五卷本则完全湮没无闻。这一点值得我们注意，因为它不仅使人明白刊印经典与文学风尚间的关系，还唤起我们对手抄本自身属性的注意，正是它构成了所有刻印本的基础。

这里"亡佚"与"发现"的含义变得非常复杂：在何种意义上，以抄本形式存世的《王绩集》五卷本被认定为"亡佚"？因为这三部手抄本都藏于中国著名的图书馆——两本藏于中国国家图书馆（前北京图书馆），一本藏于上海图书馆。我们发现五卷本直到被"发现"前并未"亡佚"，也就是说，它曾经作为一个地方性的现象在私人收藏里存世并流传过，直到现代公共图书馆得到抄本，并将其封藏入库，就像是

[44] 例见章宏伟关于大藏书家、出版家毛晋（1599—1659）雇用抄手进行"影钞"的讨论，见氏著《出版文化史论》（北京：华文出版社，2002），页196—197。毛晋之子毛扆（1640—1713）曾请求其师钱梅仙影钞苏体陶渊明集旧刊本，钱梅仙用半年时间才得以完成，见田晓菲，《尘几录：陶渊明与手抄本文化研究》，页48。

博物馆将艺术品从私人手中收归公有那样。然后，当学者考察到这些抄本存于图书馆时，现代印刷媒介迫使公众注意到它的"亡佚"。在许多方面，《王绩集》的流传史是现代社会里地方与国家话语之间冲突与妥协的一个寓言。

在丁香对于王绩诗歌的细致研究中，她指出："1987年（按即韩理洲《王无功文集五卷本会校》的出版时间）以来，任何研究王绩的学者都必须考虑两种版本的文本差异——甚至主要依赖后者。"[45]"主要依赖后者"（五卷本）说出了文学研究者希望能够诉诸一个反映《王绩集》本来面目的权威性的定本，然而三卷本（包括林云凤版本）和五卷本都代表了抄写、选编与调整的长久传统，这一传统始自中唐，持续至十九世纪。我们的确必须考虑两个版本的文本差异，但我们不仅要研究不同的异文选择（除了抄写者因形近或音近而造成的明显讹误）如何影响我们对特定诗作的解读，还要探讨不同版本如何反映不同的编选理念。正如我们所看到的，这些不同的编选理念不只局限于维护王绩高洁隐士形象的完整性，还与文体的选择及与此种选择相关联的道德价值有关。

有时意识到手抄本文化的属性以及手抄本文化中各种抄写、纂辑、编选活动（这三类活动通常合为一体），会让我们避免时代混淆的错误。在最近一部唐代文学史中，有关王绩的章节称其文集"没有一般诗人集子里常见的酬唱之作"。[46]这一印象并不准确。如果我们比较三卷本与五卷本，在后者中，我们会看到许多诗作题目较前者更长，并在其中交代了诗歌创作于何种社交场合之下。例如，本文前引《咏妓》，五卷本题作《裴仆射宅咏妓》。在标准三卷本中题作《策杖寻隐士》的诗，在五卷本中题为《卢新平宅赋古题得策杖隐士》。《游仙》，一个具有普遍性的诗题，五卷本却作《过山观寻苏道士不见题壁四首》。[47]这是由于中古抄手通常删去"应时"部分而缩写诗题。

和中国大多数隐士一样，王绩从官场生活中隐退，但并未离开社会生活，从王绩文集中寻找删除了社会生活方面的"纯粹"诗歌是一种错误的导向。

审美的考量经常可以遮蔽选择文本异文时意识形态方面的关怀。以王绩名作《野望》中的一

---

[45] 丁香，《飞凤中的野鹿》，页150。
[46] 乔象锺、陈铁民主编，《唐代文学史》（北京：人民文学出版社，1995），页67。
[47]《文苑英华》中此诗列于《寻苏道士效作》题下，见《文苑英华》，卷二二五，页1126—1127。

联为例："树树皆秋色，山山唯落晖"。"秋色"一作"春色"。[48] 王绩这一名句很可能是模仿庾信的"树树秋声，山山寒色"[49]，但王绩不一定没有改造原文之意。异文"春"极大地改变了此联的基调："秋色"与"落晖"的组合通常表示衰败与忧郁，而一联中并置"春色"与"落晖"却是一种使诗意复杂化的创举。但异文"春"完全受到忽视：学者非常希望将此诗当作沮丧之诗，甚或是隋朝即将覆亡的悲歌，以致完全忽略了其他文本与阐释的可能性。[50] 有关手抄本文化中文本不确定性的认识应让我们对此多加反思：将所有中古文本当成是作者本人钦定而且稳固不变的时代已经一去不复返了，我们必须在文本流传史中综合考虑抄写、纂辑与编选合为一体的活动，评估它怎样从根本上改变了文学史与文化史的图景。

[48] 林云凤版本作"春色"，孙星衍版本注曰："一作'春色'。"
[49] 庾信，《周谯国公夫人步陆孤氏墓志铭》，[清]严可均《全上古三代秦汉三国六朝文》(北京：中华书局，1987)，卷一八，页3968。
[50] 关于历代论者将此诗当作对隋朝命运的哀叹，见《王绩研究》，页376，页380。

（卞东波、叶杨曦 译）

影子与水文：关于前后《赤壁赋》与两幅赤壁图*

* 本文原发表于《翰墨荟萃：细读美国藏中国五代宋元书画珍品》（北京：北京大学出版社，2012）。

一、影子

影子是光的体现。影子意味着光的存在,标识了光的来源,告诉我们时间。影子予物质以厚密的质地,予人以物质的实在。

影子是西洋油画明暗技法的灵魂。国画有不同的美学取向。[1] 然而,当我们展开北宋乔仲常的《后赤壁赋图》,一幅描绘苏轼《后赤壁赋》的叙事长卷,我们赫然发现,在这幅长卷的第一部分,"苏子"、"二客"与一个童仆,在地上投下深深浅浅的影子。

这是中国早期绘画史上,据我们所知唯一的影子。

然而,除了这几个人之外,同一画面上的其他物象,如树、草、石,都没有投影。这几个人似乎是画面上唯一得到映照的存在。

这些影子为空白的画面和地面勾勒出纹理。作为对"人"的模拟,人影标识了人的行为动作;同时,这里的人影又是画家有意识地违背了国画传统的选择。因此,这些影子是双重意义上的"人[为痕]迹",是艺术家的创造的最好象征。

这些影子,是解读这幅画作的关键。

[1] 也许是出于"别人有的我们也有"这种心理,有人称"石分三面"就是明暗法,只不过不强调光源而强调结构而已。但是不强调光源的"明暗法"好像近于天方夜谭。

二、前后镜

理解乔仲常的《后赤壁赋图》,必须首先理解苏轼的《赤壁赋》。这里没有只说"后"《赤壁赋》,是因为前、后二《赋》的并存构成了每一首赋的诠释语境。《后赤壁赋》固然就好像所有"后"来者一样,依靠"前"者建构自己的身份;而《后赤壁赋》也改变了《前赤壁赋》的存在状态。《前赤壁赋》使《后赤壁赋》的怪异显得更加出其不意,《后赤壁赋》的怪异使《前赤壁赋》更加令人安心。它们是彼此镜中的影子。选家偏爱《前赤壁赋》,因为它在某些程度上代表了典型的北宋风格和苏轼追求的面貌,以及后代读者愿意看到的苏轼的面貌,也就是说,把人生的苦痛用让人感到适意的方式表现出来。但是,如果没有令人不安的《后赤壁赋》作为语境,《前赤壁赋》虽然还是一篇迷人的作品，但我怀疑它不会成为经典。

历代很多画作以苏轼《赤壁赋》为题材。在某些层面上，乔仲常的作品似乎是最贴近苏轼原赋的画作，比如有悖于国画本色的影子，就是直接来自原文中"人影在地"的描述。但这幅画不是对原赋机械的视觉复制（更遑论对文本的"视觉复制"本来就是不可能的），因为画家在画中增加了一些意想不到的东西，这些东西把画作和文本的关系变得错综复杂。表现在人影里面的对原文的忠实，使我们格外注意画家为原文增添的因素。我们会看到，这幅画中的一切细节，无不有其出现的根由。

而这一切都和"影子"有关。

三、"苏子"的双身

陶渊明曾写下过一个很好的句子："偶影独游。"影子是己而又非己，既外也内。对一个形单影只的人来说，影子好像一个朋友，却又更增添了孤独之感。影子是一个人的双身。

在前后二首赋中，"苏子"都有朋友的陪伴。只不过在《前赤壁赋》中，"客"与"主"盘桓到"不知东方之既白"；而在《后赤壁赋》中，"客"终于离去。尽管如此，"苏子"一直以"双身"出现；而从"双身"的另一方面来看，我们也可以说他从来都处在孤独之中，也就是陶渊明所说的"偶影独游"。

我们可以从影子开始。古代汉语往往省略主语，也没有形态转换，我们在阅读下面画线的一段话时，难以判断谁是施动者，主语是单数还是复数：

> 是岁十月之望，步自雪堂，将归于临皋。二客从予过黄泥之坂。霜露既降，木叶尽脱。<u>人影在地，仰见明月，顾而乐之，行歌相答。</u>已而叹曰："有客无酒，有酒无肴。月白风清，如此良夜何。"

我们可以认为，"予"及"二客"一起俯视人影，又一起仰观明月，既而相顾而乐，行歌相答。但是还有更可能的一种解释："予"在看到地上人影之后，举头观月，之后再次回顾自己的影子而乐之；而所谓"行歌相答"者，完全可以视为"予"

与同行之"影"的酬唱,二客无与焉(在《前赤壁赋》里,诵诗唱歌的也总是苏子,客仅仅起到吹箫伴奏的作用而已)。这样一来,"仰见明月"云云和"已而叹曰"就成为一系列一气呵成的动作,施动者都是"予一人"。"顾影"具有丰富的含义,我们想到王昭君"丰容靓饰,光明汉宫,顾景裵回,竦动左右",我们想到李白的"举杯邀明月,对影成三人"。但是和《后赤壁赋》更直接相关的是苏轼自己的文字,在赤壁之游的六年前,也是在一个月圆之夜,他在密州写下过一首《水调歌头》,其中便有道:"起舞弄清影。"也许我们可以说,是明月、"苏子"与"苏子"的影子,而不是"苏子"和"二客",构成了"三人"。

这不是否认客的重要,相反,客的存在是必不可少的。但值得注意的是,在前后二赋里,苏轼对朋友的称呼不是平等的"友"而是带有等级感的"客"。既然是"客",就必然有"主",而"苏子"自然占据了"主"的位置。而且,苏子的"主人"地位不仅相对于"客"而言。《前赤壁赋》表面的意旨,是苏子对客"人生须臾"之悲叹的驳斥,他一来宣称"物与我皆无尽也",二来强调"天地之间,物各有主,苟非吾之所有,虽一毫而莫取。惟江上之清风,与山间之明月,耳得之而为声,目遇之而成色,取之无禁,用之不竭,是造物者之无尽藏也,而吾与子之所共适"。但"吾与子之所共适"者,欺人之言耳,苏子意中,唯有自己才是清风明月的真正主人。一方面,借着把友人称之为"客",他在赋中已经俨然以"主"自处。另一方面,风必须有"耳"才得以成为风,月必须有"目"才得以成为色,这正是《道行般若经》中所讲:"譬如山中响声,不用一事,亦不用二事所能成,有山,有人,有呼,有耳听,合会是事乃成响声。"进一步说,清风必须有感受欣赏的主体才得以成为"清",明月必须有观看欣赏的主体才得以成为"明",这好像孙绰称庾亮"以玄对山水",又好像僧肇在《维摩诘经注》里明白地指出:"净土,盖是心之影响耳。"否则就好比舍利佛眼中的佛国净土,无过是"丘陵坑坎,荆棘沙砾,土石诸山,秽恶充满"。以客的思想境界,先是因外物而怀悲,之后又因苏子一席话便"喜而笑",仿佛庄子笔下忽怒忽喜的众狙,又如何能够成为物的主人?

在他的悲叹里,客希望能够"挟飞仙以遨游,抱明月而长终",但是"知不可乎骤得,托遗响于悲风"。客却没有想到,他所求而不得者,苏子早已毫不费力地拥有了。当其泛舟赤壁之下,"纵一苇之所如,凌万顷之茫然,浩浩乎如冯虚御风而不知其所止，飘飘乎如遗世独立羽化而登仙"。"如"者，描写了一种心理感受，但是在一个强调"心远地自偏"的传统里，精神的力量是最重要的。

苏轼写过一首题为《赤壁怀古》的词，但在这篇赋里，是客在怀古，沉浸于历史的时间，而不是仙人"不变而变"的永恒。客追怀三国，引述曹操《短歌行》中的诗句"月明星稀"，以为曹操"舳舻千里，旌旗蔽空，酾酒临江，横槊赋诗，固一世之雄也，而今安在哉？"可我们却发现，苏子在赤壁泛舟时的所作所为，好比是对曹操《短歌行》的回声。曹诗云："对酒当歌。"又云："何以解忧？唯有杜康。"苏子则"举酒属客，诵明月之诗，歌窈窕之章"。后来又"饮酒乐甚，扣舷而歌之"。月出之后，"白露横江"，在语言的层面回应了曹诗中的"譬如朝露，去日苦多"。曹诗云："青青子衿，悠悠我心。但为君故，沉吟至今。"苏子作歌则云："渺渺兮予怀，望美人兮天一方。"此处"渺渺予怀"完全是对"悠悠我心"的追拟摹写。在对酒放歌的苏子身上，我们依稀见到了曹操"酾酒临江，横槊赋诗"的影子。曹操的大军可以被周郎击败，但是苏轼在乎的不是魏武帝之武，而是魏武帝之文。曹操虽然在赤壁遭逢败绩，但他的诗显然比江东水师和周郎的功业更长久。客的悲叹显然根本没有切中要害，他不可能知道苏轼的赋是对曹操的纪念，对"文"的力量的见证，因为客本人不过只是一个满足了修辞需要的文字之创造物而已。客在洞箫上吹出的曲子是随着悲风的消逝而消逝的遗响，但是苏子的歌却通过这篇赋长存。

赋中的"苏子"虽然也是文字之创造物，但是他在赋中扮演了"造物者"的角色，我们不得不注意到下面这段话独特的排序：

  举酒属客，诵明月之诗，歌窈窕之章。少焉，月出于东山之上，徘徊于斗牛之间。

苏子首先"诵明月之诗，歌窈窕之章"，也就是《诗经》中的《月出》一诗，继而"月出"，月亮好像是被文字的魔术呼唤出来的，而苏子对他吟诵的歌诗的选择，也居然完全与外界景物无关。赋中苏子对外物的主宰，是作者苏轼主宰文字、操纵外物的寓言。在这个文字创造的虚拟世界里，苏子御风（"乘风飞行",但字面上看也是"驾御清风"之意)唤月,最终把长江转化为一条光的河流:"白露横江,水光接天",我们可以想象露水反射着月光,圆润晶莹仿佛无数明月;"桂棹兮兰桨,击空明兮溯流光",万里长江竟成为一片流动的光明。只有仙人才能在这样的空明中泛舟,而且逆流而上。本来是流放异地的逐臣迁客,苏轼却不仅使苏子反客为主,而且隐然成为谪仙人。

《前赤壁赋》的结尾是这样的:"客喜而笑,洗盏更酌,肴核既尽,杯盘狼藉。相与枕藉乎舟中,不知东方之既白。"从白露横江到东方既白,从一片光明到另一片光明,《前赤壁赋》好像不容许影子的存在。然而"溯流光"也即逆光而行的苏子,在历史的河流中,在仙人的空明中,都找到了他的投影:"酾酒临江"的曹操,飘然羽化的造物者/外物之主人。他一面"遗世独立",一面在一个影摹屈原的姿态里凝望"天一方"的"美人"——他的双身。

似乎唯恐读者不能理会对苏子谪仙身份的种种暗示,《后赤壁赋》是对《前赤壁赋》的阐明,这一阐明包含在孤鹤与予一人、二客和二道士的繁复对仗里,构成了又一个哑谜。

在这首赋里,"苏子"不仅有"客",而且是"二客";不仅外有"二客",而且内有贤"妇";客供鱼,妇供酒,给我们看到一个家庭与社会融融乐乐的缩影。我们应该注意妇与客分别提供的东西:鱼是食物,满足最基本的人类需要;酒是社会性的,不是生活必需品。朋友提供食物而妻子满足丈夫在外参与社会活动的欲望,构成了一个男子心目中家庭与社会和平交涉的理想图景。但是在这样一个和谐的社会性语境中,"予"却突然决定"离人群而遁逸"了:

予乃摄衣而上,履巉岩,披蒙茸,踞虎豹,登虬龙,攀栖鹘之危巢,俯冯夷之幽宫。盖二客不能从焉。

这段短短的登山叙事仿佛一篇微型的《远游》或《登天台山赋》。如果说"巉岩"、"蒙茸"还是对人间险峻的描绘,那么"踞虎豹,登虬龙"则俨然是得道之士施用神术,宜乎二客不能从焉。而在登上绝顶之后的所作所为,也正是得道之士在这种情况里常见的施为:

> 划然长啸,草木震动,山鸣谷应,风起水涌。

长啸引起了大自然的强烈感应,导致风起,导致水涌。就像在《前赤壁赋》中一样,苏子仍然是外物的主人。然而就在这一戏剧化的高潮发生之际,他决定离开,就和当初决定登高一样突然:

> 予亦悄然而悲,肃然而恐,凛乎其不可久留也。反而登舟,放乎中流,听其所止而休焉。

《老子》中说:"乐与饵,过客止。"苏子却忽略了酒食与朋友的陪伴,独自登临绝顶;但山崖所代表的升腾超越,终于让步给象征迁化的流水,苏子放弃了永恒静止的仙境,回到奔流变动的时间与历史中,这既是出于被迫,也是出于选择。我们在这里看到的是一幕远离、登高、回返的戏剧,似乎苏子不能忍受高处的孤独和寒冷,正如他在《水调歌头》中写到的:"我欲乘风归去,又恐琼楼玉宇,高处不胜寒。起舞弄清影,何似在人间。"在《前赤壁》中,他拥有的是张狂夸大的仙人状态,"浩浩乎如冯虚御风而不知其所止";在《后赤壁》中,他接受了人间的限制,"听其所止而休焉"。

在心理上与自己的现状达成妥协之后,张力暂时松弛下来。随后,节奏再次逐渐加快,出现了这篇赋里最著名的描写:孤鹤与梦。

> 时夜将半,四顾寂寥。适有孤鹤,横江东来,翅如车轮,玄裳缟衣,戛然长鸣,掠予舟而西也。须臾客去,予亦就睡。梦二道士,羽衣翩跹,过临皋之下,揖予而言曰:"赤壁之游乐乎?"问其姓名,俯而不答。"呜呼噫嘻,我知之矣:畴昔之夜,飞鸣而过我者,非子也耶?"道士顾笑,予亦惊悟。开户视之,不见其处。

西飞的鹤,自然不是凡鸟,宜乎产生神仙的联想。不过,凡是相信苏子梦中之言,把道士与鹤等同起来者(而这也是为什么很多后来的版本作"一道士",因为按照小学生做数学题的逻辑,一只鹤 = 一个道士 ≠ 两个道士。苏

[2] 参见衣若芬,《谈苏轼〈后赤壁赋〉中所梦道士人数之问题》,收入《赤壁漫游与西园雅集:苏轼研究论集》(北京:线装书局,2001),页5—25。

轼若地下有知,恐怕又要愤叹"俗本"了,这次倒叹得有理),未免又被苏轼瞒过了。[2]《赤壁怀古》词感叹"人生如梦",如今梦中做梦,梦梦中大呼"我知之矣",难怪道士要"顾笑"/"顾而乐之"。如果在苏轼的创作想象中确实把道士隐写为鹤的化身,"我知之矣"四字不会发自梦中,不会出之以没有答案的问句,亦不会特意摹写道士的一哂。"惊悟"者,惊悟也。

在《后赤壁赋》中,所有的人都成双成对,客有"二",道士亦有"二",唯独鹤是孤鹤,唯独苏子本人有过孤独的体验(苏子其实也自有妇与之成双,但是妇限于家庭和内室,不能像二客、二道士互相结伴那样与苏子同来同往)。苏子在山顶"划然长啸",鹤在江上"戛然长鸣"。在共有的孤独中,在修辞的层面上,他们俨然构成了彼此的影像。梦中二道士则是苏子头脑的创造物——他们以孪生的姿态从他的意识潜流中羽衣蹁跹地浮现,虽然分为二人,但是没有个性,没有单独的身份,实则二而为一,他们只提出问题而不回答问题,他们没有名姓,因为他们不是任何实体,而是彼此的影子和镜像,是贯串二赋的"双身原则"的具体化身。苏子从梦梦中觉悟而不见其处,这似乎最好地显现了苏子的梦就和苏轼的赋一样,是一个虚拟的境界,是人为的建构和想象的产物。在这层意义上,梦,即是文的影子。

四、被置换的明月

系于乔仲常名下的画卷对"影子"和"双身"的概念作了淋漓尽致的阐发。但是这幅画卷里面有很多细节,完全不见于文本。研究英国文学的美国学者J. 希利斯·米勒(J. Hillis Miller)在《图解》(*Illustration*)一书中称菲兹(Phiz)为狄更斯小说所作的插图创造出了超乎文本的意义,甚至在某种程度上颠覆了文本。[3] 这评语也完全适用于乔氏的画卷。

[3] J. Hillis Miller, *Illustration* (Cambridge, Mass.: Harvard University Press, 1992), p. 111.

乔氏画卷上配有《后赤壁赋》的文字,以所配文字作为"句读"为长卷划分"段落",一共可以分为九景。第一景就画有引人注目的影子。

前面说过画影不是国画的本色，因此忠实地画出"人影在地"，好像是对文本亦步亦趋的追随。换句话说，画作对于文本，似乎如影附形。但很快我们就注意到并非如此，在第一景中，画家即已对原文有所偏离，这些偏离有力地显示了画作的独立。第一景配写的文字是这样的：

> 是岁十月之望，步自雪堂，将归于临皋。二客从予过黄泥之坂。霜露既降，木叶尽脱。人影在地，仰见明月，顾而乐之，行歌相答，已而叹曰："有客无酒，有酒无肴，月白风清，如此良夜何？"客曰："今者薄暮，举网得鱼，巨口细鳞，状似松江之鲈。顾安所得酒乎？"

第一景的构图似乎有一倾斜的中轴线把大片空明的江水虚景与人物树石的实景分开，沿着中轴线的右侧，左下方的一丛芦苇和右上方"木叶尽脱"的树形成视觉上的呼应，在芦苇与树木之间的第一组人物即苏子与二客。二客均比苏子矮小，脸、身体朝向苏子，作仰视状，这把观者的视线引向苏子；苏子的双足指向江水，头却是转过来的，明显正在回顾。但如果我们以为他在回顾二客就错了，因为细看他的面部，我们发现画家把他的双眉、双眼画成几乎倒三角形状，这种非常夸张的构图，使苏子的目光虚线沿着他下垂的左衣袖流畅的线条流下，凝聚在下方一个具体的目标，也就是他自己的影子。

这里，画家分明选取了文本中"顾而乐之"的瞬间。在画中，光源隐晦不明，[4] 观者的注意力被引向光源创造出来的戏剧化效果，也即地上的人影。一方面，画中二客仰见苏子，苏子似乎替代了明月；另一方面，借画影而画明月，画家的创造成为真正的光源，明确表现了赋中苏子的自顾其影，从而映亮了暧昧的文意。

画家对影子的表现是一个创举，这一创举突出了文本中"双身"的重要性。在这一意义上，画卷确是文本的双身。但是情况很快就变得复杂起来。第一景中多出了两个文本中没有的人物：童仆和渔夫。

[4] 据看过原画的人说，在画面中央"嘉庆御览之宝"右下方有一淡笔勾勒的圆月，在图版照片上均不得见。如果当真如此，则笔触一定极为淡泊。参见范如君，《乔仲常〈后赤壁赋图卷〉研究：兼论苏轼形象与李公麟白描风格的发展》，台湾师范大学硕士论文，2002年，页45。

五、畸零人

乔氏画卷对文本最明显的改变是角色的增添。这些增添的角色为赤壁之游增加了新的曲折。

在第一景中，一个小仆在江边买鱼，芦苇丛中一只小船，船上的渔人左手递上一只柳枝穿腮的鱼。在文本中，苏子之客称"今者薄暮，举网得鱼"，这在时间顺序上显然是一个发生在过去的情景，在画中却与苏子顾影呈现于同一空间。乍看起来，这一场景好像完全没有必要，因为在下一景里，苏子一手携酒、一手提鱼，已经足以说明问题了。画家为什么要多此一举呢？

从构图上来看，苇丛和枯树的呼应使苏子与二客处于中轴线右侧实景的中心，童仆买鱼这一活泼而尘俗的场面，为画面增添了现实世界的气氛，强调了"人间"的物质性，给苏子、二客围绕着天上明月建构起来的戏剧场景一个现世的底子。这里最有意思的是渔人的形象：他头戴斗笠，身披蓑衣，一脸胡须，如果不细看，几乎完全混同于周围的芦叶以及船上的草篷。渔父在中国文学传统中有丰富的象征意义，《楚辞》中的渔父和《庄子》中的渔父，与执着的"屈原"、"孔子"相比，都是适性遁世的得道之士。在《楚辞》里，渔父劝屈原与世推移，屈原则宣称与其如此，"宁赴湘流，葬于江鱼之腹中"；赋中的苏子虽然和屈原处于完全相同的境地（"屈原既放，游于江潭，行吟泽畔"），却不但没有葬于江鱼之腹，反而是江鱼葬于苏子之腹中。后来，苏子又弃山登舟，"放乎中流，听其所止而休"。如此，画中几乎和大自然融为一体的渔父，可以说是苏子的另一个影子。事实上，在第一景的五个人里面，只有渔父和苏子面朝着同一个方向，在视觉上构成了呼应和平行。

继续阅读画卷，我们慢慢发现渔父还起到另外一个重要的作用，这个作用是一个数学上的作用。画卷九景中，第五、六景没有人迹，第四、九景只有苏子一人。除此之外，在四景（第一、二、三、七景）里，每一景中都一共出现五人。最后在第八景也即倒数第二景中出现"四人"：做梦的苏子，梦中的苏子，以及二道士。对比原赋，我们发现画卷中增添了多个文本中没有的角色和细节。上面已经谈到过渔父和童仆；在第二景中，苏子回家"谋诸妇"而得酒，文中不过二人而已，但是画中却出现了一个手持烛台的使女站在苏妻身旁；庭院一侧的马厩中，有一匹非常清醒的马和一个酣睡的马夫；庭院玄关处又有一仆。第三景的布局最为惊人。这一景所配文字如下：

> 复游于赤壁之下。江流有声，断岸千尺；山高月小，水落石出。曾日月之几何，而江山不可复识矣。

画卷中苏子正襟危坐，二客一左一右分坐其两旁且侧身抬头仰视之；肴馔设在中央，正对着苏子，好似庙宇中神像前的供品。这组人物的左边有一个童仆侍立，但是仔细观察，我们赫然发现这个童仆的两只脚旁边竟然还有两只脚，只不过自膝盖以上完全被巨石遮挡住了，看不见面目而已。（画中童仆都不见五官，使女也是侧面，这是社会阶级在画卷中最清楚不过的表现。）如果画出一个童仆还可以勉强说是第一景的延续或是设想中的必然（酒宴无人伺候好像不可思议，虽然文中不必提及），那么画出第二个隐藏了大半身体的童仆，就好像马厩中的马和马夫一样，近于异想天开了。

更令人瞩目的是描摹放舟中流的第七景中，童仆又赫然变成了一个，但是数一数舟中人数，居然还是五人——因为有一个撑船的舟子。

我们该如何理解这些多出来的人物？第三景中巨石下露出来的两只脚太过刻意，让人无法把这些添加归结为画家一时兴起的奇想。唯一的解释，就是画家意在保证每一幅画面中的每一个人都有另一个人与之成双作对，每一个人，除了苏子自己。在整个画卷中，苏子要么就是独自一人，要么就是第五个人；只有描摹梦境的第八景乍看起来有四个人，但实际上做梦的苏子与梦中的苏子二而一，因此这一景只有三人，甚至可以说只有一人，因为二道士无非是苏子头脑的创造物而已。

在第八景里，做梦的苏子身边自然没有妻子，他独自侧卧在床上，衣被起伏的线条好像江上的波浪，又好像高低起落的山峦。

在一个处处强调二元对称的文化与美学传统里，苏子才是多出来的人物，一个畸零人。

苏轼的词《点绛唇》（闲倚胡床）上半阕可以作为注脚："闲倚胡床，庾公楼外峰千朵。与谁同坐？明月清风我。"

这把我们带回前文提出的观点：山上长啸的苏子和江上长鸣的孤鹤，在他们共有的孤独中，构成了彼此的影像。然而，就连孤鹤，在构图上和理念上都有其对应物，也就是山顶危巢中的栖鹘。第六景中，画家对栖鹘细致入微的独特摹写十分引人注目（而栖鹘枝枝杈杈的危巢又和渔父枝枝杈杈的胡须在视觉上构成回声）。归根结底，苏子真正的双身，终究还是他自己的影子。直到最后一景中，他"开户视之，不见其处"。

六、"听其所止而休焉"

然而从视觉结构上来看，独眠在床上的"苏子"还有一个双身：第二景中酣睡的马夫。

马厩，马厩里面大睁着眼睛的肥马和酣睡的马夫，都是文本中没有的因素。画中的马夫一手支头，曲身而卧，两只裸露的脚丫和这一景里苏子裸露的左臂（左手里提着鱼）遥相呼应。前文提到这幅画里的童仆都看不见五官，使女也是侧面，但是马夫的面目却非常生动地描摹出来：和渔父一样，他脸上也有一副胡须，眉毛浓密，闭着眼睛，脸上表情极为舒适放松，好像还有微微的笑意。这样正面的、细致的描绘，让观者不能等闲视之。

可以说，马夫的形象在某种程度上就和渔父的形象一样，汇聚了绘画传统与文学传统的双重回声。马夫的形象也是文本与绘画争夺意义的焦点，而且在这一方面比渔父的形象更甚。

《后赤壁赋图》的作者乔仲常是北宋名画家李公麟的弟子。艺术史家艾瑞慈（Richard Edwards）在讨论北宋画家李公麟的《牧放图》时，详细论述了"休憩中的马夫"这一绘画题材在李公麟画作传统中的重要性。他在文中也提到了《后赤壁赋图》中的马夫，指出其对周围人事的淡漠，这在他看来和李公麟《阳关图》中置身于人间奔走离别之外的渔父有异曲同工之妙。[5] 李氏《阳关图》基于王维《送元二使安西》的诗歌文本，添加与原作毫无关系的渔樵这种手法，的确和《后赤壁赋图》如出一辙。与李公麟同时的张舜民在描述《阳关图》的长诗中曾经写道："稚子牵衣老

---

[5] 参见 Richard Edwards, "Li Gonglin's Copy of Wei Yan's *Pasturing Horses*," *Artibus Asiae*, 53. 1/2（1993）: 168-194.

人哭,道上行客皆酸辛。惟有溪边钓鱼叟,寂寂投竿如不闻。李君此画何容易,画出渔樵有深意。"[6] 关于李公麟的"深意",《宣和画谱》有一段评论值得引在这里:

> 大抵公麟以立意为先,布置缘饰为次。其成染精致,俗工或可学焉;至率略简易处,则终不近也。盖深得杜甫作诗体制而移于画,如甫作《缚鸡行》,不在鸡虫之得失,乃在于"注目寒江倚山阁"之时。公麟画陶潜《归去来兮图》,不在于田园松菊,乃在于临清流处。甫作《茅屋为秋风所拔歌》,虽衾破屋漏非所恤,而欲"大庇天下寒士俱欢颜"。公麟作《阳关图》,以离别惨恨为人之常情,而设钓者于水滨,忘形块坐,哀乐不关其意。其它种种类此,唯览者得之。

宋人宗杜甫,又正值文人画在理论上建立身份之时,处处把绘画与文化传统中最受尊崇的体裁也即诗歌联系在一起,对画家的最高称赞也是"深得杜甫作诗体制"。但是《宣和画谱》所忽视的,是文本与绘画这两种媒介彼此矛盾不平之处,尤其当一幅画作建立在文本基础上的时候,就像《归去来兮图》、《阳关图》或者《后赤壁赋图》这样。酣睡的马夫在好几个层面上——这些层面有时甚至是互相冲突的——强化了《后赤壁赋图》与《后赤壁赋》之间的张力,要解说这些层面,还必须要看到马夫和马在过去与当代文本传统中的累积内涵。

在一个层面上,我们可以认同艺术史家艾瑞慈所说的,酣眠的马夫表达出对周围人事的淡漠。但在另一个层面上,我们也可以说,马夫的在场是对传统哲学文本的回声。在《庄子》中,黄帝问牧马小童如何治理天下,小童告诉黄帝,治理天下和养马没有什么不同,无非是不做对马有害的事而已。在画中,马夫自顾自地酣睡,对马采取放任的态度,而厩中的马却十分肥壮。对比文中苏子经过一番登山、超越、高处不胜寒的经历,终于返回到代表历史、时间和变化的大江上,"放乎中流,听其所止而休焉",这和马夫的智慧似乎不谋而合;但是马夫早已得道熟睡,而同一景框中的苏子却还在拎着

[6] 张诗题为《京兆安汾叟赴辟临洮幕府南舒李君自画阳关图并诗以送行浮休居士为继其后》。

鱼、酒奔走,后来又乱梦不已,直到最终"惊悟"之后还开户追寻二道士踪迹,这一举措,在想必还在酣睡的马夫的映照下,突然带上了深刻的暧昧。

靠近苏子卧内的马厩还有另一个意义层面,与当时的文学传统息息相关。与苏轼同时稍早的诗人晁端友(1029—1075),也就是"苏门四学士"之一晁补之的父亲,曾有《宿济州西门外旅馆》一诗云:

> 寒林残日欲栖乌,壁里青灯乍有无。
> 小雨愔愔人假寐,卧听疲马啮残刍。

据晁端友外孙叶梦得(1077—1148)的《石林诗话》,这首诗成为黄庭坚(1045—1105)《六月十七日昼寝》一诗的灵感来源:

> 外祖晁君诚善诗,苏子瞻所谓温厚静深如其为人者也。黄鲁直常诵其"小雨愔愔人不寐,卧听羸马齕残蔬",爱赏不已,他日得句云:"马齕枯萁喧午梦,误惊风雨浪翻江。"自以为工,以语舅氏无咎曰:"我诗实发于乃翁前联。"余始闻舅氏言此,不解风雨翻江之意。一日憩于逆旅,闻旁舍有澎湃鞺鞳之声,如风浪之历船者,起视之,乃马食于槽,水与草龃龉于槽间而为此声,方悟鲁直之好奇。然此亦非可以意索,适相遇而得之也。

我们注意到晁端友诗在《石林诗话》中有一个异文:"假寐"作"不寐"。如果是"不寐",那么"小雨"就是诗中实有的雨(虽然与"残日"未免抵牾);但如果作"假寐",那么"小雨"也就是诗人梦里听到马齕残蔬发出的声音,与黄庭坚诗意正同。黄诗在《石林》中也有异文,其通行版本作:

> 红尘席帽乌靴里,想见沧洲白鸟双。
> 马齕枯萁喧午枕,梦成风雨浪翻江。

晁端友的诗句启发的似乎不止黄庭坚一人。1088 年,苏轼写过一首《次韵黄鲁直画马试院中作》，起句便云："少年鞍马勤远行，卧闻龁草风雨声，见此忽思短策横。"

这数首诗都写到马食草导致了诗人听觉上的迷惑，而马食草又总是和行旅奔波联系在一起，让人想到张舜民题《阳关图》诗中的句子："为道人间离别人，若个不因名与利？"《赤壁赋》中的苏子以逐臣迁客之身，见到沧洲白鸟而梦成羽衣蹁跹的道士；《后赤壁赋图》中邻近苏子卧内的马厩，对熟悉苏氏集团文本传统的圈内人来说，唤起的是一种声音。黄庭坚曾称李公麟的画为无声诗，画家的玩笑是开在了黄庭坚身上。

在以上论及的这些层面，马夫的存在都构成了对苏子个人戏剧带有反讽意味的评议。图像与文本之间，图像没有简单地颠覆文本，文本也没有简单地奴役图像，而是做出了一笔复杂的意义交易。

七、水文

在一篇关于影子与双身的文字里，宜乎谈到两首赋，两幅画作。第二幅画作，是十三世纪初期南宋画院待诏李嵩所作的《赤壁团扇册页》。画的构图十分简单，是所谓一角式，左下角的巨石、小舟，与右上角的乱石和峭壁构成对角线的两端；占据了画面绝大部分的是滔滔江水。小舟中四个人：舟子居左，二客居中，苏子居右。二客一侧面，一正面，然而倒是五官模糊的舟子和"苏子"，以其戏剧化的身体姿态吸引了观者的注意：舟子是唯一的站立者，他弯着腰背，头颈、手臂和双腿都绷得很紧，显示出极度用力的样子；"苏子"的身体虽然朝向左边的二客，头却完全扭转向右，似乎正在注视画图右上角的峭壁和乱石。

册页上没有任何文字表示画的主题是苏轼的《赤壁赋》，但是正如一位艺术史家所说，"一只小船载着三位文士模样的人从峭壁下经过，这一景观几乎不可能是任何其他题材。"[7] 前后《赤壁赋》共有的一个情节是赤壁泛舟，《后赤壁赋》提到孤鹤，于是画面有无孤鹤便常常成为分辨前、后的标识之一。谢柏轲（Jerome Silbergeld）似乎便据此认为李

[7] 见史蒂夫·威尔金森论宋代赤壁赋图的文章：Stephen Wilkinson, "Paintings of 'The Red Cliff Prose Poems' in Song Times," *Oriental Art*, XXVII.1 (Spring, 1981), p. 87.

[8] 见 Jerome Silbergeld, "Back to the Red Cliff: Reflections on the Narrative Mode in Early Literati Landscape Painting," *Ars Orientalis*, Vol. 25 (1995): 24.

[9] 见 Robert J. Maeda, "The 'Water' Theme in Chinese Painting," *Artibus Asiae*, 33.4 (1971), p. 248, p. 257; Wilkinson, p. 87.

嵩的册页题材是《前赤壁赋》。[8] 但是《前赤壁赋》中对江水的描写是"清风徐来，水波不兴"，《后赤壁赋》中对江水的描写是"江流有声，断岸千尺，山高月小，水落石出"。这幅册页中水流湍急，浪涛汹涌，似与《后赤壁赋》更为契合。只不过《后赤壁赋》中，小舟"放乎中流，听其所止而休焉"的闲适散漫又与这幅册页中舟子努力搏击江流的形象构成了反差。李嵩册页的赤壁更让人想到苏轼《念奴娇》一词中的赤壁："大江东去，浪淘尽、千古风流人物。故垒西边，人道是、三国周郎赤壁。乱石穿空，惊涛拍岸，卷起千堆雪。江山如画，一时多少豪杰……"

也许，和乔仲常的叙事长卷不同，李嵩册页的题材不是苏轼任何一首具体的赤壁赋或者赤壁词，而代表了画家对这些作品的综合印象和抽象描绘。在这一意义上，李嵩册页表面看来似乎最清楚不过地体现了图像对文本进行控制的企图。在册页中，画家把主要精力集中于对江水的刻画，更是好像进一步说明了在这幅画里，图像的利益高于文本。甚至有论者提出把赤壁之游作为绘画题材是因为它给了画家一个画水的机会。[9] 然而，画家对"水"哪怕最纯粹的形式练习也还是与文本息息相关的；否则，尽可以画别的与"水"有关的题材，为什么非"赤壁"不可？

在苏轼的《赤壁赋》中，山的静止和高耸指向仙界与永恒；水的长流则代表了迁化的力量，属于时间和历史，属于人间。只有人间才有鱼与酒，乐与饵，悲欢与离合，洞箫之音与窈窕之章；只有人间才有得不到满足而长存不朽的欲望，才有图像与文字，才有画与诗。

李嵩册页中的水，是由无数屈曲盘卷、连绵不断的线条组成的旋涡，它们产生的视觉效果一似凡高笔下旋转燃烧的星宿，令人视线委曲而晕眩。星宿是永久的，至少相对于人类的短暂生命来说是如此；水纹却是旋生旋灭，灭而复生，处在永远的变动之中。李嵩用画笔给予它们静止的状态，但是这静止之中又有无限的运动，因为观者的视线无法停留在任何一点，而是随着波浪的起伏而上下而左右，随着漩流的循环而斡旋。无论星宿，还是水纹，就好像投射在地上的人影一样，都是在一个平面上出现的图案，都是原始意义上的"文"。但凡高画里的星宿和李嵩册页中的水纹不是大自然中的"天文"和"地文",它们是画家的构作,是"人文"。在这一点上,李嵩的画水更好像是农人在耕地上翻出的犁花:人类在地表留下的均匀宛如波浪的深痕。农人的耘耔与作家的笔耕同样都是以人力进行创造和生产:从犁沟中生长出粮食,生命的滋养与依靠,生命繁衍出生命,生生不息;而"字"的本义,正是妊娠、生产、乳哺、养育。李嵩在一幅白绢上细细犁画出的水纹,是对人力劳作创造"人文"的赞美与纪念;而他犁画水纹的过程本身,也即是辛苦的人力劳作,是农人耕地、作家笔耕的投影和双身。

在一首题为《画鱼歌》的诗里,苏轼写下过这样的诗句:"天寒水落鱼在泥,短钩画水如耕犁。"这里的"画"音义均同"划",据说吴人以钉加杖头,以杖划水取鱼,谓之画鱼。虽然,我们也还是可以借用苏轼的文字,来描绘李嵩册页所表现的景色以及李嵩对这一景色的表现过程。归根结底,图像和文字一样,都是人类在物质的表面留下的意义符号。乔仲常的影子、李嵩的水,就和苏轼的词赋一样,都是人工创造出来的"文"。事实上,苏轼自己就曾把文章比作水。他在一封著名的书信里,称赞友人的文字"大略如行云流水,初无定质,但常行于所当行,常止于所不可不止,文理自然,姿态横生"。文/纹理是文之理,也是水之纹。"常止于所不可不止"者,"听其所止而休焉"。

在《画水记》中,苏轼赞美唐代画水高手孙位:"画奔湍巨浪,与山石曲折,随物赋形,画水之变,号称神逸。"后来蜀人孙知微得其笔法,欲于大慈寺寿宁院壁作水石壁画,经年不肯下笔,突然一日"仓皇入寺,索笔墨甚急,奋袂如风,须臾而成。作输泻跳蹙之势,汹汹欲崩屋也"。后五十余年,"得二孙本意"的成都人蒲永昇,临寿宁院水送给苏轼,"每夏日挂之高堂素壁,即阴风袭人,毛发为立"。风对于水的重要性,可以用"无风不起浪"一句话概括,而在苏轼这段追溯画水源流的文字里,"风"凡二见:孙知微"如风"的笔力,通过蒲永昇的临摹和苏轼的赏鉴,从画中流溢而出为令人毛发耸立的"阴风",把炎炎夏日化作清凉世界,成为人工压倒自然的最好表现。

以苏轼的《画水记》参照李嵩的画水,为我们映亮了李嵩《赤壁图页》与苏轼《赤壁赋》之间关系的一个隐晦的层面。这个层面之所以隐晦,正是因为它太过明显。就像我们常常忘记诗文的物质媒介,把它们视为好似漂浮在空中脱离物质世界的超然存在一样，我们也常常忽略画作的物质载体对画作的照映。李嵩的《赤壁图》是一幅团扇册页。扇子的作用，是遮蔽日光，创造影子，带来清风——清风创造水波。在文学传统里，对团扇最为经典的描写，是系于班婕妤名下的《怨歌行》：

> 新裂齐纨素，皎洁如霜雪。
> 裁为合欢扇，团团似明月。
> 出入君怀袖，动摇微风发。
> ……

《赤壁赋》中的清风明月，在李嵩笔下体现为水波溶漾的团扇册页。如是，扇子为文字构建出图案繁复的影子。然而，与乔仲常相比，李嵩把赤壁的故事情节简化到极致；他在江水素练上刻画出来的几何形状的纹理，似乎比乔仲常的叙事长卷更能代表绘画的本质。在这一意义上来说，李嵩的画作，更为简洁地显示了图像与文字相互交错而又彼此平行的复杂的姻缘。

有诗为证：
十九世纪的诗与史 *

* 本文收入林宗正、张伯伟主编，《从传统到现代的中国诗学》（上海：上海古籍出版社，2017），页 104—131。

在古典白话小说中,一个常见的说法是"有诗为证"。简单来说,它意味着诗歌是对某一个陈述的真实性的证明。然而,诗歌何以能够被视为可信的证据或者见证?诗人又何以能够承当见证人的身份?如果置于现代背景之下,这个说法会显得颇为突兀,因为现代理念中的诗来自诗人想象,超越现实生活。这个说法所暗示的诗歌定义是基于中国文化传统对诗歌的理解——诗言志,一首诗代表了一个历史个体在一个特定的时间,特定的地点,真实的所见、所闻和所感。虽然古代诗歌史上有很多具体的写作实践和批评实践——无论是"推敲"一类轶事的流传,还是诗格诗法的盛行——都有悖这一原则,但这一原则的经典地位从未受到过任何公开质疑和挑战。因此,"有诗为证"这一通俗说法所蕴含的内容,其丰富性远远超出了这个说法的表面意义。

即以"有诗为证"这一说法本身来看,我们也会注意到一个分明的层次。关键词是"证"。它指向存在于诗歌之外的陈述,而这个陈述又指向存在于陈述之外的真实世界。诗是手段,不是目的。读诗不是为了诗本身,而是为了通过诗了解诗外之存在。在中国诗歌诠释里,我们看到一个转圜模式:知人论世,是为了更好的理解作品;但理解作品又是为了知人论世。如是进行的文学批评,在一种最理想的情况下,文本和现实可以互为语境,照亮彼此;但是批评家往往在这一怪圈里面团团打转,把诗作为证史的桥梁,过河拆桥,迷失了从事文学批评的目的。更重要的是理清"史"这一概念的多种内涵。如果诗可以为证,可以证史,它见证的是什么样的史,又到底如何见证?换一种问法,就是诗歌作为史证,和其他普通意义上的史料有没有不同,有什么不同?这些问题,是"诗史"问题的核心所在。

"诗史"这一称呼,源于宋人对杜甫的描述。如果没有在安史之乱发生后写下的乱离诗,杜甫恐怕也不会有"诗史"之目。个人与家庭的颠沛流离,与大唐帝国的分崩离析以及整个社会生活天翻地覆的巨变,构成了"诗歌写就的历史"(诗史)的内容;而杜甫对诗艺的细致琢磨,成为分别"诗人史家"(诗史)与一般意义上的史官的关键。几乎所有写于北宋之后的乱离诗,以及对乱离诗的评价,无一不是强烈地受到杜甫的影响。在很多情况下,杜诗成为一个方便的参照系,用来衡量一首乱离诗的成功程度。于是,很多宋代以后的诗人每逢战乱，便大发上继少陵的诗兴，或模仿《北征》口吻写作长篇五言诗叙事，或每于五七律中使用"乾坤"、"山河"字样抒发感慨，或明确步杜诗原韵、拟杜诗题目；而这些现象又都成为从古到今诗论者的口实，"某某诗人在战乱之后诗风一变而为沉郁顿挫"等评价司空见惯，现代评论家在检视数不胜数的明清诗人时，只要一个诗人写过几首乱离诗，就无不冠以诗史之名，并极力强调这些诗歌作为诗史的价值。然而，一方面，这些诗歌的诗歌身份经常得不到充足的注意；另一方面，到底这些诗歌都反映了怎样的史，又是如何反映了史，也有待进一步清理和辨析。

在这篇文章里，我选择几位晚清诗人——江湜（1818—1866）、郑珍（1806—1864）和姚燮（1805—1864）——的乱离诗，从不同角度对上述问题做出初步的分析，希望可以抛砖引玉，引起更多学者对诗史的说法和诗与史的关系进行更深一层的反思。十九世纪中叶，鸦片战争和太平天国起义对风雨飘摇的清帝国构成致命打击，但之所以选择这一时期作为关注焦点，更主要是因为它的时代特殊性：这些战乱不仅关系到一个王朝的气运，而且预示了时代的巨变和社会秩序正在发生与即将发生的巨变。大而言之，十九世纪的工业革命给传统人类社会带来了前所未有的挑战，在经济与政治生活中，在思想和文化层面上，整个世界都在遭遇前所未有的变革，必须面对这些变革为人类精神文化留下的断裂和创伤。十九世纪中国的乱离，是传统社会秩序解体过程的一部分，因此和前朝的乱离具有本质的区别。在这种情况下，诗史的承负更为沉重，诗与史之间的张力也可以得到更清晰和复杂的表现。

一、"如此遭逢如此诗"[1]：刀痕与鲜血在文字中的隔离

在晚清诗人中颇有名气的江湜，字持正，又字弢叔，江苏长洲（今苏州）人，从小过继给从叔为子，一生为衣食之故辗转于江苏、浙江、福建之间，有《伏敔堂诗录》十五卷一千余首（福建刊本，有作者1862年自

[1]《录近诗因书四绝句》，《伏敔堂诗录》，左鹏军校点本（详见注[2]），页346。

[2] 本文参考了《伏敔堂诗录》、《伏敔堂诗续录》，同治福建吴玉田刻字铺刻本，一函四册，藏哈佛燕京图书馆（此版影印本见《清代诗文集汇编》[上海：上海古籍出版社，2010]，册六七〇，页1—191）；《伏敔堂诗录》（包括《伏敔堂诗续录》以及集外诗），左鹏军校点本（上海：上海古籍出版社，2008）。

[3] 咸丰十一年八月二十八日（1861年10月2日），浙江金钱会占领温州府。参见郭廷以，《太平天国史事日志》（上海：上海书店，1986），页814—815。

[4]《微虫世界》只有稿本传世，藏于台北"中央图书馆"，影印本见《清代稿本百种汇刊》（台北：文海出版社，1974），册五五。田晓菲校注与英译本（*The World of a Tiny Insect: A Memoir of the Taiping Rebellion and Its Aftermath*）已由华盛顿大学出版社于2014年1月出版。

[5] 以上引文见《微虫世界》，页49—50，页73，页76。

序），《伏敔堂诗续录》四卷三百余首，此外又有抄本《集道堂外集诗》二卷录诗不足百首。[2] 1860年，江湜在杭州，于按察使缪梓手下担任低级官吏，太平军攻城，缪梓死难；城破后，江湜在一座佛寺避难数日后逃出杭州，徒步到嘉兴，后来终与本生父母及家人暂时团圆于甪直镇（苏州市东南）老家，五月中又奉父母之命逃离苏州回到杭州。七月前往温州，十一月在温州得到本生父母遇难的消息。次年八月，温州发生"土寇之变"[3]，十月避地至福州。

太平天国运动是中国历史也是世界历史上破坏性和毁灭性最严重的内战之一，而富庶繁华的江南地区在太平天国之乱中受创最甚。对太平天国之乱的记述极多，但有一部甚少人知的回忆录《微虫世界》在众多记述中别开生面，因为该书是从一个孩子的角度出发观察战乱，并包括了一些非常惨酷血腥的细节。[4] 作者张大野（1854—？）是浙江绍兴人，1861年绍兴城破时年方七岁，此后两年之间随母亲在浙江一省辗转避难，目击乱中种种惨状。譬如他回忆当时平民百姓除了避"长毛"之外，还要避官军与所谓"短毛"。"短毛者，土匪以别于长毛之称。逢贼杀贼，逢民杀民，逢官兵则义旅也。十百为群，所至席卷如风雨，尸枕藉道路，河水为不流。""河水为不流"是描述战争残杀的习语，这里却显然不是夸张而是实录，因为后文中他回忆在绍兴水乡乘舟避难，一次"风涛骤起，飘舟如卷蓬，舟子入水泅而遁，正窘急莫可为计，有大舟来，贼也。既近矣，竟覆没，十余人尽飘泊去，亦可乐也。已而日落，风益急，昏黑中忽泥而止，比月上视之，已近岸，累累皆浮尸，舟入而住焉"。又一次"觅一舟奔后堡，而后堡路为尸所塞，白脂积起，厚数寸，尸虫顷刻缘满舟，腥臭触人几死，折而返"。[5] 这样的描述生动地刻画出江南当时的惨状。

江湜家人中，仅我们所知，就至少有四位亲人死于乱中：他的本生父母与妹妹（母亲和妹妹投水而死，父亲具体死因未详），还有他的妻兄（在南京清军大营被太平军攻破时遇难)。[6] 江湜本人至少两次濒临死亡:一次是在杭州佛寺避难时,走投无路,自杀未遂;一次是在温州,金钱会党攻破其所在官署,他仓皇跳墙才幸免于死。在这两次危机中,他都曾亲眼看到熟识者死于非命:在杭州,他曾为上司缪梓收尸;在温州寇难中,他的好友陈子余的叔父陈杞未及逃脱而死难。[7] 在庚申(1860)、辛酉(1861)两年当中,江湜共作诗 11 题 20 首(辛酉年因父母于前一年遇难而无诗);而这些诗最突出的特征,就是缺少能够生动传达当时战乱情状或作者惨痛心态的细节。在一些情况下,其他文本的存在使我们特别注意到某些细节的缺乏。

如《记二月廿七日于清波门寻得前运司缪南卿先生梓忠骸追纪一诗》:

> 散尽登陴卒,高墉入炮声。
> 早知公必死,果见面如生。
> 愤血冲襟湿,忠骸委蜕轻。
> 愧非国士报,哭送下危城。[8]

无论在艺术的层面,还是在人生的层面,这首诗不能算是一首成功的诗。首联用陴(女墙)与高墉的无用写出杭州守军的溃散,尾联则再次强调高墉反成危城。贯穿首尾的是声音的意象:敌军的炮声,转为悲悼而无能为力的哭声。声音是虚空无实、片刻消散的,它在物质层面响应全诗之首"散"的断语,这也许可以说是在象征意义上最好地概括了杭州的命运、江南的命运,甚至清王朝的命运,但是,在这样一首哀悼为守城而战死者的诗里,它未能呈现死者的面目、身份和个体生命的尊严。这首诗里关于缪梓唯一实在的物质细节是两个类型化的词语:"愤血"和"忠骸"。"愤血"分明从李贺的"恨血"化来,强调感情的强烈(愤),而不是肉体的毁伤(血)。"湿"字使衣襟沉重而累赘,因突出了衣料的物质性而突出了身体的物质性,但是就在血湿衣襟这一物质细节使"面如生"

[6]《伏敔堂诗录》辛酉年下注:"上年冬十一月,在温州,闻本生父母在家殉难之讣。"左鹏军校点本,页 309;《八弟梦亡妹作诗见寄后三日亦梦见之泣而继作三首》作者自注:"先母严孺人即于甫里严氏园池殉节,妹亦从殉。"《伏敔堂诗录》左鹏军校点本,页 348。《酬吴仪吉鸿谟见赠之作》作者自注:"庚申之变,湜妻兄陈梁叔于金陵张总统大营殉难。"《伏敔堂诗录》,左鹏军校点本,页 339。

[7]《感忆四首·陈树南丈》,《伏敔堂诗录》,左鹏军校点本,页 324。

[8]《伏敔堂诗录》,左鹏军校点本,页 303。

这样的熟语变得稍微具体可感之际,"忠骸委蜕轻"急转直下,不仅把死者的个体身份转化为毫无个人特征的"忠臣尸骨",而且更进一步以滥俗的"委蜕"形容死者的遗体。"轻"字趁韵,与"委蜕"相连固然有羽化升仙的赞美之意,但是在上下文语境中,却无意中成为对这首诗的概括:诗没有传达出死者之死的重量,反而把它变得抽象和轻微。

缪梓是江湜在杭州的上司,《清史稿》有传,称其为江苏溧阳人,道光八年举人。"当贼围杭州,梓署盐运使兼按察使,管营务处,城守事专任之。临时调集,兵不满四千,城大,不敷守堞。人心惶惧,动辄哗噪。或以闭城为张皇,继又谓战缓为退缩。梓奔走筹守御,两次缒城攻贼皆失利。城绅促战急,而民与兵相仇。梓知不可为,以死自誓。守清波门云居山,侦贼掘地道,急开内壕。未竣,地雷猝发,城圮军溃。身被数十创,死之。"[9]缪梓所管营务处,江湜就在其中任职,有《二月十二日在营务处作》一诗:"二月寒无一日晴,天将杀气薄春城。风吹夜雨止还作,客治军书愁到明。民力尽供官里用,将才偏在贼中生。忧时事事堪流涕,会见东南地尽倾。"[10]《缪梓传》里记述了当时人心惶惧、兵民相仇的细节,贼掘地道、地雷猝发,缪梓身被数十创的惨状,江湜此诗及《记二月廿七日于清波门……》无一及之,仅以"杀气"、"忧时"、"炮声"、"愤血"字样描述而已。

然而,目睹缪梓之死对江湜的震动,却在写于两年之后的五言长诗《静修诗》中得到间接反映:

> 昔陷杭城时,生死呼吸间。
> 雨涂走破踵,避贼投无门。
> 尚记横河桥,古庙朱两阍。
> 半开得闻入,一僧寒鸱蹲。
> 示以急难状,情迫词云云。
> 僧为恻然涕,饭我开小轩。

[9]《清史稿》(台北:台北鼎文出版社,1981),卷三九五,页11781—11782。下文又云:"事闻,赐恤。巡抚王有龄追论梓创议株守,夺恤典。及杭州再复,举人赵之谦诉于京,下巡抚左宗棠确查。疏言:'梓居官廉干,临难惨烈,请还恤典。'后巡抚李瀚章、杨昌浚屡为疏请,赠太常寺卿,祀昭忠祠,并建专祠,予骑都尉世职,谥武烈。"江湜在《记二月廿七日于清波门……》一诗前有《感事二首》,详此意,皆赋此事,如"战骨已销方积毁,忠魂应悔肯筹兵"云云。

[10]《伏敔堂诗录》,左鹏军校点本,页302。

佛庐数椽外，寂寂唯荒园。
是夜天正黑，雨重灯窗昏。
园中啸新鬼，什佰啼烦冤。
数声独雄厉，知是忠烈魂。
昨收缪公尸，遍体丛刀痕。
在官受其知，时又参其军。
悲来激肝肺，不忍身独存。
佛后有伏梁，可悬七尺身。
是我毕命处，姓字题于绅。
不虞僧早觉，怪我仓皇神。
尾至见所为，大呼仍怒嗔。
问有父母耶，胡为忘其亲？
勿死以有待，乘隙冀脱奔。
犹可脱而死，徒死冤难伸。
百端开我怀，相守至朝暾。
遂同匿三日，幸出城之阍。
僧前我则后，徒步同劳辛。
道闻杭州复，收悲稍欢欣。
僧还我独去，分手鸳湖滨。
……[11]

在这首纪念静修的诗里，我们知道当时杭州阴雨连绵，在雨重灯昏的深夜，当深受近事刺激的诗人在僧寺内有意上吊自尽时，徘徊其脑海不能去的就有缪梓尸身遍体刀痕的血腥图像。然而，如果我们拿这首诗和作者当时写于横河桥古庙中的《陷贼后避居僧寺题壁》相比，却听到一个相当不同的声音：

我杀一贼贼杀我，此身小用奚其可？
欲鏖万贼决一死，安得俄招百壮士？
腰间雄剑三五鸣，按之入匣销其声。

[11]《伏敌堂诗录》，左鹏军校点本，页320—321。

剑乎有志扫狂寇，且忍风尘万里行。[12]

[12]《伏敌堂诗录》，左鹏军校点本，页302。

这首诗与其说是诗，不如说是辩护词：作者为自己选择不死而辩护，似乎预见到将来会有人指手画脚，批评他身为朝廷官吏，为何没有随上司殉难，和"贼"决一死战。如果我们相信这首诗果然是当时写于僧寺，当然我们可以说这大概是作者在被静修说服之后而作，解释其求活的选择；但是只看这首诗本身，充满了"雄剑"、"扫狂寇"、"鏖万贼"、"万里行"一类夸张大言，完全不能想象当时曾经有过的仓皇、惨痛、绝望的心情与处境。而诗中以有志扫狂寇作为不死的解释，是一个具有所谓政治正确性的解释，它冠冕堂皇，简化了一个人徘徊死生之间，不能忘其身、不能忘其亲的复杂心理。如果我们说这首诗对作者心态有所反映，它反映的不是其字面所表达的意义（留身杀贼），而是作者希望以此诗为自己选择不死向当代和后世人做出辩护，也使幸存者的负罪感得到些许解脱。

江湜集中关于同一经历在不同时地写下的诗篇，从不同角度分别投射下一点点光辉，照亮隐没在雨重灯昏的历史黑暗中的个人的图像，但光辉每每是局部的、浅显的，甚至是令图像扭曲变形的。与宏大的历史书写相比，使"诗史"能够别具一格的地方在于个人化的细节中传达出来的个体身份：诗人本人的特定遭遇，他生命中具体的人与事，可以给我们展现被宏观历史叙事——诸如"太平军破杭州，某某某某殉难"——所忽略的细部，唯有这些细部可以把丧失于战乱兵祸中个体生命的身份和尊严还给那些"某某"，帮助我们重新结构一个已经消逝的世界，感受它曾经一度存在于文本之外的真实。当乱离诗缺乏细节，缺乏个人面目时，它对诗史这一称呼的所有权要求就未免大打折扣。

在《静修诗》后半，诗人写道：

> 又闻杭州破，饿死十万民。
> 我于万民中，念此僧一人。
> 忆昔于汝饭，见汝彻骨贫。
> 安有围城内，能继饔与餐？

> 早欲裹饭去，千里迷兵尘。
> 昨宵忽梦见，破衲嗟悬鹑。
> ……

"又闻杭州破，饿死十万民"这句诗对很多乱离诗而言都相当具有代表性：战乱惨状在这样抽象和类型化的叙述中得到概括，读者可以在理性层次认知战争的残酷，但是感性层次没有强烈的感受。在这种情况下，"我于万民中，念此僧一人"一联，则总结出这首诗何以取得了一定程度的成功：作者给出名姓的秦氏静修和尚，虽然缺乏清晰的面目，毕竟成为作者以及读者对抽象的众生苦难感到切实关怀的具体切入点。

不过，如《静修诗》、《感忆四首·两仆》这样的诗，在人性的层面上是感人的，究竟其"诗"在何处，却又成为问题。个人化的细节对"诗史"来说是重要的,但不是说凡能叙事详细的乱离诗都具有诗性。诗人金和（1818—1885）有多首诗记述陷身太平军占领的南京以及从城中逃脱的经历，他在这些诗的后记中说："是卷半同日记，不足言诗。"[13]这虽为自谦，却非凿空。"诗"在于那些可以洞穿人情人性之曲折幽暗的物质或心理细节。《微虫世界》中有这样一则记述：

> 贼之杀人，非必其皆恶之也，特游戏耳。余尝于陆家埭见妇人焉，数贼从之嬉笑从东来,意甚得也。忽曰："董二,负心哉。"贼曰："何谓也？"妇笑而数焉。贼遽怒，出刃。妇笑曰："试杀我可也。"语未已，贼骤起斫其臂，臂断，数贼犹笑也。既而褫其衣露乳，割而掷焉，大笑去。余视其乳，血流离有淡红色，类石榴子者满其中,试拈而观之，若突突跳不止，乃狂怖而返焉。[14]

这则短短的记述提到笑凡五次，加深了兵士罪行的恐怖效果。在这种非常时期、非常情势下，妇人企图把兵士当成正常的男人和情人来对待，称其名，并以"负心"责数之，而为了抗拒她对他的驯服，他不仅肢解妇

[13]〔清〕金和著，胡露校点，《秋蟪吟馆诗钞》（上海：上海古籍出版社，2009），页156。
[14]《微虫世界》，页60—61。

人以抹杀她的人性,而且特别割去她的双乳来抹杀她的女性特征。这段记述最为特异的,是作者有勇气写出自己当年的反应:刚刚七岁的孩子混沌半开,充满好奇,因此才居然会对成年人避之犹恐不及的情景走近前去仔细谛视。于是,我们看到一个令人震动的文字图像:一只好似溃破石榴一样的被切割下来的乳房。这一视觉细节最好地传达出了整个事件的恐怖性,这种恐怖不仅抓住了三十年前的孩子的心,也抓住了三十年后记叙这一事件的作者,更在百年之后依然有力量抓住读者,比任何史料和统计数字都更能传达出太平天国之乱中文明秩序的崩溃和人性的伤残。为什么会产生这样的效果?不是完全因为"现实"亦即士兵的残忍行为本身(试想这一行为仅用"贼割其乳,弃之,大笑去"描述,效果会截然不同),而是因为孩子对乳房的近前谛视:"血流离有淡红色,类石榴子者满其中,试拈而观之,若突突跳不止。"通过对割下来的乳房的仔细描述,作者的叙事对女子身体的肢解进行文本的模拟,迫使读者在文本层次上亲身体验目击恐怖图像的感受。这段描述中最关键的是石榴的比喻:在中国文化传统中,多籽的石榴象征了女性的生育能力,而石榴裙更是诗文中对女性的常见转喻。剥开的石榴,是成年作者附加在这一事件上的比喻,它不是事件的叙事内容,而是事件的情感内容,它既是一个物质细节,也是心理细节,它的在场凸显了这一记述的文本性质,同时,它櫽栝了这一事件中纠结在一起的性与暴力,并借助石榴的传统文化和审美意义——青年女子的性感魅力和母性——凸显了士兵罪行的残酷,有力地传达出永远发生于事后的、具有延宕特质的精神创伤。虽然这段描述的重点是孩子的恐怖而不是妇人的酷痛,但是妇人身体的创伤在孩子的心理创伤里延续下来,从未愈合,导致成年作者在三十年后在文本上重复打开创口,这正如现代心理学所言,强迫性重复(repetition compulsion)是精神受创者重写历史的企图。

  这段描述中的石榴意象,因为上述这些原因而具有"恶之华"类型的诗性。但是这样的描述不仅在清末乱离诗里绝无仅有,在大量记述太平天国之乱的笔记中也属少见。这当然不是如"五四"一代宣称的那样是由于古代汉语失去表现力——我们已经看到上面的描写的震撼性很大程度上来源于读者对文化传统的熟悉;也不是由于古典诗歌形式不再能够有力地表达现实。这是因为语言系统和诗歌写作都已经生成了特别的表现传统,遵循这些表现传统写出来的诗歌，其内容相对于无限的现实来说是非常有限的，是被早已定形的诗歌话语范式所规定的。更进一步说，这些表现传统会反过来塑造和限制读者观看世界的方式，而每个作者在开始写作之前都首先是一个读者。如果这些诗人已经习惯于通过这些表现方式来看世界，那么诗人眼中早已无法看到现实中的黑暗与恐怖，更何从下笔写出现实中的黑暗与恐怖？在江湜集中，缪梓身上的刀伤与鲜血分别在两首不同的诗中写出，我们从诗人眼中看到的是没有血迹的"刀痕"和没有伤口的"愤血"，轻飘飘没有实体的尸／诗身。

二、"叹息遂成诗，因之传不谖"：现实与表现之间的裂缝与伤疤

江湜诗集首印于同治元年（1862）四月的福州。就在同一时间，在清帝国西南一隅的贵州，太平军攻至遵义县南平水里，遇难者当中有赵福娘及其二媳一孙四人，其事迹保存在三种文字记录中。一为赵恺（1869—1942）、杨恩元总纂的《续遵义府志》卷二三《列传五·贞烈》；一为赵福娘的堂侄也是赵恺的堂兄赵怡（1851—1914）于光绪廿九年（1903）所撰《余氏姑妇三烈碑铭》；一为赵怡的外祖父、著名诗人和学者郑珍的五言长诗《纪赵福娘姑妇死难事》[15]。据赵怡说："怡之先君子以其事迹述诸郑征君子尹，为诗纪之。"赵怡的"先君子"大概曾明确请求郑珍赋诗纪念福娘婆媳，就像姚燮曾应友人要求写作《暗屋啼怪鹗行为郑文学超记其烈妇刘氏事》一样。在这种情况下，写诗显然是为了歌咏和纪念死者，起到诗史和旌表的作用。但是，成功的诗不只是分行加韵脚的史料，不只是一面文字牌坊，它应该有一些不同的东西。

很难说郑珍的诗是不是一首成功的诗。这个

[15] 赵怡母亲乃郑珍长女郑淑昭。此诗有两种版本：一为此题，见于民国四年（1915）贵州陈氏花近楼刻本中收录的《巢经巢遗诗》，这卷诗是赵怡在郑珍去世后整理遗稿所得，简称陈本；另一版本题为《记赵福娘姑妇三人死节事》，见于《续遵义府志》（民国二十五年［1936］刻本之影印本，《中国地方志集成19·贵州府县志辑》，卷三五，页172），也见于白敦仁，《巢经巢诗钞笺注》（成都：巴蜀书社，1996），页1319—1320。白氏笺注本的《后集》部分（也即包括此诗的部分）以赵怡于1928年所编《巢经巢遗诗》和后来1940年所编的《全集》本为底本，此诗面貌和《续遵义府志》所载基本相同，这一版本简称府志／笺注本。此诗的两种版本——陈本和府志／笺注本——出入甚大，最突出的区别是陈本中诗题不作"三人"，诗中也不见任何有关庞氏媳的描写；府志／笺注本中则补入庞氏以成姑妇三人。本文以陈本作为底本，府志／笺注本中一般异文在括号中以"一作"标出，多出来的有关庞氏的描写在注脚中注出。按：白氏虽然在《前言》中说校以陈本，并称陈本"颇有是正文字处"（页24—25），但是关于此诗却误称"陈本无此首"（页1320），而且所有异文，除了一处之外，全都未出校记。

[16]《续遵义府志》，卷二三，页172。引文也见白氏笺注本，页1320，但误作《府志》卷二二。

[17]《续遵义府志》，卷二三，页172—173。引文也见白氏笺注本，页1320—1321，为节录，但未注出。

[18] 笺注本作"第五子正典之妇"。

问题在对清代乱离诗的评价里似乎很奇怪地不占据任何地位，似乎"诗史"的称呼已经把价值赋予了一首诗，无须再考虑诗本身的诗性所在。但在郑珍的诗里，我们看到和其他两篇记载同一题材的散文文字都有所出入的内容。这些出入迫使我们注意到史和诗所共同具有的建构性质。

《续遵义府志·列传五·贞烈·余凤翙妻赵氏、子正纲妻赵氏、正典妻庞氏》（以下简称《府志》）是几种资料里最晚出的，也是最简短的[16]：

> 平水里余凤翙妻赵福娘，为副贡赵天民之女，其孙女以侄从姑，亦婚余氏。正典妻庞，亦平水里人。同治元年壬戌，湄瓮贼大扰乡里，举家乘夜出奔，皆星散。氏至天旺里之马路顶，粤贼忽掩至，人涌沸四窜。贼刃斫凤翙，福娘以臂拂之。夫脱去，福娘臂几断，遂投岩下。媳赵亦随之。皆不得死。乃缢自经。媳庞见贼蜂涌不绝，又寻不得其亲，亦遂伏死牛涔中。光绪中请旌，皆入祀节孝祠。

事件发生四十二年后写下的《余氏姑妇三烈碑铭》（以下简称《碑铭》），对事件叙述如下[17]：

> 烈母赵氏，遵义县南平水里副贡生赵天民之女，同里余凤翙之妻。而烈妇赵氏，则烈母兄长龄女，为烈母第三子妇，其夫曰正纲；烈妇庞氏，又烈母第四子正典之妇也[18]。烈母嫔余，庄俭温惠，操行有法，生子七人，娶妇者五矣。而二烈妇事烈母尤谨，无违教。烈母尝独爱誉二妇事我贤。同治元年壬戌，湄潭贼入寇平水，烈母举家西窜天旺、罗闽间。无何而楚贼石大开西上，村落沸梦，鸟惊鹿鋋。烈母家奔行至马路顶，遇贼飙至，仞俾凤翙几及腹，烈母卒以身蔽，乞代死，伤腕臂，大血淋漓，贼义之舍去，本不死也，然伤重不可亟行，惧因稽滞累夫，倘他贼复来，终不免矣，促夫去，遂转坠岩根，取死而不死，又自经，乃绝草中。当烈母坠岩时，烈妇赵氏曰："姑死矣，我不贻贼辱。"负襁褓儿携

庞氏手随之坠，皆不死，以帛勒儿殪[19]，然后与庞氏交缢[20]同毙烈母旁。呜呼烈母以脱夫，二烈女以殉姑，憭憭致命如此者。凤翮时从岩上观之。时四月二十二日也。凤翮去三日复还，三尸如故，买木皮以次瘗之，至今里人呼三烈冢云。（下略）

比较起这两种文字材料，郑珍诗是最早的记载，其来源应当是赵怡先父的口述。[21] 郑珍也以介绍背景开始：

> 县南平水里，副车赵天民。
> 有女名福娘，闰菊其女孙。
> 福娘淑（一作"贤"。）且智，早作余氏嫔。
> 相庄至（一作"及"。）偕老，七子皆毕婚。
> 菊也侄从姑，姑言无弗（一作"不"。）遵。
> 三十乳一儿，襁抱不去身。[22]

在三种记载里，根据旧时女子从父从夫的原则，赵福娘都是作为赵天民之女和余凤翮之妻出场的；她的儿媳赵氏在《府志》中则作为赵天民孙女出场，《碑铭》还特别指出年轻的赵氏是赵福娘之兄赵长龄的女儿，但对赵氏婆媳的名字却只字未提。郑诗则首先提出赵天民的名字，冠以乡里与爵禄也即其副榜贡生身份，不仅严格遵循史传传统，而且借此突出赵家的社会与文化地位对子女道德传承的影响。郑诗与《府志》、《碑铭》不同之处，在于给出赵氏婆媳两人的名字，使她们的个人身份得到较多的呈现；此外，相对于《碑铭》之仅仅强调德行，郑诗以"淑且智"来描绘赵福娘，以"相庄"描述她和余凤翮的夫妻关系。我们还得知赵闰菊三十始生一子，据后文"三岁儿"推算，知其去世时约三十三岁。女人三十生子在当时算是很晚，"襁抱不去身"刻画出母亲对幼子的爱，也因此而间接凸显了后文亲手杀子的惨痛。

[19] 笺注本作"以草勒儿僵"。
[20] 笺注本作"交经"。
[21] 本文所用陈氏花近楼本影印本见《清代诗文集汇编》（上海：上海古籍出版社，2010），册六二二，页435—436。按：《汇编》于标题扉页注"民国三年贵州陈氏花近楼校刻"，但卷首有陈夔龙"乙卯十月"序（页182），说明书之印行实在民国四年（1915）。
[22] 此处府志／笺注本多"自妇庞氏女，孝能汲江臀"句。

一个值得注意的地方是《碑铭》言赵福娘"生子七人,娶妇者五",郑诗却说"七子皆毕婚",是为记载出入之一。

郑诗的第二部分描写事件本身:

湄贼掠平水,鸡犬空四邻。
全家走(一作"避"。)天旺,寄食罗闽源。
举头环乱峰,谓可托生存。
岂知楚(一作"粤"。)贼来,速于风卷云。
相传尚恍惚,倏已至其村。
村人纷崩(一作"奔"。)逃,扰扰合复分。
福娘率诸妇,生死随夫跟。
不识何路吉,(一作"去"。)[23]但向众所奔。
喘息马路顶,(笺注本此处小字注曰:"山名。")惨淡天日昏。
贼旗忽麾至,少妇顷无痕。
刀光及夫腹,福娘蔽之巾。
腕臂血淋漓,翻身坠崖垠。
菊也亦从(一作"随"。)下,杀夺方纷纷。
亲戚无一见,何由知苦辛。
移时贼他去,其夫脱余魂。
寻见皆自绞,气绝卧草根。
旁仆三岁儿,残乳犹在唇。
纵抛岂能活,惨绝父母恩。
豺虎尚未还,抚泣声泪吞。[24]
舍去越三日,其夫复来臻。
村空林谷静,惟有蝇蚋亲。
赁棺得木皮,乞土锄荒榛。
追举福娘尸,十金压于臀。(一作"背压十两银"。)
知作暴露计,巧贻收瘗人。

[23] 此处异文笺注本出校,云:"《续遵义府志》卷二十二,'吉'作'去'。"

[24] "纵抛岂能活,惨绝父母恩。豺狼尚未还,抚泣声泪吞"四句,府志/笺注本作"更觅无半里,识是庞也身。没首浴牛水,抚泣声泪吞"。值得注意的是,在半里之外牛水中发现庞氏尸身与《碑铭》的叙述显然有矛盾,但与《府志》"媳庞见贼蜂涌不绝,又寻不得其亲,亦遂伏死牛涔中"相合。

诗的最后一部分是诗人感喟：

> 噫乎此姑侄，（一作"三妇"。）志节迈等伦。（一作"高嶙峋"。）
> 同时被掠妇，（一作"惭杀被掠者"。）忍死随贼群。
> 一旦终汝弃，虽生等污尘。
> 此事同治元，四月廿二辰。
> 叹息遂成诗，因之传不（一作"弗"。）谖。

福娘为救夫而受伤这一关键情节，诗叙述最简："刀光及夫腹，福娘蔽之巾。腕臂血淋漓，翻身坠崖垠。""蔽之巾"颇为奇怪，如果没有看到后来的记载，完全可以理解为试图用佩巾包扎丈夫受伤处而又受到贼创。此外，这几句诗没有交代福娘丈夫的所作所为，给读者留下的感觉是福娘受伤后翻身掉下了山崖。《碑铭》在此处叙述最繁："仞傅凤翽几及腹，烈母卒以身蔽，乞代死，伤腕臂，大血淋漓，贼义之舍去，本不死也，然伤重不可亟行，惧因稽滞累夫，倘他贼复来，终不免矣，促夫去，遂转坠岩根。"这里值得注意两点。首先，把福娘受伤明确写成英勇的义举：不仅以身蔽夫，而且乞代夫死；于是连贼也受了感动而舍去，福娘与丈夫之得命全亏福娘的义行。这让我们疑惑：郑诗如果写"福娘蔽以身"岂不是更符合当时情景？不用"蔽以身"，除非是因为前文已有"襁抱不去身"一句而诗人不想重复用韵，但这还是不能掩盖"蔽之巾"的语焉不详和不通情理。其次，也是更重要的，《碑铭》的描述对福娘丈夫的作为给了一个最清楚的解说：他的脱身（虽然我们后来发现他似乎没有立即离开）是出于福娘的催促。《府志》此处用二十三字记述："贼刃斫凤翽，福娘以臂拂之，夫脱去，福娘臂几断，遂投岩下。"给人印象是福娘用手臂拨挡士兵的刀刃，丈夫乘机逃脱，福娘受创不能行走，于是跳崖。相比之下，郑诗在此叙事最为模糊。如果我们只看郑诗，不会知道福娘受伤的详情和福娘丈夫在当时的反应，也不清楚福娘丈夫究竟是如何与福娘分开的。

与《碑铭》的叙述（福娘在贼离去后有时间劝说丈夫逃命）相反，郑诗创造出当时一片混乱的印象（"杀夺方纷纷"），似乎一切都在仓促中发生。

最明显的是关于余凤翱找到福娘等人尸体的叙述:"移时贼他去,其夫脱余魂。寻见皆自绞,气绝卧草根。""脱余魂"三字十分模糊,不能反映余凤翱当时具体情形。《府志》省略了找到尸体的叙事,《碑铭》则说:"当烈母坠岩时,烈妇赵氏负襁褓儿携庞氏手随之坠,皆不死,以帛勒儿殪,然后与庞氏交缢同毙烈母旁。……凤翱时从岩上观之……去三日复还,三尸如故,买木皮以次瘗之。"《碑铭》本来给读者留下余凤翱已然脱身("促夫去")的印象,现在我们赫然发现他竟然就在岩上"观之"。"之"指什么?三妇和幼儿的尸体吗?三妇自缢和缢死幼儿的全过程吗?郑诗则对赵夫在三妇跳崖自杀前后的所在所为语焉不详,只说余凤翱"脱余魂"后发现尸体,"抚泣声泪吞"("抚泣"暗示他曾亲身到山岩之下,和"从岩上观之"矛盾),但因贼军未远,所以"舍"之而去。

郑诗在此处叙事的简约和模糊不是因为受到古典诗歌形式或语言的局限,而是诗人有意的选择。事实上,郑诗在有些方面比两份散文材料都更具体生动。这集中反映在三个细节上。第一,赵氏媳妇在自杀之前先勒死襁褓中的孩子,郑诗云:"旁仆三岁儿,残乳犹在唇。"第二,余凤翱三天后回来收尸,当时"村空林谷静,惟有蚊蚋亲"。第三,余凤翱在赵福娘尸身下发现十两银子,诗人认为是福娘预先考虑到无人收尸,故留银给发现她尸身的人作为营葬之用。

死在祖母和母亲身旁的男孩唇上尚有母乳的痕迹:在审美层面上,在诗歌艺术层面上,很容易解说这一细节的力量,它和空寂安静的林谷、在尸体上徘徊的蚊蝇一起,为读者提供了一幅栩栩如生的关于死亡的图像,使读者对战乱中的凶死产生具体的认知,凸显了母亲杀死幼子以及乱中尸体暴露的惨酷。这些细节可以产生所谓现实效果,属于相当常见的修辞手段,但它们的有效性完全在于它们的真实程度,或者,更准确地说,是读者对它们的真实性的相信程度。(假设我们有确凿的数据源告诉我们三岁儿唇上的母乳这一细节是诗人凭空创造出来的,或者当时林谷里面有很多寻找亲人的村民,充满哭喊之声,这些诗句的感人程度就会大打折扣。)当然还有一种情况:这些细节既不是虚构,也不是确凿无疑的实有,而是"可能实有"的。(比如郑诗要是说几具尸体三天后只剩下发白的枯骨,就不可能实有,也不会感人。)但就在这一情况里,"真实性"也还是诗歌感人力量的检验标准。然而,"残乳犹在唇"这一说法却充满问题:难道三天之后还看得见三岁儿唇上的母乳么?又怎么知道一定是母乳?难道是母亲在勒死他之前最后喂了一次奶?抑或是孩子被窒息时的呕吐物?如果中国传统诗论认为诗歌应该为现实世界作证,那么这样的问题就不是琐细无聊的问题,而是直接指向诗歌经典定义的核心,直接把我们带入传统中国诗歌的三种层次:诗歌本身,存在于诗歌之外的陈述,以及最终存在于陈述之外的真实世界。在这首郑诗里,那个真实世界以最肉体、最物质的面貌——死去的幼童嘴唇上的母乳痕迹——呈现出来,然而,当我们开始"较真"的时候,却发现问题重重。

郑诗这几处细节,无论在《碑铭》还是《府志》中都不见踪影。如果诗人有能力写出这样的细节,自然也就有能力对当时发生的情形做出细致清楚的叙事,因此,这些细节的存在把我们带回到一个问题:赵福娘跳崖前后,她的丈夫究在何处,当时到底发生了什么?《碑铭》提到福娘"促夫去",明显在替赵夫开脱(虽然"从岩上观之"的表述——大概意在强调伊是目击见证人——在现代读者看来十分寒冷);《府志》较含蓄地替他开脱;郑诗对之语焉不详,反而引起更多注意。当我们把几种文字材料放在一起,就更是不能确定当时的实际情形究竟如何。

最后的一点,也是十分重要的一点:郑诗本身有两种差异很大的版本。一种版本完全不提福娘的另一儿媳庞氏,一种版本补入庞氏并删除了对三岁儿之死的议论。但补入庞氏的版本提到赵夫在福娘婆媳尸身的半里之外发现庞氏在"牛涔"中淹死的尸体,这与《府志》记载符合,与《碑铭》记载大有出入。如果改动出于郑珍本人之手,到底哪个版本才反映他的最终意图?改动是否真的出自郑珍本人之手?为什么对庞氏之死的叙事相差如此悬殊?当"诗史"的版本本身就存在众多疑问,我们如何通过诗考究它所代表的——理论上应该代表的——那个真实世界?

庞氏到底是淹死还是缢死?尸身到底在何处发现?在这个情况里,女性之决烈总是反衬出男性之无助,但福娘的丈夫到底有没有试图援救自己的妻子、儿媳和小孙子?他的缺席是出于被迫,还是出于怯懦?又为什么直到三天后才回来收尸?这些是文学问题,是历史问题,也是法律问题,和"有诗为证"这一语汇所蕴含的文学、历史和法律意义具有直接而密切的关系。对这些问题,我们却永远也不会得出确定的答案。在同治元年四月廿二日发生在贵州遵义马路顶山上的家庭悲剧,到底多少出于太平军的暴力,又有多少出于人性在一瞬间的自私、懦弱、鄙下,恐怕就在当时也不会得知详情,因为一切叙述都带有偏见,更无论罪感深重的幸存者的叙述。在诗末,郑珍写道:"叹息遂成诗,因之传不(一作"弗")谖。""谖"在这里作忘记解,但这个字也有"欺诈"的意思。在这里,"谖"字的多义成为对现实之暧昧和多解的一个寓言。诗人希望用诗记录现实,纪念死者,但是,表现与现实既联结又分离,死去幼儿唇上的母乳标志了在现实与表现之间永远存在的裂缝与界线,一道永远不会愈合的伤疤。在这首诗中,不是在叙述事件的字句里,而是在现实与表现之间的裂缝里,我们可以看到现实的矛盾、张力和复杂。

三、"南云幻苍狗,刻画总难真"[25]:文字的支解与自我的支离

在本文所要讨论的最后一个案例里,伤口与破裂不是发生在某一文本之中,或文本与现实之间,而是发生在一个诗人的著述总集里。

我们这里要讨论的是姚燮,他是浙江镇海(今属宁波市)人,晚清著名的学者、诗人。姚燮中过举,但数次应进士试失败,诗词骈文书画等皆盛有时誉,一生基本依靠他人赞助、卖画售文为生涯。三十五岁那年鸦片战争爆发,次年英军陷浙江定海、镇海、宁波,时姚燮正在宁波,家眷在镇海,故对战乱有亲身体验。暮年在上海、宁波、鄞县(今宁波市鄞州区)、象山(今为宁波市下辖县)等地寓居,遭遇太平天国之乱,1860年太平天国克杭州时姚燮就在镇海、象山一带,1864年病殁于鄞县。

1846年,姚燮41岁,亲自编选删定《复庄诗问》34卷付刻,共收编年诗3488首,以三十至四十岁之间诗作入选最多。然而奇怪的是,此后直到去世的将近二十年间,姚燮再未对自己的诗作进

---

[25] 这两句诗取自姚燮《都门故人频以书来问海上消息》。[清]姚燮著,周劭标点,《复庄诗问》(上海:上海古籍出版社,1988),页755。

行如此精心的编辑整理，其所作诗曾辑为《枕湖感旧诗》、《闲情诗》、《西沪棹歌》、《蚶城游览唱和诗》，又有五十余首诗见于红犀馆诗社所结集《红犀馆诗课》。[26] 这些短小的集子基本上各有特定主题或成于特定场合，与《复庄诗问》的编年体十分不同，而且除《红犀馆诗课》之外，或存或佚，都未曾单独刊刻。

如果我们检视《复庄诗问》，我们看到的是一个就像杜甫或陆游那样以诗为史，一丝不苟地用诗歌记录和书写自己生活和国家生活的诗人，所有"应该"包括在内的经历都包括在内。即以1841年为例，共有编年诗277首（《诗问》卷二一至二三），如《正月九日招同张广文振夔曹丈锦袁应锡史伟倪铉饮大梅山馆和张丈作四章》、《妇病自春晚始剧至六月四日竟不复生感触所缘记以哀响都得二十三章焚之榇前以代诔哭》、《八月二日遣仆之镇迎母及妹与两儿移居郡寓暂避海警得三章》、《闻定海城陷五章》、《后冒雨行九月初七日自郡城至慈北鹤皋作》、《镇海县丞李公向阳殉节诗》、《冬日独醉书感八章用少陵秋兴韵》，以及卷二三末尾的《除夕》。这样的详细记录，却在诗人41岁那年突然中断。在读者来说，就好像一个熟悉的人突然消失不见、杳无音信；从诗人角度来说，诗圣杜甫留下的"诗史"模型，一千多年来为无数诗人包括姚燮自己所遵守，似乎突然失去了它的意义。太平天国之乱对浙江、江苏二省造成惨重的破坏，《微虫世界》中描绘的那个令人发指的残酷世界就在诗人周围，然而我们却无从知道它对姚燮产生的影响。

1860年，太平军攻陷杭州，江湜辗转逃亡，贵州遵义发生家庭惨案。八月，英法联军陷北京，焚圆明园，而当此时，避地象山的姚燮被邀加入当地名士欧景辰、王蒢兰等人发起的诗社，以文坛耆宿身份担任诗社祭酒，品评诗社成员作品，间或也参与创作。因象山以出红犀（桂花之一种）闻名而欧景辰寓室题名红犀馆，故称红犀馆诗社，每月一会，首次集会即咏桂花为《红木犀辞》，次题为《蓬莱山寻陶弘景丹井》。[27] 如果我们只看这一诗社的结集，里面充斥着咏物（从象山海味到美人风筝）、拟古、拟乐府古题、论诗、纪游等名色的作品，我们完全不会想象得到当时诗社周围战火连天、死难流离，帝国在内战和外侵之下崩溃瓦解的情形。

[26]参见洪克夷，《姚燮评传》（杭州：浙江古籍出版社，1987），页87，页149—154。

[27]《红犀馆诗课》（四册），同治四年（1865）刊刻，册一，第一集。

[28]《红犀馆诗课》，册二、第三集。
[29]《红犀馆诗课》，册三、第五集。
[30]《红犀馆诗课》，册四之末，《海山小集分韵诗卷》。
[31]《伏敔堂诗录》，左鹏军校点本，页308。
[32]《伏敔堂诗录》，左鹏军校点本，页335。
[33]《小西湖作示同游诸君》，《伏敔堂诗录》，左鹏军校点本，页317。
[34]《伏敔堂诗录》，左鹏军校点本，页328。
[35]《复庄诗问》，页836、840。
[36]《复庄诗问》，页816；《娱鸟篇赠李姬素代古定情篇》，《复庄诗问》，页834。
[37]《复庄诗问》，页851。

在这些诗里，江南名士们的诗酒生活照旧进行着，他们一唱三叹的最大时代悲剧是象山地区的一位"金烈妇"在咸丰三年（1853）被婆婆折磨而死，[28]他们唯一咏时事的作品是《纪庚申十一月钞象西团勇搜禽逸盗事》[29]。庚申（1860）十一月，也就是江湜在温州得到父母妹妹死难消息、太平军占领二百多公里外的浙江富阳后直逼杭州的月份，诗社同人游西沪海山，"以摩诘诗'高情浪海岳，浮生寄天地'十字拈阄分韵各得五古一章"，姚燮诗始以"佳日延古欢，空山绝名累"，结以"涤荡千载忧，挥觞托遐寄"。[30]

江湜有很多写于逃出险区之后的作品，这些作品痛定思痛，往往比他记述乱离的诗具有更多的感人力量。其中最突出的是诗人作为一个幸存者对传统文人生活的继续感到震惊与不适的诗篇。比如《梁溪友人索题万柳溪图》："江南天地日倾覆，况说区区万柳溪。一纸图来双泪落，恕余拈笔不能题。"[31]再比如《福州府席上》："自讶烽烟隙处身，论文樽酒此何因？便须烂醉华筵上，不念江南人食人。"[32]在福州偕侣出游时，他作诗道："眼中地主诗人社，意外天涯酒客筵。珍重风光休再负，名区多少入烽烟？"[33]最有意思的是《索书》。他对索书者感到厌倦，"强试为渠数十行"。接下去描写作书时的复杂心理："见役此心方作恶，既书得意又全忘。"最后感叹："此手何当杀贼用，漫同古墨斗豪茫。"[34]相比之下，姚燮1841年在鸦片战争中避乱时所写的诗作诸如《夜作画梅三章》、《洞桥天王寺》等则全然不同。[35]乱离之后，文人诗酒生活照旧进行，时事可以付诸"激昂醉后论，一畅灌夫骂"，亦不妨碍在逃难期间娶妾纳宠。[36]此或可以用他《闻南岙有梅花觅终日不得》一诗的结句概括之："悲风逼夜万象惨，暄然斗室生祥晖。"[37]

对于自觉处身暄然斗室里的红犀馆诗社成员而言，诗成为一个与诗外的世界相颉颃的幻境，无论诗外世界天崩地坼万象惨，诗都可以高枕无忧。这本身也许不算是问题，但在中国诗言志的文化传统里，这是一个非常大的问题。这些诗仍然可以作为见证，但它们见证的是在这样的时代、这样的环境里,有这样的一个社会群体,这样的一种心态。

姚燮也写词,他的词作也很有名。他自己在1833年选编《疏影楼词》五卷刊刻;后来又写有《疏影楼词续钞》一卷,有藏于北京图书馆的稿本;另有私人收藏的1879年鄞县陆智衍精钞本《续疏影楼词》八卷,[38]但直到1986年才首次刊行。[39]与他的诗不同,姚词很难判断具体写作时间。《疏影楼词》固然都是28岁之前作品,《续疏影楼词》中有明确纪年者甚为寥寥,止可大概判断为掺杂了中期和较晚期的作品。[40]著名学者钱仲联在沈锡麟标点本《疏影楼词》序言中写道:"姚燮中年以后,经历了鸦片战争、英法联军之役、太平天国革命等重大历史事件,后期词作中,对此都有所反映。"[41]这些被钱氏称为"词史"的词作见于《续疏影楼词》卷六,钱氏判为"《故苑》以下二十二首一组词"。这些词都有二字题目,如《故苑》、《坏城》、《败邸》、《冷署》、《荒关》、《绝塞》、《残村》等。钱氏认为这些词都指称时事,比如《霓裳中序第一·故苑》"反映英法联军入寇京师,圆明园被破坏惨景"[42]。但这些词本身就像它们的题目那样高度类型化和缺乏时空具体性。

《故苑》全词如下:

> 江山易换局。昔苑今栖樵与牧。多少椒丹蕙绿。叹复道沉虹,香斜埋玉。舻棱一握。尽上摇天半凉旭。无回辇,草深花谢,那忍问前躅。
> 乔木。荒鸦来宿。便披殿只游麋鹿。当年旄骑卫毂。想禁御秋拦,壶街春束。才人遭乱逐。苦卖唱、内家旧曲。陵台树,杜鹃哀魄,夜望紫烟哭。[43]

从文本内部,完全无法得知诗人到底写的是一座特定的故苑,还是任何故苑,一切意象都是从历代咏叹亡国故苑的诗词里面回收利用的。同样的情形也在一定程度上发生在姚燮诗中。1841年,姚燮有一系列新乐府类型的诗作,如《北村妇》、《杭州商》、《山阴兵》等。这些诗里的人物是类型,不是个人。

[38] 稿本影印本收入《续修四库全书》(上海:上海古籍出版社,1995—1999),册一七二六,页487—600。这一精钞本题署《续疏影楼词》,共八卷,收藏者李一氓推测八卷之中包括了姚燮未曾刊刻的《玉笛楼词》二卷。《疏影楼词》(见下注),页221。

[39] [清]姚燮著,沈锡麟标点,《疏影楼词》(浙江古籍出版社,1986)。这一标点本包括《疏影楼词》五卷和《续疏影楼词》八卷(见上注)。

[40] 如作于辛亥年(1851)的《祝英台近》,《疏影楼词》,页166;又如作于庚戌年(1850)的《高阳台》,《疏影楼词》,页177。

[41] 《疏影楼词》,页7。

[42] 《疏影楼词》,页8。

[43] 《疏影楼词》,页185。

[44] 此处引文均见《姚燮评传》，页19。
[45]《疏影楼词》，页222。
[46]《复庄诗问》，页1289。

就连叙述自己的亲身经历，姚燮也常常采取乐府歌行的形式，比如《惊风行》《速速去去五解》《冒雨行》和《后冒雨行》，似乎这样的形式可以帮助他和诗中描写的事件保持一定的距离。

很多学者都注意到姚燮在诗与词中分别呈现出两种截然不同的面貌。《姚燮评传》作者洪克夷指出，《诗问》中一些"真实而悲苦的题材，在他同时所著的《疏影楼词》里却很少正面的抒写"。洪氏注意到姚燮"三十岁以前所作的诗与词，有截然不同的自我表现。我们在诗中所见的姚燮是清贫寒士，而词中所见的姚燮乃洒脱才子"。他把这归结为"可能是由于他当时对诗与词这两种体裁有不同的看法"[44]。事实上，姚燮三十岁后的诗与词，也还是有不同的自我表现。李一氓说："我们读他的《复庄诗问》对鸦片战争的感受，就比较激昂慷慨得多，那些'堪他绰约双鬟女，坐邻船背影，泥唱琵琶'（续稿第一首《高阳台·初泛西湖》）就大不相同了。大概词人守着'诗言志'、'词要婉约'这些条令在行事。"[45] 其实"言志"是指写作内容，"婉约"是指写作风格和方式，本不应该有所矛盾。《毛诗大序》称："诗者，志之所之也，在心为志，发言为诗。"又说："情动于中而形于言。"但诗自北宋以来就开始把细腻感情尤其是相思艳情让给了词，诗所言的志与情不但范围大为缩小，而且内容受到本来所没有的限定。在《诗问》跋语中，姚燮写道："诗至今日，流变穷矣，殆可以不诗也。虽然，诗以道性情，苟不诗，性情何所寄？吾之诗，吾自寄其性情耳。"[46] 这里所寄的性情，却是已经被支解分割的性情。

不仅如此，我们还必须看到那些被《诗问》排除在外的诗作，那些与《诗问》里面的作品同时所著的篇章。再以1841年为例。是年春，姚燮在宁波，当时鸦片战争已爆发，《诗问》中数首诗作都与军事戎务有关，如《军营赋柳》、《诸将》《军工厂观铸炮》《军谯诗》等，还有年初写下感时忧国的《闻粤警》。同时得到妻子病重消息，《郡寓闻内子病剧》诗云：

  城气入昏浑，颓云莽不垠。
  山川寻立地，兵火役劳魂。
  托命谁资药？离乡已愧恩。

遥知峦一束，兀翠向蓬门。[47]

诗中呈现的是一副劳心悄悄、境界苍茫的画面。但这年初春，他写就《十洲春语》一书，书分"品艳"、"选韵"、"攈余"三卷。上卷对当地妓女做出品评，"每一人系一花，凡二十六品"；中卷全部是姚燮及友人的诗作，包括姚燮的一百零一首绝句，每首题咏一妓（间有一首合咏数妓者）；下卷叙述青楼人物和风习，收录时人包括姚燮自己在内为妓女所作诗词多首。[48] 下卷末尾所记小妓王绣林年方十四岁（按照现代算法十三岁而已），九岁即已得到姚燮赏识，称之为"雏凤"，庚子（1840）秋重见之下，"往来渐与欢密，矜赏委曲，不自知逾于恒情，颇思为量珠之聘"。为题本事诗前后二十四首以终卷。其一云：

感尔星軿谪女嬗，玉筝横膝记华年。
柔枝抱鄂春能觉，纤月窥云影自怜。
逼酒新潮初泛靥，上头短发未齐肩。
迷离隔幕闲风趣，荡向微波总似烟。

这些诗却无一例外被排除在《诗问》之外。《十洲春语》中的诗，只有两首绝句编入《诗问》，一题《旂帛》，讽刺军营之嫖妓者；一题《听歌》，对自己嫖妓做出调侃（"惭愧萧闲如我辈，侧身花里听清歌"），都排列在《郡寓闻内子病剧》之后。[49] 然《春语》中尚有《听歌》（其一）未选入《诗问》，则全是从正面对召妓夜饮津津乐道之词："贴屏春影海棠娇，风过疏帘烛晕消。难得相逢尽知己，如何不饮负良宵！"此外，1841年唯一收入《诗问》中和嫖妓有关的作品就是《席上醉歌赠妓》[50]，可以预见地抒发身世不遇的感慨牢骚，赋予嫖妓一个冠冕堂皇的解说。

是年春，姚燮以《春语》四处示人，[51] 得到不少序言，这些序言有写于三月三日者，立夏日者，

[47]《复庄诗问》，页755。
[48] 最早的《十洲春语》版本是上海弢园1879年活字版排印本，署名二石生，淞北玉魫生（王韬，1828—1897）光绪五年（1879）校跋。这一版本只包括上、下二卷，略去中卷。二十世纪初叶的《香艳丛书》版包括上、中、下三卷。
[49]《复庄诗问》，页756—757。
[50]《复庄诗问》，页751—752。
[51] 如白华山人（厉志，1783—1843）序言"今晨初霁……闻有叩柴荆者，启视之，乃三交门二石生，袖出书一卷，题曰《十洲春语》"云云。

[52] 三月三日为1841年3月25日；立夏日为是年闰三月十六日，公历5月6日；六月庆阳节为7月18日。
[53]《复庄诗问》，页759—760。

六月庆阳节者；[52] 而庆阳节两天之后的六月四日，姚妻吴氏在家病逝，姚燮作《感触所缘记以哀响都得二十三章焚之椁前以代诔哭》诗，其二有道："自汝为我妇，与汝胶漆同。……尔愁愁我心，尔瘝瘝我容。"其四云："自汝为我妇，十载九出门。每计一载中，数月与汝亲。余月我在客，独梦依舟轮。抱影汝亦独，如我含酸辛。"[53] "尔瘝瘝我容"、"独梦""含酸辛"以及前面所引的"兵火役劳魂"一类描写，和《春语》下卷中描写的境界——"兰姬御窄袖服，移行灶，拨火瀹泉，爇茗供客；桂卿效厨娘装，调山薯羹，煮脱粟饭，水母石发，俊味胪陈。更为弹髻倚肩，拈字索解，不知许事，相与兴酬，笑语未阑，东方延白，各含薄倦，隐几息神。梦醒推帘，则剩烛堆盘，坠钗在地，游丝缭鬓，燕影过衣，虽销金帐底，浅唱低斟，无逾此乐。"——未免天渊之别。

通过编删去取，通过把现实经历一一分别放入不同的容器进行隔离，姚燮为我们呈现出一个四分五裂的人格。如果我们只看到《诗问》，我们看到一个充满家忧国患的诗人；但如果我们把这部诗集和同时所作词以及《春语》放在一起，其人格之多重、自我之分裂已经远远不能用"生活的不同侧面"来解释，除非我们可以想象一个人的感情可以被分隔成一块一块放在头脑中的不同抽屉里，彼此之间不相通融。这里的问题不是多种自我表现里面的任何之一种，而是"割裂"这一现象本身。自我的统一和贯通——宋代以来的儒家哲学或曰道学所极力强调的"诚"——不能再维持下去，"诗言志"这一经典定义在自我割裂造成的张力下亦到了全面崩溃的程度。其实，前面提到的诗、词分工，早已使诗言志、诗乃性情之寄托这样的陈述问题重重，而这样的情况偏偏就发生在强调自我内在统一的道学兴起之时，是十分耐人寻思的。道学是自我之割裂的征象，也是对自我之割裂的反动。具有反讽意味的是，姚燮显然相信自我的统一性，而这正是他分割诸作的根本原因：在每一种作品集里，作者都呈现出一个具有内在统一性的人格类型，只有当我们把这些集子放在一起，才会注意到它们之间的矛盾。

姚燮并非一个孤立的个案，在晚清文人中，他的割裂具有代表性。明清时代的中国文化是以戏曲文化为主体的文化。中国戏曲把人物区分为不同角色类型,每种人物类型都有不同脸谱和化妆。这一艺术特色带来的后果是人物类型化,每个类型都有主要特点,但类型不能合并,也不能转换。换句话说,在这样的戏曲文化里,人们习惯于以既定的角色类型来划分和理解人物性格,比如侠女、才子、闺秀、奸臣等,人物趋于简化,而且没有成长和转变的机会(除非是所谓饱经忧患之后变得"老成")。在《都门故人频以书来问海上消息》一诗中,姚燮写道:"匿名留史在,抉意向谁陈?"在《复庄诗问》里,姚燮显然希望扮演杜甫的角色,而他在鸦片战争中写的诗里,就有不少明显是在模拟老杜题材或口气的诗作;[54] 但是,他无法把自己的人生变成一部完整的、唯一的叙事,他的人生舞台上有太多部戏剧在同时上演,正是这些戏剧角色的不安的并存和交叉构成了姚燮的"诗史"。

[54] 比如《孤立》(《复庄诗问》,页786)之模拟老杜的《独立》,《哀东津》(《复庄诗问》,页794)之模拟老杜之《哀陈陶》,更有《冬日独醉书感八章用少陵秋兴韵》(《复庄诗问》,页847—849)。

四、结语

在本文中,我们讨论了诗史的概念和它在十九世纪诗歌中的表现。杜甫是中国诗人心目中的楷模,杜甫的诗史之目,也是中国诗人所希求达到的最高境界之一种。但通过探讨三位十九世纪诗人的乱离诗,我们看到,诗如何见证史以及见证了什么样的史,都不是透明的、容易回答的问题。在郑珍一节,我们注意到诗与史所共同具有的建构性质。一切对现实的表现都是再现(representation),再现与再现的对象之间总是存在差距。诗歌体裁有诗歌体裁的表现手法和修辞格传统,这些传统限制了诗歌对现实的再现;同样,史书体裁也有史书体裁的表现手法和修辞格传统,这些传统也限制了史书对现实的再现。作为文学学者,我们的任务之一是理解和分析诗歌体裁的表现传统,以及这些表现传统对再现现实的限约。

伟大的诗,优秀的诗,总是会在某些方面和某种程度上超越表现传统,它们的超越是我们仍然还在欣赏它们的原因之一,这是因为文学史知识构成了我们的阅读体验的一部分,哪怕在有些情况下我们不太会有意识地想到一个伟大诗人的前辈或时人——那些前辈和时人正是由于伟大诗人的存在而变得湮没无闻。杜甫的伟大,在于他在表现现实方面的创新,如果千年后的诗人学杜甫的具体作法而不是学他创新的精神,就正是在和"杜甫"背道而驰。

诗"史"与一般史料的最大区别,在于它的个人化,这种个人化表现在细部:人与事的细部构成了它们的具体性和特殊性,把那被宏大的历史叙事剥夺走的个性和尊严还给个体生命。而诗史之"诗",不应该是被文学学者视为占据次等地位的因素,甚或完全忽略不计。

在诗史的概念中,诗与史的关系错综复杂,因为"史"常常存在于诗与现实之间的裂缝中;或者就像我们在姚燮一节中看到的那样,存在于诗的文字之外。在姚燮的情况中,文本的支离与自我的支离互相表里,从一个奇特的角度,继续着诗呈现自我形象的传统,虽然这里的自我形象不是作者自己有意呈现出来的。传统意义上的诗史,可以说至此趋于崩溃,或者需要我们对"史"的定义做出修正。"史"不仅指在国与家与个人层次上发生的事件,也指个人的主观意识和心理状态;我们不仅需要在一首诗的字面意义里寻找史,也需要在这首诗和诗外文本以及诗外世界的互动中寻找史。换句话说,就是要检视说什么,怎么说,以及言说行为本身和它的语境。如果我们只在诗的字面意义里寻找史,我们就不会看到红犀馆诗社的诗史意义,不会看到它对一个特定的社会阶层在一个特定时代中的历史代表性。

诗史的概念,虽然一般来说和重大历史事件尤其是战乱流离联系在一起,但从诗言志这一经典定义的角度来看,一切中国传统里的诗歌都是诗史:史不只是国家和朝代的历史,也是家庭的历史,更是个人的历史。因此本文探讨的诗史问题,可以广义地理解为诗与诗所要表现的现实的问题。最后需要指出的是,中国文学传统强调知人论世,在这样的传统下运作的文学批评,美学与道德层面总是不可避免地纠结在一起。如果诗言志和知人论世是一个所有的古典作者都在理论上接受的传统,研究古典文学的当代学术文章也仍然不断提到作者的"生平"与"人格",那么我们在学术研究中就不能回避一些根本性的问题:在论及任何一位具体诗人时,诗言的是怎样的志,以及更重要的,诗到底如何言志?文字与情志之间的关系不是透明的或者不言而自明的,这要求我们回到文字,也就是一首首具体的诗歌文本,检视字面、行间、诗与诗之间的空隙里以及作者对自己的诗歌进行编辑整理之取舍传达出来的信息。

会说话的伤口：
晚清抄本《微虫世界》中的创伤记忆[*]

[*] 本文曾发表于《中华文史论丛》2017年第1期，总第125期。

中国的古典文学传统尽管载籍浩瀚而且丰富多彩，对童年经历的长篇详细叙述却并不多见。十八世纪作家沈复在他的回忆录《浮生六记》中曾对童年的乐趣与恐惧做出过难得的生动描述；大约一个世纪之后，同样来自江南地区的张大野（1854—？）写下一部自叙传，记述了他童年时在太平天国内战中的惨痛遭遇。这部自叙传题为《微虫世界》（以下简称《微虫》），现在仅以手写本形式传世。其影印本收录于台北文海出版社1974年出版的《清代稿本百种汇刊》，英译本于2014年由美国华盛顿大学出版社出版。无论对于历史学家还是文学史家来说，这都是一部弥足珍贵的著作。

《微虫》的作者张大野是浙江绍兴人氏。我们从这部书里对他得到的了解，从某种意义上说相当地多，但是从另一种意义上来说又非常地少。比方说，我们知道他的生日是1854年1月29日，我们也知道他的绰号和小名；但是，我们却不知道他的字，这意味着一条重要传记材料的缺失。我们知道他的父亲曾在江苏省担任中等级别的地方官吏，在书中某处，作者还提到他的父亲与晚清著名能吏、周恩来的外祖父万青选（1818—1898）是好友；但是，作者虽然在书中记载了他的数位叔父、堂兄弟、父执和友朋的姓名，却一次也没有提到自己父亲的名字。在太平军占领绍兴之后，太平天国一位高层将领曾住在作者的祖宅里，这表示作者的祖宅是绍兴的上等宅邸之一。作者显然来自绍兴一个富裕的、社交广泛的士绅家庭，从他的文字来看，虽不能称为博学，却受过良好的教育，然而我们读至终篇，都不知道他是否婚配，有无子女。从书中提到的日期，可以推断《微虫》写于1893到1894年之间，全书从来未曾付印，而是以写本形式流传，范围可能基本局限于亲戚和友人。现在，唯一一部为我们所知尚为完整的抄本保存于台湾的图书馆，是《清代稿本百种汇刊》据以影印的底本。

无论从哪一个方面来看，《微虫》都是一部奇书。在众多有关太平天国运动的记述里，它为我们展现了一个七岁孩子的所见所闻；在中国处于重大历史转折的年代，它为我们呈现了一个地方性的视角。虽然作品产生于清朝末年风雨飘摇大厦将倾之际，然而，作者最关怀的是地方问题，详尽而充满情感地描写浙江地方的山水、人民、风俗、物产，以及浙江各地的不同处境与困难。然而，书的命名和用意却又清楚地呈现了作者对于"以小见大"的强烈意识，全书序言开宗明义第一句就指出："从微虫声中，听出大千世界"（页1）。[1] 作者谦逊而又骄傲地以一介"微虫"自命。的确，和晚清民国很多留下篇章文字的名人大家相比，作者是一个默默无闻的小人物；但也正因此，他的遭遇可能更具有代表性，也可以让我们能够在宏大的历史叙事的背景下，看到、感受到一个普通个人在乱世中的经历与心态，为"历史"还原其细致的质地。最后，也是十分重要的一点：虽然作者不是传统文学史里的有名之辈，但是这部流畅而朴实的作品却具有非同寻常的叙事结构，以文言写作而又具有高度的现代性，标志了行旅文学和自传文学中的一个里程碑。

本文旨在介绍这部奇书，并把《微虫》作为"创伤写作"的典范进行论述，这不仅仅是因为书中记录的惨痛经历和暴力事件，更因为这部书的奇特结构。在这里，"行旅"的意象对我们思考这本书很有用，这有以下两个原因。一个原因是行旅主题在全书中占据了重要地位。全书以作者的浙江天台之行开始，在接下来的篇幅里，作者对他生平经历的叙述几乎完全是以行旅为主线的：幼年时逃避捻乱，童年时遭遇太平天国，成年后为生计或家事奔波辗转，而在这些旅途中他又常常客中作客，游览一个地方的风景名胜。另一个原因，是《微虫》的叙事呈现了一幅"创伤的地图"：叙事的进展，在表面上看来好似充满了自由联想，但就在作者的意识流叙事下面，有一系列不断反复出现的词语、意象和主题概念，它们起到记忆触发点的作用，又好像是迷宫版图的路标；这些词语、意象、主题概念的反复出现，所模拟的正是创伤记忆（traumatic memory）的运作方式。《微虫》在文类上的混杂性，还有它结构上的独特性，都暗示了创伤留下的令人迷向的效果，对传统叙事模式造成了直接挑战。[2]

记忆可以受到干扰而发生变化。即使我们想要通过文字书写来控制和固定它，它也还是可能飘忽不定，因为就连文本自身也会受到外界环境的影响而改变。下文将首先讨论《微虫》的特别结构以及创伤书写的特别体现，最后通过描述这

[1] [清] 张大野，《微虫世界》（台北：文海出版社，1974），以下引文均出于此。
[2] 在《乱离、记忆和文类：太平天国轶事追记》一文中，韩瑞亚（Rania Huntington）提出，在有关太平天国的叙述中，"笔记"这一形式，因为它的"短小篇幅、混杂的内容及其与历史和小说问题重重的关系"而特别适合于为记忆赋形（Rania Huntington, "Chaos, Memory, and Genre: Anecdotal Recollections of the Taiping Rebellion," *Chinese Literature: Essays, Articles, Reviews*, 12［2005］: 61）。张大野的回忆录在其引用的各种文类体裁中包含了笔记的形式，但是，我希望强调指出它和笔记非常不同的一点，也就是说它其实有一个大的叙事结构贯穿全书。

部作品在二十世纪的保存和传播过程，检视文本遭受的"暴力"和文化记忆的创裂与扭曲。

一、"记忆"的结构

《微虫》是一部哀悼之书，追忆之书。它讲述的是死亡、失丧、恐惧、暴力，是成年的自我如何面对和清理童年的创伤。它分成三部分，[3] 其内部结构影写和展示了个人创伤回忆的运作，邀请读者直接参与回忆的过程。正如心理学家所说的"创伤回忆"总是通过闪回式倒叙和支离破碎的断片反复出现，《微虫》的特点是它仔细建构出来的重复性、碎片性，全书充满了森惨的意象、偏执狂式的妄想、过度的情感。如果说碎片化可以用来描述它的章回体式和轶事体式的叙述风格，那么它的重复性既表现在内容上（比如说作者会一次次访问同一地点、重复同一旅行路线），也表现在形式上，因此我们可以在表面的散漫无章之下辨认出一系列不断反复浮现的叙事因素，把这本书串联为一个整体。

我们很难把这部著作按照中国传统的写作体裁进行分类，因为它混合了很多不同的文学书写：自叙、游记（包括旅行日记）、笔记、议论、诗词。在现代图书馆或书店里，它大概会被划分为"非小说类/回忆录"。但是，这部作品一开头即明确提出一个"世界"的诞生，从而凸显了这个文本天地的建构性质：

> 皇帝龙飞光绪十有九年岁次癸巳四月有六日，微虫有天台之行，世界之所起也。意者菩提果将熟欤。（页3）

这样一个开头，以其"世界之所起"的大气魄声明，让人想起很多部中国古典白话小说如《西游记》或者《红楼梦》在开篇时铺设的开天辟地之宇宙语境，从侧面加强了所有自传性叙事都具有的小说虚构性。

在中国的传统分类法中，"龙"也属于虫类，

---

[3] 影印本在标题下注曰"不分卷"，但书中实际上以"微虫世界一"、"微虫世界二"等分为三部分，为方便起见，仍以卷一、卷二称之。

虽然它是虫类里等级最尊贵的生物、皇帝的象征；那么，在上面所引的开场白里，通过"龙"和"虫"的对举，通过把"微虫天台之行"的开始和表示帝王兆迹之"龙飞"并列，作者在最卑微的小虫和最尊贵的皇帝之间建立起了平衡关系，在修辞上给予小虫高贵的地位。作者对纪时形式的选择（"皇帝龙飞光绪十有九年岁次癸巳四月有六日"）强化了这种个人尊严。这样的纪时形式在历史叙事中比比皆是，在诗、赋这样的古典文体中也可见到，无论班昭的《东征赋》还是杜甫的《北征》诗，都利用这种肃穆的历史纪年方式为个人历史赋予重量。有时，如果所记事件是相当琐细的，譬如白居易的《游悟真寺》，那么这种纪时形式的使用也会产生出一种反讽或幽默效果。

《微虫》作者的天台之行，既不像杜甫的北征那样充满殷忧，也不像白居易寺庙之行那样闲适，而是处于两者之间。在后文，作者披露此行的目的乃是为了向亡友原济川（1839—1893）作最后的致意和告别，但同时也借此机会一路探访朋友和欣赏山水景致。作者使用正式的纪时形式，如史官一般逐日记述随后的旅程见闻，以及意味深长地提到"菩提果将熟"（表示即将达到彻悟的境界），均暗示此次旅程具有某种超越了其当下目标的重要性。

值得注意的是，虽然他在路上确实访问过天台，张大野此行的真正目的地乃是绍兴。既然如此，作者不把旅程称为"绍兴之行"而称之为"天台之行"凸显了天台的意义。天台是浙江的一个县，也是一座风景优美、作为佛教和道教圣地而广为人知的名山。"天台之行"的说法更令人想到刘晨、阮肇入天台山遇仙和成仙的著名传说。然而，在《微虫》里，天台之行却以一件惊悚的遭遇开始：张大野和他的旅伴潘先生刚刚上路，就遇到了四个面目不善的男子与他们共乘渡船，"其二口操湖南音，类营勇"（页3）。担心这些男子要对他们不利，作者做出精心策划避开麻烦。就这样，对头两天旅程的记述以作者逃脱潜在的危险、宽慰地松了一口气结束。

我们不知道作者和他的旅伴感到的威胁到底是真实存在的还是想象出来的，是否作者在自己脑海里上演的一幕心理戏剧——我们在下文会看到，作者确实有充足的理由感到焦虑。不过对读者来说，最重要的是理解这样一件遭遇在书中起到的修辞作用：张、潘二人是后代的刘晨、阮肇，但他们不仅没有遇到两个美丽的仙女，反而遇到了四个面目狰狞的陌生男子。当张大野来到天台时，发现风景优美的名山现在布满了防守"山贼"的士兵。当张大野和他的伴当穿过天台县时，还和士兵发生了冲突，甚至闹到几乎"拔刀相斫"的程度。现代人处境的黑暗与充满田园牧歌情调的过去——哪怕是想象的过去——构成了鲜明的反差，这种反差奠定了全书的基调。从过去到现在的巨大变化在接下来对于欲望受阻的叙述中得到进一步印证：旅程第三天的晚上，在一家名叫"荣升"的旅店住宿时，作者的脚夫闯入房间，打断了他和当地某"娟好"小妓的缠绵（页5）。现代男子和县城土妓以落空告终的性爱冒险和刘阮遇仙的浪漫传说形成了不容忽视的讽刺性对比，让人更清楚地意识到作者以"天台之行"而非"绍兴之行"描述自己的旅程是一个有意为之的话语选择。

就这样，《微虫》一书在开头几页里，已经为读者呈现了数个将要在全书之中反复出现的意象和主题：被怀疑为"贼"的陌生男子带来的威胁，行路的危险与困难，令人失望的现在和一个被浪漫化的文化过去形成的对比。"贼"这个字，在全书之中一直用以指称太平军，对作者来说有着特殊的意义。那两个"操湖南音，类营勇"的陌生男子是另外一个具有丰富含义的细节：当年，清政府在镇压太平军时，在湖南乡勇团练基础上发展出了湘军，湘军在镇压起义中起了重要作用，但是也因攻破南京后对无辜百姓的掠夺和屠戮而臭名昭著；太平天国失败后，湘军大半被遣散，很多士兵成为地方土匪。虽然太平天国起义已经过去了三十年，社会仍然可以感到它带来的后果。

在记叙荣升店的经历时，作者提到在土妓离去后，他在旅店房间的墙壁上发现一首诗，开头四句是这么写的：

卅年不到溪山路，苍狗红羊事变更。
杯酒尚须邀拇战，笑谈还欲逗心兵。（页5）

"苍狗"本来描述白云的形状，后来成为世事变幻无常的比喻。"红羊劫"指古人相信总是会在丙午、丁未年发生的国难（丙丁属火，色红；未为羊年），但是因为太平天国的两个首领洪秀全、杨秀清的姓氏合起来正好是与"红羊"谐音的"洪杨"，太平天国又被称为"洪杨／红羊劫"。"拇战"指猜拳，而"心兵"则借以比喻沉重的心事。

正是在此处,我们看到"天台之行"为什么对于我们的作者来说会成为强有力的记忆触发点:和"贼"这样的字眼一起,诸如"红羊"、"掴战"、"心兵"这样的词语,还有类似湘军营勇的陌生可怖男子、驻扎在天台山上对普通过路人拔刀威胁的士兵,这些都会给曾经有过惨痛暴力童年经验的作者,一个从现代心理学角度看来患有创伤后遗症的人,造成强烈的触动。这为书的第二部分也就是作者对太平天国的回忆埋下伏笔。就连壁上题诗的首联也诡异地呼应了作者的亲身经历,因为他的"天台之行"离他遭遇太平天国之乱正好三十年。

在天台山,张大野造访了几座佛寺,并在真觉寺住宿了两夜。他描写自己如何在夜深之时聆听梵呗、反思生死,也写到和真觉寺长老的一番谈话。在中国的诗歌传统中,对寺院的造访总是以精神开悟的叙事结构进行描写的,诗人前往通常坐落于山中的寺院,身体旅程往往被比喻为精神的进程。值得注意的是,张大野呈赠给长老的诗,第一句提到的就是回忆:"影事前尘记渺茫。"(页5)虽说"记[忆]渺茫",他的书却无非是一部回忆之书。法国哲学家瑞柯(1913—2005)说:

> "回忆"到底意味着什么?它不是仅仅回想起一些彼此没有关联的孤立事件,而是有能力形成有意义的次第序列和井然有序的连接。简言之,就是能够把自己的经验以一个故事的形式编构在一起,在其中每一个如此形成的记忆都不过是故事的一个碎片而已。[4]

回忆意味着梳理过去,写下自己的回忆意味着安排和理解自己的生命,把那些影响精神进程的妖魔从心中驱除。在《微虫》里,"如此形成的"回忆被编织进作者人生叙事的大幅锦挂,而作者的人生叙事又被安放在国家大事与王朝命运的大背景下。如此一来,作者的个人历史和国家的历史成为两个大的叙事框架,帮助作者理解和处理他的细节记忆,特别是那些对童年遭际的追思。

[4] Paul Ricoeur, *Hermeneutics and the Human Sciences: Essays on Language, Action, and Interpretation*(《阐释学和人类科学:语言、行动和诠释论文集》, Cambridge: Cambridge University Press, 1981), p. 153.

对"天台之行"的逐日记叙，最后以作者表达隐居天台的愿望作结。接下来，作者对浙江台州郡的地方风俗做出描绘，因为天台原是台州的六县之一。作者的描绘穿插着充满哀伤的轶事和诗作。比如说一则轶事描述作者在黄岩渡口见识到的一种奇异职业——船夫雇佣一个"善哭"的女人，用她的眼泪在好斗的船客之间维持秩序（页26）。第一卷的最后一个段落则描写了台州仙居县的两种山鸟，根据当地传说，每种鸟都是由一个不幸夭亡的少女变化而成的，它们的鸣叫声也因此充满了悲哀。第一卷以这样的话结尾："呜呼，清夜闻声，盖几于肠断焉。"（页31）黄岩渡船上善哭的妇人和仙居山中悲啼的鸟儿互相呼应，构成了彼此的回声；同时，卷一结尾处的鸟鸣又令人回想起卷一开始时面目不善、"卷舌格磔"的陌生男子，"格磔"正是对鸟鸣的描述。像这种语言层次上的回旋反响，助建起一个哀婉而又残酷的意象的网络，在全书之中时时像幽灵一样隐约闪现。

卷二是全书的中心。其主干是自传叙事，从作者的出生开始写起，主要描述集中于1861到1863年这几年，其间张大野和母亲在浙江各地辗转流离，躲避兵乱。卷二开首的一段话重拾起卷一关于隐居天台的话头，作者在此向我们透露他已经年届四十，这是孔子所谓的"不惑之年"，可以视为卷一起头处"菩提果将熟"一语的儒家对应，再次强调这本书是作者人生重要转关时期的产物。确实，在中国男子平均寿命不到四十岁的十九世纪，迈入四十岁可以迫使一个有思想的人反思自己的生命意义。"有能力形成有意义的次第序列和井然有序的连接"是需要时间的，三十年的距离让作者得以从一个新的视角回顾他的童年，而且理解过去事件和经历的意义，这也好像精神分析学的术语"推迟动作／后遗性"（deferred action）所说的那样，早先的事件是在一个人回忆的时候才获得其创伤力。如此，则把早先事件书写下来，既可以让妖魔现身，也是可以驱邪除怪的行为。

卷三按照时间顺序继续叙述作者生平，但叙述重心从太平天国转向捻乱。已经长成少年的张大野和父亲一起住在袁江（江苏淮安），正值捻军攻城，遂目睹了袁江防守战，而当时为首的捻军将领正是原太平军将领。也是在袁江，张大野开始学会写诗。他以带着反讽和哀伤的口气，提到他的父亲告诫他写诗无用，命他阅读两位前代政治家的奏议和遗规：

> 谨退而读之,趋步遂与时背,至于今日卒不振。虽见鄙于世哉,对先君子于九原,敢告无大戾焉。先君子既见背,家境日益困,乃试为客游……(页93)

接下来的文字,遂以记述这些"客游"为主。张大野把自己比喻为"团团磨驴"(页123),虽然行了很多路,却从未脱离一个相当狭窄的地理范围。在此后的文字里,他对全书的叙事做了一个首尾相应的圆满收束,记述他如何在1887年前往仙居县,在当地政府任职,在那里结识了担任典史的原济川。此前,原济川曾于1883年土匪围城之变时率士民登城守御,卷三的最后一节记录了作者曾为原济川手绘仙居地图所题的长诗,以及他和原济川对盗贼问题的讨论。全书以感叹治理国家之困难而终结(页147—149)。

卷三最令人瞩目的是末尾章节对本书开始章节的一一呼应。全书以作者1893年的绍兴之行开始,旅途中在天台逗留;全书以1887年的仙居之行结束,旅途中也在天台逗留。卷一的旅行以作者希望重回天台作一小结,而在卷三,他告诉我们他最早生发游天台的念头是在前往仙居途中。两次旅行他都雇用了一个天台本地人做他的脚夫,而每次的天台脚夫都是令人愉快的旅伴。卷一的旅行目的是向原济川之灵作最后的告别,而卷三最后着力描写的仙居之寓全以作者与原济川的友谊为中心。如果说作者在卷一简笔勾勒出了原济川的生平事迹,那么在卷三,原济川的小传则在作者当年所题的长诗里重新出现。卷三最关怀的"盗贼"问题,与卷一、卷二的记叙多所响应;其实,这简直可以说是全书之中最显著的一个主题,表现了作者的童年创伤为他终生所留下的后遗症。

书中这种一切都不断反复回旋出现的情形,产生的效果之一是让任何变化和差异都更为清晰地凸显出来。张大野在仙居的时候,遇到过一件稀奇的事情:他曾经有一次在城门外看到过一个跳舞的僵尸,那是一个被处死的"盗贼",张大野被这个景象吓坏了,"大骇奔命而返"(页144)。这件事和卷二记叙的很多故事形成了鲜明对比。在卷二,张大野是个见惯了死人的孩子,对尸体毫不畏惧,现在的他常常奇怪自己小时候为什么不知道害怕。成熟的检验尺度,是面对死亡时的恐惧程度,而且是被怜悯的心情复杂化的恐惧。同时,这也可以视为对心理创伤之延宕性的寓言。

卷三的种种回声反响创造出奇特的修辞效果。在张大野叙述前往仙居的行程时,他详细描绘了所经之地,读者意识到这都正是他在卷一经过的那些地方。而当我们意识到这一点的时候,卷三很多看似漫不经心的言论,在作者生平叙事的语境里突然带上了重要的意义。这里只举一个特别突出的例子:他在卷三提到他想去看一看天台山上的国清寺,但是没有去成(要记得这是在1887年)(页139)。这把我们带回到卷一,在那里他告诉我们,在1893年5月25日,他(终于)在雨中游览了国清寺。一个和尚为他做向导,但是当时寺庙正在造像:"工匠杂沓,无可观者。丰干旧院,今为三圣堂,并供寒拾,庄严亦少殊胜。"(页7)

这真是一个反高潮。但是,这一反高潮发生在读者的后顾之中,而这一后顾又发生在全书的开头!换句话说,读者读到卷三,看到作者想游国清寺,会回想起国清寺曾出现在卷一里,于是,读者在直线前进的阅读中"回顾"前文的一个"未来"时间(以作者生平叙事而言),这样一来,读者暂时从叙事的直线进程中被点醒,就和作者一样,经历了一次回忆之旅。如果创伤曾经被比作幽灵的出现,也就是说,过去不甘心被埋葬,仍然要浮出地表来骚扰生人,那么《微虫》不仅是一个鬼魂飘荡的文本,而且还为读者造成闹鬼的效果,因为读者在阅读过程中不能做到舒舒服服地被动接受,而是不断被那些似曾相识的名字所困扰,试图捕捉影影幢幢的文字幽灵。

二、书写创伤

在前面一节,我们主要讨论的是《微虫》一书如何在结构上模拟了记忆的轮廓:记忆常常被偶然的事件和意象触发,以自由联想和意识流的方式运作;它不一定遵循时间顺序,而是把事件围绕着一个主题呈现在脑海中。这本书的结构模拟了"创伤记忆"。如果说人生的一般事件都是简单地发生于过去某个时间的,那么创伤事件不能够被具体固定在某一时刻某一个地点,因为它不断地回来袭扰受创者。很多研究者都已经认识到,不但创伤带来的后果的外在表现具有延宕性，而且对创伤事件的经验本身也是推迟的。在很多方面，创伤都可以说是某种形式的记忆，因为它只作为记忆而存在。书写创伤就像美国历史学家拉卡普拉（LaCapra）所说，"牵涉到在分析和言说过去［赋予过去一个声音］时的'舒放／见诸行动'［acting out］、'反复修行'［working over］以及在某种程度上'修通'［working through］的过程"。[5]

上文说过，张大野常常带着一丝惊讶提到小时候的自己不知道害怕。这似乎证实了弗洛伊德关于"推迟动作／后遗性"的概念，也就是说创伤的发生并不是和导致创伤的事件发生同步，而是被置换到后来的时间。比如在卷二，张大野提到他小时特别兴奋地去观看太平军和当地乡勇的武装冲突，而这种场合是任何成年人都会避之唯恐不及的。战斗结束后，他还跑去翻摸战场上留下的尸体，甚至踩踢一些尚未完全咽气的太平军士兵，因为在孩子的眼里他们都是些值得惩罚的"坏人"（页43）。如此一来，他复制了他刚刚目击到的暴力，从一个被动的观看者成为一个主动参与者。而当他回想童年的自己如何旁观战场上的暴力行动时，在那个小孩子和四十岁的成人作者之间的距离既是时间上的，也是心理上的。成人作者在回顾时，既认同童年的自我，又对之感到异化和陌生。这可以说是对文本作者和作为自传对象的自我之间的差异的一个寓言。就像美国文学批评家吉尔摩（Gilmore）在《自传的局限》中所说的那样，"自传的'我'不简单地等同于自我，它必然是自我的修辞替身"。[6]

在谈到由于强烈的情感投入而导致的记忆错构时，美国历史学家赫尼格（Henige）写道："我们可以记得过去发生的事实和事件，但我们在它们发生时所持有的态度可能会被忘记，而被新的观点代替。"[7]但是，"事实和事件"也很有可能被新的版本代替，特别是当这些"事实和事件"在以特别修辞进行表达时。张大野在记叙上文提到的武装冲突时用的是简洁朴素的文言，虽然表现出他的良好教育，但没有任何格外的修饰；但在记叙当中一个太平军士兵的喊话——"好兄弟呀，杀呀，要小心呀，打败了我们就没命了呀！杀呀，好兄

[5] Dominick LaCapra, *Writing History, Writing Trauma*（《书写历史，书写创伤》, Baltimore: Johns Hopkins University Press, 2001）, p. 186. 按：这里的几个词语都是精神分析心理学的术语。

[6] Leigh Gilmore, *The Limits of Autobiography: Trauma and Testimony*（《自传的局限：创伤与证言》, Ithaca, N.Y.: Cornell University Press, 2001）, p. 88.

[7] David Henige, *Oral Historiography*（《口述史》, New York: Longman, 1982）, p. 110.

弟呀！"（页42）——却径以白话口语出之，和上下文的文言叙述构成鲜明对比，显示了作者的修辞自觉。

下面的血腥暴力见闻是全书最令人发指的一段描写，在这里，张大野再次超越了被动观看者的角色：

> 余尝于陆家埭见妇人焉，数贼从之嬉笑从东来，意甚得也。忽曰："董二，负心哉。"贼曰："何谓也？"妇笑而数焉。贼遽怒，出刃。妇笑曰："试杀我可也。"语未已，贼骤起斫其臂，臂断，数贼犹笑也。既而褫其衣露乳，割而掷焉，大笑去。余视其乳，血流离有淡红色，类石榴子者满其中，试拈而观之，若突突跳不止，乃狂怖而返焉。（页60—61）

这里的女人，试图把她的太平军士情夫作为正常男子和正常情人对待，因此絮絮数落之、"柔驯"之，而军士抵制这种正常化和柔驯术的办法，是用残酷的肢解把她变成"非人"，甚至以割掉乳房的手段来剥夺女人的性别特征。这段话的"笑"让人印象深刻：开始的"嬉笑"来，女人带笑的数说和以为是开玩笑的"试杀我"，手臂砍断之后的"犹笑"，最后的"大笑去"，这些笑无不加深了整个暴力事件的恐怖性。

然而最引人注目的还是小男孩的反应：就像任何一个好奇心强烈而又尚未完全懂事的六七岁孩子一样，他走近被肢解的女人，而且情不自禁地用手触摸，就像他在战场上去翻看那些被旗帜包裹的死人一样。他的检视让我们看到一个可怖的特写镜头：一个好像溃裂的石榴一般被割下的乳房。这个视觉细节是一个在中国文学传统中非常罕见的文字意象，鲜明生动地传达出这一事件的可怖。孩子眼中所见的图景，以成年作者三十年后的回忆作为中介传达给读者，显现出它最大限度的创伤力。这在成年作者所使用的"石榴"比喻中可以看得特别清楚：在中国文化里多籽的石榴是"多子"的象征，而"石榴裙"更是传统诗歌里对女性的转喻；可是，在一个充满残酷讽刺意味的比喻里，它却被用来比拟一只被割下来的乳房，这个被害的无名女子将永远也不可能生子和哺乳，履行这些传统的女性天职。当作者把文本焦距对准一只被割裂的乳房时，他的叙事实际上是在文本的层面模拟了女子的被肢解和士兵对她的人性的摧毁,迫使读者亲自感受事件给男孩带来的心理创伤。这样一来,叙事集中于表现的是男孩的恐怖,而不是被害女子的痛楚,但是,女子的身体创伤在男孩的心灵伤口中得到存留,两者都从未愈合和封口,作者受到它们的强迫性驱使,用语言复制身体的肢解,使每个读到这段文字的人都被迫目击同样的创伤事件并体会到情感的震动。

作者接下来对这一纠结了性与暴力的事件所发的议论显得苍白,但是它代表了成年作者试图用理智来分析这一不可理喻的野蛮残忍行为的努力。这种令心灵创伤痊愈的尝试贯穿了作者的回忆,比如在卷二关于冯氏兄弟的故事里也是如此。冯志英参加了太平军,以"柞贼"被杀,头挂在竿上示众;他的兄弟冯志华半夜去偷人头,张大野也跟着他一起去。在志华捧着兄弟的人头失声痛哭时,还是孩子的作者也跟着一起流泪,"余亦不知涕泪之何从也"。在这里,成年的作者又一次带着一丝疏离感和讶异感,写到当年那个小男孩缺乏自觉性的情感反应。他接下来发出的议论——"骨肉死生之际,感人深也!"(页56)——提供了一份迟到的解释。这种解释的重要性并不在于其本身的具体内容,而在于它代表了作者对理解童年时期惨痛非人经历的企图。

在面对一篇叙述创伤经历的自传时,一个最常见的问题是它的真实性。读者往往会忍不住要问:"这些事真的发生过吗?"这样的问题完全可以理解,不过也许这是一个错置的问题。一篇自叙传中表现的自我,首先是一个由语言所构建的自我。语言习惯、修辞传统和文学表现的惯常手法都会介入这一表现过程,帮助完成自传对象的建构。这对一个受到过良好文化教育的作者来说尤其是如此。

除此而外,文本中的自我还是一个从过去"钩沉"出来的自我。在《微虫》的情况里,张大野回忆的是他自己只有七八岁时的遭遇。早期童年记忆不是一个固定不变体,它应该被视为一个复杂的、随时间而慢慢发展的过程,对很多外界的干扰和影响都非常敏感。心理学家茅斯(Moss)引用法国著名心理分析学家雅奈(Pierre Janet)的理论,认为"准确的个人记忆保存"对幼儿来说特别成问题,因为"记忆的运作需要在具有一定复杂性的层次上应付精神事件的能力"。如果一个孩子经历了他的智力发展水平还不足以完全理解的事件,他叙述这一事件就会有困难,这就像我们往往不知道该怎么样述说我们的梦境一样,"因为我们就是无法把我们的梦中经历解码和建构为令人满意的叙事"[8]。

张大野对于暴力事件的最早记忆是一个很好的例子。当时是1861年冬天,太平军刚刚攻占绍兴,作者跟着他的母亲和其他几位女性家庭成员在绍兴附近的一个村子里避难。

> 有孟先生者,城中之医士也,亦携其妻及三岁儿至。一日方共伏,天雨,儿大啼,有持念珠诵佛号之老妪恶之,以为必致贼,且诵且喃喃,先生乃手自裂杀之。余庶祖母夺救不得,骇痛哭失声。余时幼,都不知其何故,第见肠胃狼藉血流离,相惊惨股栗而已。(页37—38)

这件事让人动容,但是又令人疑惑:这里的"手自裂杀之"到底是怎样一个情形呢?这个父亲是用了什么样的残忍手段才把孩子"裂杀",以至于到了肠胃狼藉鲜血淋漓的地步?这似乎不是徒手空拳可以办到,而当时这些难民都在山谷荆榛中藏身,是否随身带着刀杖?作者语焉不详,读者也未忍深究。一个幼年时曾经在奥斯威辛集中营住过的幸存者"自己并不真的记得某些他讲述的故事,而是从其他幸存者那里听来的"。[9] 我们禁不住要想知道,张大野会不会是在长大一点之后,从他的家庭成员比如庶祖母或者母亲那里听到了这则故事,把它和自己的童年记忆混在一起?他强调他那时还小,不甚明了事情发生的缘故,但是,那"肠胃狼藉血流离"的惨烈景象,就和上面其他的引文一样,深深地镶嵌在他的脑海里。

在谈到精神分析治疗法中的记忆的不稳定,美国心理学家史宾斯(Spence)写道:

> 一般人没有意识到,过去是在分析过程中被不断地、持续地重新建

---

[8] Bruce M. Moss, *Remembering the Personal Past: Descriptions of Autobiographical Memory*(《追忆个人历史:对自传回忆的描述》, London: Oxford University Press, 1991), p. 147.

[9] Henry Krystal, "Trauma and Aging: A Thirty-Year Follow-Up"(《创伤与老化过程:三十年后的追踪》), in Cathy Caruth ed., *Trauma: Explorations in Memory*(《创伤:对记忆的探索》, Baltimore: Johns Hopkins University Press, 1995), p. 92.

构的,过程受到的影响包括:(一)意识里被压抑下去的内容;(二)此后发生的在内容或者形式上与之相似的事件;(三)精神分析医师在引导患者叙述早期记忆和评论这些早期记忆时使用的语言;(四)患者在试图言说其经历时所做的语言选择。过去永远都是变动不居的,总是在被重新创造着。[10]

也许,张大野把他最早目睹的暴力事件和他后来在逃难过程中司空见惯的鲜血淋漓肠胃狼藉景象混在了一起;也许,某个家庭成员把自己的记忆讲述给他,从而把他人的记忆镶嵌在自己的记忆之中。这番小儿之死的记述,在我看来体现了创伤写作的一些根本特征。就像对陆家埭女子的描述一样,"肠胃狼藉血流离"的描写是在文本层面对小男孩之死的重演;这个噩梦般的景象不断回到作者脑海,迫使他用文字记述这一事件,把声音还给那个被强制沉默下来的孩子。用文字言说这一景象,意味着在为恐怖混乱难以理喻的事件找出条理的理性叙事中给它做出安置,使它从此得所,借此镇压它不受控制的反复闪回。如果我们就它的象征意义来看,这一景象的"心理真实性"和它的"现实真实性"其实是同等重要的。

在逃难的两年之中,张大野不仅亲眼看到周围的人遭遇暴力,而且他自己的生命也多次受到威胁。有时他遇到的危险情形还伴随着可怖的景象,比如说一次他和母亲坐船逃难时,不得不掉转船头,因为河里尽是浮尸,无法前行。更有甚者,"白脂积起,厚数寸,尸虫顷刻缘满舟,腥臭触人几死"(页76)。这里所说的白脂又叫尸蜡,是一种埋在不通风的潮湿地方或者停留在水中的尸体才会产生的特别现象。[11]这样视觉和嗅觉两方面结合起来的死亡景色带给人(特别是孩子)的心理创伤,绝不逊色于作者遭遇到的生命危险。

根据卡茹斯(Caruth)的定义,"创伤描述的是对某突发灾祸事件的压倒性体验,在灾祸事件发生时,人们对其反应常常是延迟了的,而且反应常常以不可自我控制的反复经历幻觉及其他侵

[10] Donald R. Spence, *Narrative Truth and Historical Truth: Meaning and Interpretation in Psychoanalysis*(《叙事真相和历史真相:精神分析中的意义与诠释》, New York: W. W. Norton, 1982), p.93.

[11] 据《汉语大词典》解释:"尸体埋在不通风的潮湿地方或停留水中,三个月后,皮下脂肪分解成脂肪酸和甘油。脂肪酸和蛋白质分解产物中的氨结合,形成脂肪酸铵,再和水中的钙、镁等结合,形成不溶于水的灰白色蜡状物质。"

[12]Cathy Caruth, *Unclaimed Experience: Trauma, Narrative, and History*(《无人认领的经历：创伤、叙事与历史》, Baltimore: Johns Hopkins University Press, 1996), p. 11.

袭性现象的形式出现"。[12] 这样的定义固然不错，但是充其量只能描述张大野经历的一个方面，这是因为张大野在太平天国内战中的遭遇是和他成长的经历紧紧联系在一起的，和简单的童年乐趣以及日常生活的平凡体验密不可分。他经历的灾祸事件不仅时间持久，而且也因为发生在特别容易受到外界影响的年龄阶段而程度加深，深深编织进了他的生命的肌理。因此，在他的这种情况里，我们很难清楚地划分创伤事件和创伤经历的范围。

有些快乐就像痛苦一样，是在回忆之中才成其为快乐的。张大野回忆他在避难时没有东西吃，于是爬到树上去摘柿子，坠落几死，"及今念之，可笑也"（页66）。然而，也有一些快乐，会在回忆中化为噩梦。他描写自己和一群孩子在诸暨山中一条叫"阴司街"的山路上玩耍，山路尽头有一座庙宇，人称十灵庙，因为里面供着地狱十阎王：

庙像雕塑彩画极奇丽。有无常鬼，手握铁练套人颈，始骇而终习焉。一日，试从群儿往，见有贼所杀者一尸在其傍，因共举使立，而以练套焉。尸重，仰而倒，鬼亦随仆，乃大笑而挞其股，顽劣哉！初亦不自知其何以不惧也。（页68—69）

我们不甚清楚到底孩子是在打死尸的腿还是在打塑像的腿，但无论怎样，都是为了展示勇敢，以求驱除心中的恐惧，证实死尸／塑像虽然表面骇人但实际上无能为力。这里只是一群顽劣的孩子，不是残忍的成人，但是他们在施暴时的"大笑"却隐约令人想起太平军士在肢解陆家埭无名女子时的"大笑"：二者都标示了对张力的释放，都掩藏了内心深处对这种非人性的攻击行为感到的惊骇和恐怖。在某种意义上来说，一群孩子在充满死亡景象的背景下，以他们自己的方式重复成人世界里的暴力行径，这种情景似乎比任何血腥场面都更加凸显了作者童年经历的可怖，正因为孩子的游戏与死人的尸体、无常鬼的塑像——现实世界里的死亡和宗教想象世界里的死亡——混杂在一起是多么不协调的情形。

孩子的视角是使《微虫》一书和其他太平天国回忆录迥然不同的原因之一。由于身体和智识的局限，孩子对宏大历史事件的观察是受到限制的，但是也正为他的幼小和敏捷，"上下峰峦迅捷如飞鸟"，"云巅树杪腾掷如猿猱"，他得以拥有一个成年人所没有的观察角度。书中对太平军攻打包村的著名战役，有一则非常引人注意的目击者记录。浙江包村是地方武装对太平军抵抗最持久和顽固的所在，前后持续了八个月之久，根据《清史稿》记载，当包村陷落时，"合村死者盖六十余万人"[13]。然而，在一个从附近山顶眺望包村的孩子眼里，攻打包村的太平将士大小"如蚁"，而"远望包村，大才如碟"：

> 方其破时，地雷轰炸，第闻空中隐隐有声，浓烟一炷耳。数十万生灵，沉于俄顷。度此山去地不过六七百丈，离村可廿里尔。使益腾而上，殆并浓烟亦不复见。夫一微之中无众微，众微之中无一微，而大梦曾无觉者，徒营营然以分恩仇、争得失，相贼杀而成古今。抑何其顽钝也。顾见山花嫣红欲笑，苦乐之境，判如云渊。仰彼苍苍，白日正丽，可悲哉！

（页69—70）

在这段话里，孩子／过去的视角和成人／现在的视角，创造出奇特的效果。包村的悲剧虽然在空间意义上来说十分遥远，在时间层面上却仿佛近在眼前，显示出创伤经历的恒在性。

在这部著作里，我们看到无数描述浙江、江苏山水之美的段落。正如张大野在上面引文中所说，大自然与人间世的"苦乐之境，判如云渊"（页70）。但是当这两个境界并置在一起的时候，对人世苦难漠不关心的自然界之美却带上了哀挽的情调。张大野当然熟知杜甫的名句："国破山河在，城春草木深。"春天的回归既给哀伤的诗人带来安慰，同时又是以毫无遏制的草木摧毁城市人文景观的原始力量，提醒诗人政治秩序和人类文明的脆弱。

《微虫》有很多活泼而优美的山水描写，可以清楚看出对中国漫长游记传统的传承。卷一对天台之行的逐日记载，可以追溯到唐代作家李翱的《来南录》。但是，记忆和现实的交替，抒情与暴力的并存，却都使《微虫》

[13] 赵尔巽等，《清史稿》（北京：中华书局，1977），卷四九三，页13654。

成为现代中国文学传统的开端。它的直系后裔是沈从文（1902—1988）写于二十世纪三十年代的《从文自传》和高行健（1940年生）写于二十世纪八十年代的《灵山》：这些叙事共同具有的中心是游子过客的形象，而它们所描写的山水既明媚秀丽，又充满了诡异、残酷，既是外在的物理世界，又是精神性和内在的。归根结底，虽然相距遥远，但无论《微虫》还是这些现代叙事，都可以上溯到山水描写之祖谢灵运（385—433）在自然／文本风景中寻找神性和意义的诗篇。因此，无论回顾还是前瞻，《微虫》都以我称之为"创伤地图"的山水描写，在文化历史和现代传统之间提供了一条纽带。

《微虫》的作者常常提到"山神"和"山灵"。他曾经嘲笑在一间当地庙宇里向泥塑求福的老妇，因此他自然不相信佛教和道教的神灵有任何施舍福祉的能力；但是，他不是不能对超出于人类理性了解之外的现象有所感应，常常对战乱年代的奇异事件发出惊叹，因此书中往往可见属于传统志怪的内容。不过，他不是一个作意好奇者，他最终关怀的不是宗教的超现实层面，而是其精神的层面。张大野不完全像一个现代作者那样在有意识地寻找迷失的自我，但他的漫游却渗透着精神上的烦乱不安和哀伤悲悼的情绪，标志了他所生活的特殊历史年代。

三、受创的文本

人类大脑有千百亿神经元，要记录一个记忆，这些神经元之间的联系必须做出重新调整。神经元通过一种叫作突触的接头相互传送信息。短期记忆意味着突触发生一些相对较为简单的化学变化，但是长期记忆则意味着神经元产生新的蛋白质，延伸突触，把短期记忆转化成可以持续数天、数月或者数年的长期记忆。很长时间以来，神经科学家相信一个记忆一旦成型，它的内容就会稳定下来，在他们的术语里，这个记忆就算是"巩固"了，不能再轻易地改变。但是近年来，研究者对记忆的运作提出了一个新理论。简单来说，就是每次一个记忆被启动，就会牵涉到在突触处制造蛋白质，而记忆就会在一个被称为"重新巩固"的过程里重新成形。这里关键的一点是，每次启动一个记忆，这个记忆就会变得不稳定。这一神经科学理论在心理学研究里得到很好的呼应，因为心理学家认为，每次一个记忆被启动，这个记忆都会受到当下周边环境的影响而发生微妙的改变。

神经科学领域对记忆的研究，为有关《微虫》文本的记忆问题提供了一个很好的参照。记忆常常处于动荡之中，但记忆被书写下来，这可以说是某种形式的"巩固"。但是书写本身会因外在环境的变化而变化：通过传抄、节选、编辑、选集和印刷，书写会在文本传播过程中发生改变；一个文本最终的改变发生在读者的阅读和阐释行为中。

太平天国史料的大量保存，如韩瑞亚所说，在一定程度上和十九世纪末的印刷出版繁荣有直接关系。[14]但是《微虫》却是完全通过手抄本保存下来的。在现存唯一完整抄本的影印本中，我们可以看到一则简短的编辑按语，称之为"著者手定稿本"，"字迹甚工"。稿本中的笔迹并不划一，基本上是"甚工"的楷书，也有比较潦草的眉批、夹注，有涂抹修改的痕迹，而且有些批注似乎不一定出自作者之手。[15]

在二十世纪五十年代，有人把此书卷二的抄本从个人收藏中拿出来，捐献给了中国科学院历史研究所第三所，后来，其中的很小一部分被整理标点，发表在历史研究所编辑出版的《近代史资料》中。据我所知，这似乎是《微虫》唯一曾被整理印发的段落，虽然只是原书节选的节选而已。现在这一不完整的抄本下落不明，可能已经丢失了。[16]

《微虫》作为抄本的保存向我们显示了抄本传统的重要：很多清代手抄本从未印刷出版过，仍然以抄本的形式存在着；而且，文本常常存在于地方，具有强烈的地区性。据《近代史资料》"编者按"介绍，《微虫》卷二的抄本是浙江师范学院王永源先生捐献出来的。[17]张大野是浙江人士，我们在这里可以明显看到地方的联系。不但《微虫》的内容有很强的地域性，而且文本传播也有地方局限（虽然一份完整的抄本被带到了台湾）。在抄写一部著作时，人们往往不会全部抄录，而通常会摘选他们自己最感兴趣的片段。《微虫》卷二充

[14] Rania Huntington, "Chaos, Memory, and Genre : Anecdotal Recollections of the Taiping Rebellion"（《乱离，记忆，和文类：太平天国轶事追记》），p. 63.

[15] 比如页 116 "益时余全家尚居江北也"一句话，"益"有淡墨记号，上有眉批云"疑盖之误"。此眉批绝非出自作者之手。当然这不能说明正文本身不是作者手定，因为有些修改之处只能来自作者本人，但此本似为作者从底稿抄写而成，而且抄写者也未必都是作者一人承担。

[16] 2009 年夏天，夏晓虹教授曾经代我托人在中国社会科学院近代史研究所的图书收藏室寻找这一抄本的下落，这里对夏教授的帮助表示感谢。

[17] 见《微虫世界节录》，《近代史资料》，1955 年第 3 期（北京：科学出版社），页 87。

[18]《微虫世界节录》,页87。
[19] Peter Zarrow, "Historical Trauma: Anti-Manchuism and Memories of Atrocity in Late Qing China"(《历史创伤:晚清时期的排满主义和暴行记忆》), *History & Memory*(《历史与记忆》), 16.2（2004）, pp. 78, 74.
[20] 张茂滋的《余生录》曾被美国历史学者司徒琳（Lynn A. Struve）译成英文,并就此写下论文《儒者的创伤后压力失调症:在一部中国年轻人的1653年回忆录中阅读创伤》(Lynn A. Struve, "Confucian PTSD: Reading Trauma in a Chinese Youngster's Memoir of 1653," *History & Memory*, 16.2 [2004], pp.14-31）。此文被王成勉译成中文,题为《儒者的创伤:阅读〈余生录〉》,载《台湾师大历史学报》,2008年6月第39期,页1—16。找到幸存者的使命、与社会重新建立联系,按照心理分析学家贺曼的说法,是从创伤中恢复和痊愈的第三个阶段。见Judith Lewis Herman, *Trauma and Recovery*（《创伤与痊愈》, New York: Basic Books, 1992）, p. 175.

满了戏剧性、新闻性的细节,可以想象被抄写得最频繁。

就像个人记忆一样,文化记忆也会出现空白、压抑和扭曲。如果二十世纪初期的读者可能喜欢传抄书中最骇人听闻的细节,那么五十年代对《微虫》的节选出版则遵循了不同的原则,尽可能突出清朝官军、外国军队和地方上"短毛"的暴行。编辑按语强调太平军严明的纪律性,因此,本文前面提到的那段关于冯志英参加太平军后因犯事被杀的叙述被选录,然而冯志华夜半去偷兄弟人头的部分却被删除了。

"编者按"提醒读者,张大野属于地主阶级,因此对太平天国有"肆意污蔑"之词,读者必须明察;同时还提到,文中"记载作者家庭琐事甚多,并无史料价值,均删去"[18]。对普通人家庭琐事的不屑一顾,代表了当时历史研究的一般态度。然而,张大野对个人经历和感受的记叙正是这部著作最宝贵的特色之一。

张大野在写作《微虫》的时候,中国正处于翻天覆地巨变的前夕。就在这个时候,一些关于清军征服中国的暴行记载被重印,造成了历史学者沙培德（Peter Zarrow）所谓的"二度记忆"和"二度创伤",激发了排满的民族主义情绪。[19] 这些记载包括《扬州十日记》和《嘉定乙酉纪事》。张大野也许读到过这些书,但无论如何,他不是一个激进的革命者,《微虫》表现的是对地方而不是对国家大事的关心。比起清初张茂滋（约1634—1654）记述明亡时创伤经历的《余生录》以儒家的孝顺美德作为叙述框架和修通的手段,《微虫》的重点在于个人情感和个人价值而不是家庭价值,虽然张大野对"盗贼"和善治问题的强烈关心确然表现了以采取社会行动为中心的"幸存者的使命"。[20] 这样的重点对于二十世纪五十年代的中国历史学家来说也许显得太狭窄,但是张大野的视角在十九、二十世纪之交可能具有相当的代表性。

如果说骇人听闻的太平天国记载是读者选择摘抄《微虫》卷二的原因之

一,那么从卷二中裁掉所有暴力的细节或者家庭琐事,则更清楚地表现了记忆书写的每一个版本都是一个对周围环境的影响干涉十分敏感的记忆。在意大利十六世纪诗人塔索的史诗《被解放的耶路撒冷》中,十字军骑士唐克雷德在一场战斗中误杀了自己的恋人克罗琳达;后来,在一片魔法森林里,他的剑不小心刺破了一棵树,从树的创口中流出鲜血,里面传来克罗琳达的声音,抱怨他再次伤害到了她。弗洛伊德引用这个故事来说明他的理论:"在人的意识中真的存在着一种强迫性的重复欲望。"[21] 在张大野的情况里,创伤经验的确又一次出现,但不是通过心理学上的强迫性重复,而是通过编辑的删削,在文本中留下一些伤口。从这些伤口里,一只微虫试图传达出它的声音。

[21] Sigmund Freud, *Beyond the Pleasure Principle*(《超越快乐原则》), New York:W. W. Norton, 1961), p.24.

图书在版编目（CIP）数据

影子与水文：秋水堂自选集 / 田晓菲著 . -- 南京：
南京大学出版社，2019.12
（海外汉学研究新视野丛书 / 张宏生主编）
ISBN 978-7-305-22358-7

Ⅰ.①影… Ⅱ.①田… Ⅲ.①中国文学 – 古典文学研究 – 文集 Ⅳ.① I206.2-53

中国版本图书馆 CIP 数据核字 (2019) 第 124119 号

出版发行	南京大学出版社
社　　址	南京市汉口路 22 号　邮　编 210093
出 版 人	金鑫荣

丛 书 名	海外汉学研究新视野丛书
主　　编	张宏生
书　　名	**影子与水文：秋水堂自选集**
著　　者	田晓菲
责任编辑	李　亭　石　旻
书籍设计	瀚清堂 / 朱　涛
责任校对	任　轲

照　　排	南京紫藤制版印务中心
印　　刷	南京爱德印刷有限公司
开　　本	635×965　1/16　印张 15　字数 260 千
版　　次	2019 年 12 月第 1 版　2019 年 12 月第 1 次印刷
I S B N	978-7-305-22358-7
定　　价	68.00 元

网　　址：http://njupco.com	
官方微博：http://weibo.com/njupco	
官方微信号：njupress	
销售咨询热线：(025) 83594756	

* 版权所有，侵权必究
* 凡购买南大版图书，如有印装质量问题，请与所购图书销售部门联系调换